虎嘯龍吟
下
秘島對決
朱貞木
近代武俠經典復刻版
朱貞木——著

目錄

第卅一章　荒山鬥獸

錢東平又向甘瘋子寒暄幾句，便請兩人到自己臥室敘話。主客進臥室，室內一床二几，近窗設著一張琴台，上面橫著一張焦尾古琴，一具博山香鼎，壁上懸著幾具藥囊，一口寶劍，幾帙書籍卻疊在壁孔內，真可算得虛室生白，一塵不染。几上兩支素燭發出寒光來，照得四壁格外古香古色。

當下錢東平請游一瓢、甘瘋子分坐竹椅上，自己走向室外，從草堂內掇進一個石鼓來擺在下首，坐下相陪。別說一個石鼓，看上去也有二百斤，看不出他瘦弱書生竟能隨意掇來，便知他也具身手。此時啞童已捧進幾杯香茗獻上，錢東平笑道：「蕭齋無長物，惟有新烹山泉聊供清淡。但未知甘兄偕游公光降，有何賜諭？」

甘瘋子性急，便把白笏巖誤飲毒物，令自己介紹到來原因說了一遍。錢東平聽罷吃了一驚，慌秉燭向游一瓢面上細細察看，卻看不出受毒跡象。

游一瓢說道：「普通毒物俺一嚐便知，即誤吃下去也有法可治。此番發作極慢，雖用內功把毒物逼聚，不致立時蔓延筋絡，但已覺胸中毒物蠕蠕而動，究未知用的什麼毒藥？只好請錢兄設法消解。可是深夜驚擾，心實不安。」

錢東平慌搖手道：「先生海內宗風，得瞻斗山已是萬幸，何以謙抑乃爾。照先生道胸中蠕動形狀，晚生已略有把握，一診脈搏便知。」說罷便把游一瓢兩手寸關尺細細診過，吃驚道：「先生真非常人，即照脈象推測，先生遐齡已逾期頤上壽，而風度依然如三十許人，足見道法通玄內功妙用。」

游一瓢笑道：「錢兄果然高明，診脈能測壽算，非精於太素脈者不能。但俺誤飲的究係何毒，足下能推測一二否？」

錢東平道：「如果普通人受毒，面色脈象一診便知。無奈先生是個金剛不壞之體，又用功夫逼聚毒物，外表依然如常，毫無受毒之象，然先生說出胸中蠕動，晚生已可推想而知。因為福建沿海不法之徒，向有放蠱害人之事。

「蠱有多種，大都由五毒蟲製煉而成，散則布於四肢，不散的乃結成毒蟲。放的是哪一種蠱結的便是哪一種蟲，先生誤飲的毒藥定是這種蠱藥無疑。凡蠱藥無色無臭，所以極難辨別，幸而是先生，換了別人早已不治了。現在毋庸晚生設法，先生只要運用丹田真火把它化煉消滅，然後運氣吐出。便可無事。這種法子，別人無此功力，先生定能辦到。如用藥物引誘而出反而損傷元氣，未知先生以為然否？」

游一瓢點頭道：「高見甚是。但俺運用這樣功夫須要靜坐內視，按周天之數經過三十六個時辰方能圓功，又需一間適宜靜室，沒有外物打擾方可。」

錢東平大笑道：「這不難，蝸廬雖小，人跡罕至，先生權在此屈居幾日便了。」游一瓢猶豫半晌，甘瘋子接口道：「游先生夫人尚在盜窟，恐難耽擱。」

錢東平驚問道：「不知先生與魚殼大王後人有何仇怨，致下此毒手，又尊閫為何也陷盜窟呢？」

游一瓢把他們夫婦雲遊到百笏巖，無意之間碰見筠孃同湘魂拜師種種經過說了一遍，至於她們為甚這樣用盡心計，連自己也推究不出。

錢東平側著頭思索了一回，也想不出所以然來。甘瘋子卻記掛著游一瓢肚內的毒物，催著錢東平立時布置一間靜室起來。復勸游一瓢切勿牽慮，一心運用功夫消解毒物，等天亮日出，由俺再回去探聽一個著落，便知內中詳情，尊夫人情形也可探明報告。游一瓢大喜，拱手而謝。

錢東平指揮啞童將左首側屋打掃乾淨，請游一瓢進去。游一瓢一看房中設著一個大蒲團，四壁潔白頗為合用，一想自己治毒要緊，只好把別事暫放一邊。當下向錢東平、甘瘋子遜謝幾句，就坐向蒲團凝神摒慮運起內功來。錢東平、甘瘋子退出室外談了一回，天已發曉，甘瘋子又動身赴百笏巖去了。到了晚上匆匆轉來，已探得一點消息，卻因游一瓢坐功還未圓滿不敢驚動，只同錢東平在別室談心。
到了第三天清早才見游一瓢緩步而出，手內托著一件東西向錢東平笑道：「這種蠱藥，未知何人開始想出這樣的毒法來。你想這樣毒物在人肚內作起祟來，如何當得？」兩人急向前一看，游一瓢手內托著一條五寸長烏焦乾癟的蜈蚣，兩人看得駭然。
游一瓢笑道：「萬想不到俺也上了這大當，所以古人說：『吉凶悔吝生乎動，一點不錯。俺仗著不怕蒙汗等藥，略一大意便誤了事。現在諸事不說，毒物已消，就此趕去探個實在便了。」
錢東平笑道：「先生毋須勞駕。甘兄早已探明來了。」
甘瘋子搶說道：「昨天俺趕到百笏巖，只見碉門大開任人出入。進去一看，偌大一所房屋一人也無。前後門口貼著飛龍島主的封條。轉向碉內幾個老農夫探聽，說是飛龍島主和他妹夫艾天翮。領著家眷盡數遷入飛龍島去了。」
游一瓢聽艾天翮三個字，把前後情形一回想，恍然大悟！未待甘瘋子說下去，慌頓足道：「不好！拙荊孤掌難鳴。被俺耽誤幾天難保不落圈套。他們既已逃入飛龍島，俺急須向島趕去一探著落。」說畢便匆匆欲行。
甘瘋子慌攔住道：「先生休急，俺尚有消息探得在此。據幾個碉中人傳說，飛龍島主突然遷移，全因那晚先後跑掉神通廣大的一男一女，雖不知其中詳情，據那碉中人猜想，大約飛龍島主得罪了這一男一女，自知不敵，所以當夜從地道避入島內。

「這樣說來，他們口中說的一男一女定是先生同尊夫人，尊夫人等候先生不至，先行離開是非之地，或竟先回雁蕩去了。先生何必急於首途？俺們二人雖得奉教不忍便離，好歹請先生留幾天，俾得稍聆教訓，啟迪茅衷。」甘瘋子說罷，錢東平又殷殷款留，誠敬之忱現於詞色。

游一瓢一想，紉蘭功夫雖遠遜自己，對付碉中人綽綽有餘。也許久等無聊先回雁蕩。又看得甘、錢二人資質不凡，誠恪可感，便也應允下來。甘、錢二人大喜，便朝朝侍奉，執弟子禮。無論武功文事以及三教九流，游一瓢每一指陳奧義，二人均聞所未聞，無不心悅誠服，這樣又耽擱了兩天。

這天晚上，游一瓢獨自躡登寺後峭壁，撿了一株虬松坐在枝上賞玩一輪皓月，偶然一低頭，忽見下面壁縫狹道內走出一個光頭和尚，背著一柄雨傘，傘上拴著一個包裹，急匆匆直向草廬走去，一顆亮晶晶的光頭左旋右轉，直入奇門石陣猶如走熟了一般，一轉瞬間已見他隱入籬內。游一瓢見他步趨如風，便知也是行家，料是錢、甘方外之友，也不在意。自己玩個盡興，便飛身下壁向草堂回來。方進籬門，忽聽草堂中甘瘋子大喊道：「這一支奇兵出其不意，可謂反客為主了。」又聽得有一人聲若洪鐘，徐徐笑道：「奇兵何足為奇？俺這八千子弟個個訓練有素，銳氣甚旺，大可直搗中堅，雖十面埋伏何足懼哉！」

游一瓢聽得詫異，疑是下棋，卻又不像，立定身側耳聽了半晌，裡面三人一遞一答，都是調度軍旅，衝鋒陷陣之事，好像在這小小草堂內千軍萬馬對壘一般。游一瓢越聽越奇，不知他們搗什麼鬼？一時好奇且不進去，一撩衣，兩腳輕輕一點，飛上草堂屋脊，真像四兩棉花一般毫無聲息。一伏身，撥開屋頂草瓦，從一線椽縫內仔細一瞧，不禁暗暗稱奇。

原來草堂中石桌上圍著三個人，錢東平同一個方面大耳的青年和尚左右對坐，甘瘋子虎踞著上首揎拳擄臂，向桌面上一路大喊大嚷的亂指。再一看桌面上用白粉畫著一條條縱橫的線路，錢東平同和尚胸前都擺著一排光滑紅肉色的竹筒，兩面竹筒口紛紛驅出無數螞蟻，錢東平的筒內出來的是紅蟻，那和尚筒內出來的是白蟻。兩邊出來的無數紅蟻白蟻，卻像懂得人意一般，一隊隊都向白粉線走去，竟是行軍布陣之法，那和尚擺的是四象兩儀陣，錢東平畫的是太乙無極陣。

最奇兩邊白蟻紅蟻一隊隊從每個竹筒出來，先後有序進退有方，哪處是中軍、哪處是左右翼以及遊擊、哨探、斥候等等，無不按照線路分頭進軍。兩面螞蟻密層層的擺成陣勢，何止十萬！眼看兩軍接觸，一場大戰起來，屋上游一瓢看得暗暗點頭，心想古人說十室之內必有忠信，十步之內必有芳草，不料在這等窮鄉僻壤埋沒這等有用之才。這樣螞蟻為兵，比古人聚米之法又高出一頭。肚內這樣一轉念，下面紅白蟻兵已兩軍接觸，認真鏖戰起來，雖無金鼓之聲，卻聽得那和尚同錢東平各自用指把面前竹筒彈得卜卜山響，三人六眼眼光霍霍都直注在桌面上，萬不料屋上還有一對慧眼憑高觀戰哩。

蟻兵交戰許久，和尚的白蟻已被紅蟻迫得步步退後，兵也比紅蟻死得多，那和尚光頭上亮晶晶的汗珠卻一顆顆多了起來，急得從懷內又拿出一個大竹筒，拔去筒塞，把筒底一陣亂彈，霎時又奔出無數白蟻直趨垓心。果然這支生力軍一到，立時挽回頹勢，紅蟻乘勝追奔逐北，禁不住這支生力軍一味野戰，紅蟻紛紛向後逃回。

不料錢東平布置得法，中間這支蟻兵雖然先勝後敗，卻尚有左右兩翼起初並不加入，此時錢東平只輕輕向竹筒彈了兩下，左右兩翼彷彿奉到軍令一般，立時二龍出水，向石桌邊兩條白線包抄過來，頓時變為玉蟹舒鉗勢，把垓心一支白蟻生力軍包圍住了。和尚大急，也把先前所有竹筒一陣亂敲，個個竹筒內又如飛的奔出許多白蟻兵，依照線路分八面趨向垓心，奪入重圍。這一來兩下裡旗鼓相當，拚死肉搏，好一場大廝殺，雖是一塊小小石桌面，不亞於世界大戰場，兩面殺傷相當，兀自不分勝負。

不料在要緊關頭，上面游一瓢看得心暢意酣，略一疏神，草泥簌簌的掉落下來，正落在桌面一片戰場上，宛如第三國際突然加入戰團，無數飛機飛到，拋下許多無情達姆彈，傀儡式的蟻兵立時驚慌亂竄。錢東平同那和尚慌忙鳴金收兵，驅蟻入洞，仰頭一瞧卻無跡象，以為草廬不結實被風吹落也是有的。正在檢點桌面兩軍死傷數目，猛見游一瓢呵呵大喜，走將近來，三人起立相迎，游一瓢笑道：「諸位正在運籌決勝，被俺敗興，抱歉，抱歉！何妨重整軍威，再決雌雄呢。」

錢東平一怔，猛然覺悟道：「原來游老師早已居高臨下，飽覽無遺了，晚生們無所事事，驅蟻消遣，不足當大雅之目。」

游一瓢微微一笑道：「天下事無非如是，雄兵十萬叱吒風雲，也無非一場蟻戰，現在諸位以此為消遣之品，當知將來不登壇拜帥，以萬民為消遣呢。」話猶未畢，那青年和尚合掌當胸道：「錢檀樾胸羅韜略，學富五車，將來定可大展抱負。至於小僧是方外人，無此緣法，只可袖手作壁上觀了。」

游一瓢聽他音若洪鐘，吐語不俗，正想通問，錢東平已代介紹道：「這位是天台龍湫僧，雲遊過此便道見訪。聽說先生在此，渴欲拜見，以慰生平。」說畢龍湫僧已拜倒在地，彼此謙遜一番，就在草堂落坐。游一瓢方坐下，談得沒幾句話，錢東平、甘瘋子、龍湫僧忽又肅然起立一齊向游一瓢拜了下去。游一瓢還禮不迭，慌問何故多禮？

錢東平恭敬答道：「晚生三人契合為友，平日彼此談論都恨所學有限，志願尋一異人為師，學點救人渡世的真實本領。無奈蓄志已久，卻未遇著機緣。天幸日前甘兄引吾師下降，正是吾師靜坐之際，晚生與甘兄早已商量妥貼，不料這位龍湫僧也不期到來，彼此一說，志同道合，便決計一同拜求老師收容，望乞老師垂憐晚生們一點真誠，俯允忝列門牆吧。」說罷，二人長跪不起，靜待游一瓢答應下來。

游一瓢聽罷，卻並不答言，只昂頭思索了一回，微微笑道：「且請起來，俺有說話。」三人一同立起，分站左右靜聆訓誨。

游一瓢笑道：「俺此番雲遊，原存有衣缽傳人之想。三位氣質雖各不同，卻都是夙具慧根之人，萍蹤相聚，洵亦前緣。不過俺以前未收過一個弟子，山巔水涯來去無定，此後你們既然從我，自應先擇一人跡罕至，幽險高深之所，以便朝夕琢磨。但是俺內子是否已回雁蕩山尚無把握，師徒相聚之所，一時也難尋適宜之處。有這幾層原因，諸位拜師之舉似宜稍稍從緩。」

三人聽他說完，錢、甘二人正在低頭沉思，龍湫僧突然朗聲說道：「老師所慮都易解決。弟子已從錢兄口中探得。老師同師母素來隱居雁蕩山最高峰雁湖之濱，卻與弟子出家的靈巖寺相距不遠。雁蕩山周圍層峰疊嶂，幽谷古壑，遊覽不盡，幽深奇怪的洞府也不知多少，真是洞天仙府，凡夫俗子輕易不能到的地方。

「老師此番定回雁蕩山，弟子們何妨就跟隨老師一同前往。弟子們先在靈巖寺暫時寄跡，候老師同師母會面後，就請老師在雁蕩山深處擇一相處之所，然後通知弟子們伐木編葦，搭起幾所草廬來，便夠俺師徒們朝夕盤桓了。倘然老師嫌雁蕩不妥，尚有相近天台，也是千古仙靈隱跡之處，不難尋出一個好地方來，未知老師意下為何知？」游一瓢本來最愛天台、雁蕩兩處雄奇瑰麗，當下深以為然，便允許俟擇好地點後，再擇日實行拜師。三人知已俯允，喜不自勝。

卻又聽得游一瓢向甘瘋子問道：「汝是湖南縣令，何以親自改裝探盜，直到福建沿海，而且又想棄官從師呢？」

甘瘋子大笑道：「今天得蒙老師收列門牆，弟子宛如換了一個人，又如從火坑中跳到清涼世界。有生以來，此刻弟子這個七品前程，真是可憐而又可笑。長夜無聊，老師不厭絮聒，且聽弟子從頭奉告便了。」

當下甘瘋子疊著兩根指頭說出一番話來，原來甘瘋子單名震，字霆生，祖籍湖南，卻世居湖北孝感縣，以湖北籍登科甲。方弱冠即以進士分發湖北，即用知縣，以善於治盜為上峰器重。因甘瘋子姿稟異人，自幼喜練拳棒，從過不少名師，一面卻又不廢詩書過目成誦，少年出仕文武全才，自然出人頭地。卻有一樁不合時宜，每逢酒醉便要罵座，不問長官同寅，一經看不入眼，便瞪眼吹鬍，發言如雷，弄得滿座不歡，因此同寅中都叫他甘瘋子。甘瘋子三字因此出了名，好像江湖上綽號一般。

可是他做了幾任州縣，不要錢、不怕死，境內大小盜賊，被他治得望風而逃，刁頑的訟師劣紳也被他治得銷聲匿跡。有這幾樣難能可貴的幹才，雖然一肚皮不合宜，倒也著實蒙幾個明理的上司青眼，無數百姓的愛戴。

這年上司因為醴陵縣山深林密，時為巨盜據為巢穴，搶案迭出號稱難治，特地調他實授醴陵縣正堂。一般百姓聽到他來上任，個個跪香迎接，上任這一天，著實風光異采。幾個月下來，他一口劍、一張弓、一匹馬，帶了幾個幹練番役把全境踏勘了一遍。撫的撫，剿的剿，頓時把境內劇盜趕得一個不剩，上峰也格外器重。一年以後，居然訟簡刑清可以臥治了。

甘瘋子每日無事，便同幾個幕僚擊劍賦詩，飲酒作樂，哪知有一天，突然在自己境內發生了一樁駭人聽聞的事。你道為何？原來湖郴州、桂陽州同衡州府每年匯解漕銀一次，這兩州一府每年所解漕銀數在七八萬兩以上，解銀日期總在入冬以後，解到長沙省城藩庫，必須經過醴陵縣境。七八萬兩重的銀子裝入銀鞘，分量真也不輕，每年由兩州一府，會派幾哨營兵隨同押解委員沿路護運。往年漕銀運到醴陵縣境，雖知已近省城，因為醴陵多盜，山林險惡，格外提心吊膽，卻也從未出事。

自從甘知縣到任境內肅清，這次兩州一府漕銀到來，委員營兵們放大了膽走去，以為往年多盜尚未出事，今年甘知縣剿撫得力，益發可以平安無事了，因此未免大意了一點。豈知無巧不成書，這一大意便出了駭人聽聞的事來。這次漕銀七萬多兩，選了許多精壯民夫長路挑解，前後護著五六十個帶刀號勇，一個軍官騎馬領先，一個委員坐著長路轎子押後，一路大隊人馬，倒也威風十足。

這天經過醴陵城在城內打了尖，甘知縣照例要應酬一番，又加派幾個健役沿路照料。押銀委員酒醉飯飽，急想趕到省城卸了干係，不敢停留，當天起行。大隊人馬來到距縣城五十餘里楓林山地面，天色已晚。那押解委員知道再過去是九龍山，便到瀏陽縣了，一路盡是山道，不如在此息宿較為穩妥。就著隨行健役會同當地地保紳董，尋了一所人家的祠堂息馬。把銀鞘堆在祠堂院內，前後門設人守衛，權宿一宵。一個山鄉祠堂擁進這一大隊人馬，又是皇家銀庫，何等重大，當然轟動當地。那押解委員又呼來叱去官派十足，山民無知，格外攜男帶女探頭探腦的來看熱鬧，直到祠內燈火通明，關門大吉，才一哄而散。只有當地地保和幾個紳董，提心吊膽的一同陪著委員在祠內侍候。

哪知到了次日紅日高升，鄰近愚民又男男女女擠到祠堂門口來看熱鬧，卻見兩扇大門兀自關得嚴絲密縫，裡面也鴉雀無聲，好像人已走淨一般。其中有幾個略懂事的覺得有點詫異，向眾人說，頓時個個交頭接耳議論紛紛，但誰也不敢去敲門探問。門口的人越聚越多，又耽延了好半晌，日頭已照到祠門台基上，依然不見一個人出來，連地保紳董同縣裡健役都無聲響。

眾人中有地保紳董的家屬忍耐不住，乍著膽撿著一處壞牆缺口跳上去向內一望，只聽他一聲怪喊，頓時跌下地來。眾人慌扶起來問所以，這人嚇得面無人色，說不出話來，只伸著一隻手望牆內亂指。有膽大的一齊跳上缺口向院內看去，只見院內一大堆銀鞘蹤跡全無，卻見許多號勇夾著民夫健役橫七豎八在院內躺了一地！個個都挺得像死了一般。只有院內一株桂樹底下拴著一匹高頭大馬，倒很安詳的自顧自啃那庭草。

這幾個人看情形不對，知道出了大事，急忙向下面眾人一述所以，拚命的向內跳了進去，先把兩扇前門開了，讓眾人一湧而入。不料男女老少剛山嚷怪叫的湧進門來，院內橫七豎八躺著的勇衛等人已漸漸手腳舒展，呵欠連連坐了起來。一張目，看見滿院圍住了各色的人，發聲大喊，都一骨碌跳了起來，一看庭心銀鞘一個不見，大驚失色。有幾個跌跌撞撞趕入堂內，卻見軍官同紳士們也正被外人聲驚醒，個個如夢方覺，張開眼來，也有躺在地上的，也有半倚半躺斜伏在几上的，姿態不一，彼此互看說不出話來。這時醴陵縣的健役也醒了過來，定了定神，明知失了事非同兒戲，腦袋也許會搬家，慌奔進堂內四面一看，卻獨不見委員老爺。

眾人四下裡一找，卻見他仍在自己坐的轎內，頭鑽在轎底，屁股卻蹶得半天高露在外面，只瑟瑟的亂抖，兩手兀自死命攀住轎內墊子不放。眾人齊聲大叫，又嚇得他往裡直鑽，一顆頭碰得通通山響。健役們死拉活拉把他拉出轎來，哪裡還有人樣，滿臉灰泥，額上一塊青一塊紫滿是鵝卵般大泡像活鬼一般。眾人扶住他，納在堂內中間椅上，兀自定著眼透不過一口氣來。好不容易捶背搓胸把他收回了三魂六魄，才聽得他哇的一聲大哭道：「今番我死了。」接著頓足大哭起來，這一來益發弄得眾人莫名其妙。最好笑看熱鬧的一般呆鳥直進無阻，越擁越多，裡三層外三層直擁到堂內來了。

這時那個押解軍官卻是個老軍務，知道這場大亂子沒法彌縫，正在眉頭百結，滿肚皮搜不出巧避的法子，一眼看見門內門外擁擠了這許多人，驀地計上心來，慌湊近委員身旁附耳喊喳了一陣，倏地又飛步而出，向手下幾個哨長什長又低低囑咐幾句，一轉身又跑進內堂，他這樣一陣搗鬼，那委員彷彿下了一帖定心藥，猛見他舉著馬蹄長袖向面上一抹，霎時滴淚俱無，鐵青著面孔，睜著兩顆黃眼珠骨碌碌四下一轉，放開破竹喉嚨大喊道：「快把前後門看守起來，不准放走一人。」

下面兵弁壯役早已得過軍官知會，一聲吆喝，立時把前後關守得鐵桶相似，又把堂上堂下閒看的人，不論男女老幼，一齊趕到院子角落裡圍禁起來。這般愛看熱鬧的呆鳥，此時懊悔不迭，只啼啼哭哭號成一片。卻又聽得委員同軍官一疊聲傳地保，哪知地保同縣裡幾個健役，早已如飛的奔向城內報告甘縣令去了。

那堂內幾個紳董哭喪著臉躲在角落裡，只瑟瑟的發抖。委員指著壁角落裡紳董厲聲喝道：「你們做的好事，竟敢串通劇盜，故意把俺們誘到這祠堂內歇宿，暗地在茶水內下了蒙汗藥，把俺們兵役都蒙了過去，將皇上庫銀盜去，你們膽子真也不小！你們自以為這條計策千妥萬妥，哪知俺們辦這樣差使也不止一次，你們這樣無法無天的惡計豈能瞞住俺們。現在犯不著同你們多說，等甘知縣到來，把你們押解進省便了。」此言一出，幾個紳董同院子裡圍禁的男女老少，個個嚇得魂飛天外，一齊叫起撞天屈來。

正在弄得不可開交，門外鸞鈴響處大門敲得一片震天價響：「快開門來。」委員聽得甘知縣到來，大剌剌的並不動身，只吩咐小心開門，不准放脫一人。大門開處，甘瘋子揚鞭當先，身後跟著雄赳赳十幾名健役大踏步走了進來。一進堂內，那委員同軍官微一欠身便說道：「貴縣盜匪早告肅清遐邇馳名，怎的七萬多兩庫銀只在此地擺了一宵便一齊失去。這個干係，卻在貴縣身上。」

一言未畢，院子男女老幼大哭大喊道：「青天大老爺，快替小民作主呀。」

堂內角落裡幾個紳董，也戰戰兢兢的向甘知縣遙拜道：「俺們好意來此奉陪委員大人，不意委員大人牽誣串通盜賊。公祖明鑒萬里，快替治下昭雪吧。」這一來把一個智勇兼備的甘知縣也嚇了一大跳！暗想七萬多兩銀鞘一夜工夫蹤影全無，絕非平常強盜所能傲的，偏偏又在自己境內。未出縣衙時，已據地保健役飛白，尚以為不致一齊失去。一到此地，非但全數被盜，委員老奸巨猾，竟想賴在當地紳董百姓身上，明明故意如此，好把干係推到俺身上來。

這樣一陣思索尚未得到主意，那委員又開言道：「昨晚到此駐宿同茶水供給，都是這幾個紳董出的主意。兵役們走得口渴，喝下茶水不到一個時辰，都橫七豎八的躺在地上了，只有俺因在後面出恭，未喝茶水。等俺恭畢一腳跨入後堂屏門，猛見牆頭跳進四五個手持刀劍的大漢，嚇得俺三腳兩步鑽進轎內躲避，已被他們看見。只覺屁股後面被一個強盜手指一點，便也昏然動彈不得。直到此刻他們醒轉扶俺出來，卻見滿院子站著不三不四的人，一查庫銀一兩也無。察情度理，不是當地人民串通強盜，哪有這樣湊巧？而且兵役們不喝紳董供給的茶水何致人事不知？這便是老大的憑證。」

甘知縣一面聽他絮聒，一面眼光如電向幾個紳董同院子裡圍禁的百姓留神一看，便知都是安善良民，不等那委員再說下去，高聲說道：「敝縣境內既然出了這樣大事，在甘某身上好歹要找個水落石出。但是這幾位紳董同院子裡老少百姓都係有家有業清白良民，不必凌辱他們。

憑甘某一人說話便了。」

說時濃眉直豎，虎目圓睜，把委員軍官嚇了一哆嗦，慌忙滿面生春，連連拱手道：「貴縣既然一力擔當是最好沒有，可是事關庫金干係匪徒，全仗貴縣一力擔認。能夠立時破案追回庫銀緝獲盜魁，果然大家無事，萬一銀盜兩無，省中耳目甚近，如何遮掩得來？不但貴縣前程危險，就是兩州一府以及俺們上上下下沒有活路！現在貴縣庇護這般匪徒，我們也不願多事，只要貴縣負責到底便了。」說罷一陣冷笑，再不開言。

甘瘋子此時雖受了一肚齷齪氣，但知事體確實重大，一時不便發作，只得掉轉身，指揮帶來健役先把圍禁百姓一齊釋放，紳董們也請他們依舊坐定，以備諮詢。押行軍役看得甘縣令威風凜凜，委員又不發言，不敢阻擋，只好把大門開放讓這般老少男女跌跌衝衝向門口湧去，一路齊聲喊著：「甘青天公侯萬代。」紳董們也擁著甘瘋子連連叩謝。

甘瘋子一跺腳，大聲說道：「到此地步還要酸酸溜溜鬧此虛文，快去陪著押解委員。待我親自踏勘一下，再從長計議。」

說罷急匆匆帶著幾個健役，把一所祠堂前後左右細細勘察一遍，再轉身回到堂內坐下，向幾個紳董問道：「自我到任以來，早已把境內幾個出名盜魁轟走遠颺。久已沒有盜案發生。何以在此一夜之間會失掉七萬多兩庫銀？這一大堆銀子連同銀鞘分量不輕，沒有大幫盜匪不能運走。未知這幾天內左近有無奇形異服的人，逗留此地？如諸位有落在眼中的，快快說與我聽。

如照委員所說，諸位供給的茶水中下有蒙汗藥，我踏勘時已把隔夜剩餘的冷茶仔細驗過，並無跡象，卻已從祠旁破牆缺口底下同後門台階旁拾得幾股燒剩的熏香。昨夜全祠的人定是受了熏香的毒昏迷過去，可惜這位委員僥倖未曾熏著，卻又嚇迷了心只顧鑽在轎內，沒有看清來盜幾人以及面目服色，益發使我難以下手了。」

那坐在上首的委員，聽得面孔一紅，正想開口掩飾，忽見紳董內一人說道：「公祖大人此刻問晚生們有無見到異路人等，晚生卻記起一樁事來。記得庫銀未到的前一天，晚生偶然同幾個親友在附近南山腳下一座小村酒店內，這座酒店正在一條四通八達的官道邊，往來商旅非常之多，外省人經過的也有不少。當晚生走進村店撿了一副臨街座頭坐下未久，忽見官道上塵土起處潑剌剌跑過一群長行健騾，背上都馱著幾隻空皮袋。前後兩匹駿馬騎著一黑一白的兩個英氣勃勃的壯漢，裝束英武顧盼不群，真不像騾販模樣，一陣風似的便跑過去了。半晌又有幾個惡臉漢子也騎著牲口趕去，是否同兩個騾販子一路，卻不得而知。

「不過等晚生們喝罷出店，猛又聽見馬蹄聲響，兩匹馬如飛的跑到店門口，馬上兩個魁梧大漢翻身下馬，挽臂而入。晚生回頭一看，原來進去兩漢就是跑過去的騾販子，不知怎又翻回來吃酒了，那群騾子又不知趕向何處去了？當時晚生無非看得兩個騾販子頗為英武，多看了幾眼，也沒想到旁的地方去。此刻承公祖一問，便覺這兩個騾販子有點可疑，後悔當時不曾仔細留意了。」

又有一個面目蒼老的紳董接口道：「果然可疑，便是晚生在昨天掌燈時，聽說委員大人到來，急急從寒舍趕來，經過對面山腳，隱隱聽得遠處山凹內現出煙火之光，當時也以為左近獵戶們乘夜設阱陷獸，生火禦寒，並不起疑。這時回想，許是那話兒埋伏山凹內也未可知哩。」

甘瘋子聽罷連連點頭：「兩位所說大有線索可尋，我已想得計較在此，事不宜遲，急須返縣布置一切。這事非我親自出馬不可，另外多派健役購覓眼線分途拿緝。一面先動公文上詳自請處分，這是本縣分內應辦的事，至於委員如何善後，不敢代謀。本縣緝盜要緊，恕不奉陪了。」說罷向紳董們一使眼色，虛向委員一拱手，逕率領一般健役匆匆翻身而出。紳董們也明白甘知縣意思，慌忙趕在身後走了出來。

眾人一出祠堂，甘瘋子便揚鞭上馬，向紳董們吩咐道：「諸位且請回去，委員們如果尚欲在此勾留，照舊供給，只差妥當的人按時送去，不必親自陪伴他們，免得再生枝節。」說罷絲鞭一揚，縱馬回衙去了。

紳董們吃過委員的苦頭，又有知縣吩咐，誰敢再去獻殷勤！只把祠堂內委員一般軍弁夫役先生擱在那兒，門口連一個鬼影都沒有了。委員也自知舉動未免魯莽一點，又看得甘縣令神威虎虎，不敢別生詭計，卻又不敢到省去。當天想了個鬼主意，立時遣散民夫，率著軍弁悄悄的沿舊途回去報告兩州一府，設法到省城裡打點，把大半責任都推到甘知縣身上不提。

再說醴陵縣甘瘋子當天飛馬回衙，同幕賓略一商議，便召集城守捕廳快役人等，面授方略，立時分頭出發追緝。自己回到內室思索了一會兒，知道如果不能破案，非但前程難保，幾年名聲也一敗塗地！平日得罪的人又多，清風兩袖也賠不起這筆巨款。左思右想了一回，忽然哈哈大笑道：「這點小小前程，也做不出什麼大事來，又無家小牽掛，我何不如此如此，豈不痛快煞人。」當下意決，便振筆寫了一篇字同一顆縣印一起密封好，外面又題上「十日後拆看」五個字，交與幕賓收好，並不說明，只說自己親身訪緝去。幕賓們素知這位東家到任以來親身緝盜不止一次，也不疑心。讓他整束改裝，帶上硬弓、寶劍、碎銀、乾糧騎上快馬，飛馳出城去了。

甘瘋子出得城來，先向那兩個紳士說的酒店、山凹兩處細細踏勘一遍，山內果然蹄印雜遝，尚留火燎餘燼，酒店小二也說昨夜三更時分過去大幫騾馬，馱著不少麻袋，向南絕塵而去。甘瘋子聞言，知是盜匪無疑，跳上馬飛也似的向南趕去。一路問明騾群去向，晝夜飛行，不覺繞到湖南江西交界的羅霄山境。雖然一路問得一群騾販過去路道，並未走錯，卻因走的都是偏僻山道，翻山越嶺非常難行，明知盜匪在前，一時總難追上。

這天走入羅霄山，山勢嵯峨人煙稀少，連日趕路精神也有點不濟，只得覓了一處寄宿之所略事休息。隨意向山民打聽，知道穿過這座山峰，便可直到贛江，又探明果有一群長行騾馬也向贛江而去。甘瘋子打聽明白，安息一宵。次日一早上馬，曉行夜宿一直趕到贛江邊。一看江邊人煙稠密，商賈茂盛，路旁也有幾處宿店，跳下馬來一打聽地名，叫做樟樹鎮，於是牽馬入市，走進一家臨江酒鋪，打了一壺酒、幾樣菜，且自寬懷獨酌。打量店堂內倒也寬綽整齊，吃酒各色人等倒也不少。忽見自己左首一桌上對坐著兩個凶臉漢子，吃得滿臉通紅，談得興高采烈。

只見左首坐的凶漢大拇指一豎，大聲說道：「現在江湖天字等一號人物，要算咱們老大。你想這票買賣做得何等乾淨，別人哪有這樣手段、這樣魄力？就是咱們哥兒倆也不含糊。長江上流沒有事便罷，有事咱們老大也少不了咱們。此番咱們哥兒插了一條腿，白花花的銀、香噴噴的酒，也夠咱們樂幾天哩。」正說得口沫四噴，醉語模糊，左首的漢子大嘴一咧鼻孔一掀，冷笑道：「替我少胡吹吧，像咱們這樣碼子，替老大倒夜壺還趕不上哩。人家可憐咱們跟著跑了一趟眼，跟著騾子屁股出了點血汗才賞了這點星星兒。可是過了江，人家體己人兒到了老家，大秤大碗的高樂，皇宮般的屋子高臥，哪有我們的份兒？也想不到咱們兩條臭腿哩。你倒知足，我可想著不是味兒咧。」

兩人這樣一陣胡嚷，把甘瘋子聽得呆了，暗想這兩塊廢料定與那案有關。正在默默思索，忽見兩漢推桌而起，一路歪斜趨近酒櫃，從懷中掏出整錠銀子噹的一聲向天秤內丟去，大聲道：「喂，大爺的銀子是黑的是白的，今天讓你開開眼吧。」說罷兩人推推搡搡大笑而出。

甘瘋子一見兩人出門，慌一躍而起奔進櫃旁，劈手從店東手內奪過銀子一看，卻見烙印處刀跡縱橫，已看不清原來字號戳記，心裡益發瞧料幾分，急把銀子還與店東笑問道：「剛才付銀出去的二人是何路道？」

那店東一見甘瘋子氣概，音若洪鐘，卻摸不著是何路道，一時結結巴巴答不出話來。

甘瘋子恨極，摸出一點散銀匆匆付了酒飯錢，急忙搶出，解開馬韁跳上鞍背，向兩頭一望，只見西頭遠遠人叢內有兩人悠悠晃晃的擠去，料是那兩個人，慌一拉絲韁趕去。苦於街狹人多不便加鞭，只好跳下馬來牽著走去，趕到市梢，卻不見了兩人蹤影。向前一看，路盡處一座山腳擋住，山腳上疏疏落落的排著幾所瓦房，只好騎上馬向前走去。

過山腳一看，一面是江水、一面是山坡，坡上築著一條長道，遠遠望去，一箭之路以外有座當路涼亭，亭內隱綽綽坐著兩人，彷彿是酒店內凶漢。甘瘋子大喜！兩面一望別無人影，江面日落，只遠遠幾點帆影出沒在波光風影之中，別無近岸船隻，正中心懷。慌加鞭趕到亭下，忙從鞍後包裹內抽出寶劍，一躍下地，一聲大吼宛如晴天起個焦雷，大踏步提劍趕將過去。

這一下只嚇得亭內兩人啊喲一聲，一齊矮了半截，連連叩頭道：「下役們並未為非作歹，求大爺明鑒。可憐下役們奉大爺的命，拚命到四處探訪盜案，晝夜奔波，一刻也不敢偷閒躲懶，怎的提劍殺起下役們來呢。」

甘瘋子聞言大驚，喝聲抬起頭來！兩人一抬頭，甘瘋子定睛一看，哪裡是酒店凶漢，原來這兩人是醴陵有名的捕快頭兒。卻不解他們沒有海捕公文，何以緝訪到隔省來，會在此地巧遇？

正想啟問，那兩人已立起來垂手稟道：「下役們奉大爺命令在鄰近各縣訪了幾天，沒有線索，回到衙門，報告大爺親身改裝出來。師爺們不放心，連夜叫下役兩人跟蹤前來，一路探問知道大爺經過羅霄山，一直尋蹤到此，果然被下役們尋到。師爺們因為省裡下來公事嚴厲得很，兩州一府又把關係一齊推在大爺身上，風聞上面格外雷厲風行，將派委員下來摘印查辦。本縣紳士們卻動了公憤，一齊聯名向省城控告押解委員自己疏忽，虐待鄉紳，替大爺極力洗刷，所以叫下役們請大爺趕快回衙再說。」

甘瘋子聽罷，沉思了半晌，笑道：「你們不知俺已探得盜匪去路，再趕一程便可人贓俱獲。失官事小捕盜事大，俺不做官也要把這般強盜處置一番，才平心頭之恨。好在衙門俺一沒有家小，二沒有虧累，這樣結果俺早已料到，已把官印封好留下手諭交與師爺們收管。現在俺出來已十多天，他們定已拆開密封，照俺手諭辦理交代了。」

說罷，拿出了五六兩碎銀賞與兩人道：「你們忒也辛苦，好好回去替我致意紳士們，說俺從此無意做官。失去庫銀一樁案子，俺好歹要弄個水落石出。憑我一人力量，定要同這般強盜決一雌雄。你們就把俺這番話轉告他們便了。」兩人一聽，你看我我看你的看了一回，沒法強他回去，只好叩謝一番，快快而返。

這裡甘瘋子一人坐在亭內，癡癡的想了一回，覺得無官一身輕，從此海闊天空，脫然無累，倒比做官來得逍遙自在。又一轉念現在要探盜窟，也不必心急，先去找幾個生平好友敘敘契闊，商量一番，探得了盜窟所在，再慢慢同他們算帳便了。想起平生第一個好友是浙江歸寧縣錢東平，現聞隱居福建近海鴛鴦峰內，江西鄰近福建，何不棄了馬匹，單身訪他一下再說。

主意打定又從亭內出來，牽了座馬仍回到鎮內酒店，托店東把自己這匹馬賣了幾十兩銀子，即在店內寄宿一宵。次日便帶好寶劍，背上包裹，辭了店東，大踏步走出鎮來。剛走過路亭，驀見前面山坡上立著一個大漢，穿著一件玄緞羔皮長袍，歪戴一頂紅結小帽，敞著胸襟提著鳥籠，噘著嘴正在調弄籠內一隻八哥兒。甘瘋子從坡下經過，無意之間抬頭向他一瞧，似乎這人便是昨天自己追尋的兩個凶漢之一，卻因裝束與昨天不同，有點猶疑，不免多看了幾眼。

不料坡上那人看得甘瘋子向他直瞧，勃然發怒道：「你不認識你的老子嗎？向老子直瞧什麼？惹得老子性起，一個小指頭兒就把你撩到江心裡去。」這一發話不要緊，甘瘋子聽得口音明明是昨天酒店內自吹自擂的那個醉漢，真所謂踏破鐵鞋無覓處，得來全不費工夫。哈哈一聲大笑，便向坡上趕來。

那漢子一見甘瘋子氣概威嚴，自己的幾句話唬不倒人家，反惹得人家趕將上來。來者不善善者不來，不禁心裡有點發毛，卻還想充個硬漢，把鳥籠向地上一放，雙袖一撐凶睛一閃，喝問道：「難道你想太歲頭上動土嗎？小子且去鎮上打聽打聽俺九頭鳥王八爺的名頭，再來送死不遲。」

語音未絕，甘瘋子已立在面前笑道：「何必打聽別人，只向你打聽便好。」

九頭鳥看得甘瘋子雖不動手，聲勢已足驚人，禁不住退了兩步，兀自瞪著眼喝道：「你向俺打聽甚事？」

甘瘋子冷笑一聲道：「俺想打聽醴陵縣七萬多兩庫銀一票買賣，你不是插了一條腿麼？」一言未畢，九頭鳥嚇得一張豬肝臉霎時變成白裡透青，連連向後倒躲，猛地一矮身，颼的一聲從靴幫內拔出一柄尺許長牛耳尖刀，狂吼一聲便向甘瘋子胸前刺來，甘瘋子喊聲來得好！一偏身倏地飛起一腿，聽得撲的一聲響，跌個正著，那把明晃晃的牛耳尖刀一道白光飛落坡下去了。九頭鳥喊聲不好，一轉身向山上便跑。

甘瘋子豈容他跑掉，一個箭步過去把脖子一把抓住，順勢向地上一摜，一提足便把他踏住。九頭鳥原是個鎮上地痞，身子早已被酒色淘虛，怎禁得甘瘋子神力，輕輕一摜已是跌得發昏！此時胸脯貼地，背脊朝天，被甘瘋子一足踏住，不用使勁，早已兩眼上翻，上氣不接下氣了。

甘瘋子看他這樣不濟，放下踏住的腳，用腳尖只一撥又把他像死屍般翻過身來。等了半晌才見他透過一口氣，拚命般爬起身來，向甘瘋子像雞啄米似的叩著頭哀求道：「老祖宗殺了俺宛如踏死一隻螞蟻，可憐俺還有八十歲的老母要俺養活，老祖宗赦了俺一條命，好比放生池裡放了王八。」

這樣一面直叩響頭，一面亂七八糟的求饒，倒惹得甘瘋子真的發起怒來，大喝道：「無恥狗才少說廢話！要俺饒你狗命，快把醴陵縣案子從實招來，有半句虛言，立時砍下狗頭來！」說罷錚的一聲從身後拔出寶劍，擱在九頭鳥頂上，只嚇得他三十六顆狗牙，捉對兒廝打起來，心裡一急，嘴上結結巴巴越說不出話來。

甘瘋子用劍只向他頸上一貼，九頭鳥驟覺頸上一冷，驚得大喊道：「小的說，小的說！老祖宗這傢伙動不得。」甘瘋子喝聲快說。

九頭鳥大哭道：「說我平日在樟樹鎮打降吃腥不算冤枉，說我做強盜打劫皇家庫銀可冤死我了，像我這樣的乏貨哪配做強盜。前幾天從福建來了一大幫客商，也不知他們做的甚麼買賣，一到樟樹鎮就出重價雇了一批長路健騾，買了百多隻新的麻袋，不到幾天就從湖南趕著騾子又回到鎮上。我看得騾子上麻袋隻隻沉重非常，知是金銀一類的東西，便紅了眼，想訛點油水，糾集了幾個同夥去尋是非。哪知那幫客商非但江湖上門檻精而又精，而且個個手上厲害非凡！但我們雖然碰了一鼻子灰，那幫客人卻也講究面子，居然拿出百多兩碎銀賞與我們，算是遮羞錢。

「我們得了一點油水，越看得這幫客商不是正路，暗暗設法一探聽，才知是武夷山鐵扇幫的好漢。我們一聽是鐵扇幫，嚇得遠遠躲避，大氣也不敢出。幸而這般人在路上並不多留，贛江邊早已預備著十幾號大船，把騾子退回，改用水路運向福建去了。小的句句都是實話，如有半句虛言，定遭天雷擊頂。就是醴陵一起案子，直到這幾天沸沸揚揚傳到鎮上，我們才疑心到鐵扇幫去的。」說罷又連連叩頭不已。

甘瘋子看他神情知無虛話，卻喜此番本擬到福建去訪友，這樣一來不是一舉兩便嗎。一看時光不早，趕路要緊，便喝道：「像你這狗才也不足汙我寶劍，權且寄下這顆狗頭。」說罷不再理會地上的九頭鳥，逕自匆匆趕下坡來，在江邊覓了一艘長路搭客船隻，揚帆而進。從此甘瘋子或水或陸曉行夜宿，一路遊山玩水又從江西繞到福建。

講到這福建省，四周群山環繞，奇山怪谷層出不窮，沿海一帶島嶼星布山嶺重疊，格外來得雄奇秀麗。甘瘋子棄官雲遊，到了福建雖仍是遊覽各處勝境，卻一心想到鴛鴦嶺去訪好友錢東平。所以一入福建省境，便細細向人探明到建寧府的路程慢慢走去。

這天走入興化府永春州交界地方，萬山競秀千壑爭奇，幾百里路高高低低都是奇險絕幽的山道，幸而一路山林之內，都有一二所寺院可以寄宿。披霜戴月飽看奇山，倒也胸襟瀟灑一無牽掛。有一天翻過重重高嶺向前一望，十餘里外筆直矗立著一座奇峰，左右群山如屏若奔若赴，峰頂煙雲明滅，變幻無方。最可愛嶺下夾道的丹楓，一片紅錦似的直鋪到前面峰腳，襯著蔚藍的天空，深碧的峰頭以及白雲黃土松壑鳴泉，宛如一幅工緻絕倫的青綠山水。

甘瘋子癡癡的看了半天，真有飄飄欲仙之概。卻記起昨晚山寺，從寺僧口內探明前面的奇峰叫做天柱峰，是著名勝境，還有四壁嶺、大竹山、金龍嶂，一路都是名山古跡。這幾處遊盡便是沿海的長樂縣、連江縣、羅源縣、寧德縣，然後才到福安縣的鴛鴦嶺。算計還有好幾天路程，不敢再事留連只好奔下嶺來。

一忽兒走到天柱峰下，抬頭一看，上面一片片白雲像軋棉花般從半腰裡骨碌碌湧將而來，山腳巉巉巖壁裡鑿著一條窄窄的石磴，穿著核桃粗的一條扶手鐵鏈，左盤右折直穿入白雲深處，靜蕩蕩的絕無人影。甘瘋子只有從峰腳繞去，卻看得雲光嵐影，毓秀鍾靈，不禁遊興勃發，愛不忍去，決意直上峰巔玩個盡興，再從峰後尋路下去。

主意打定，把身上整理俐落，繫好背上包裹便躍磴道，鷺行鶴伏攀扶而上。一個人循著窄磴道盤來盤去，不一時已到峰腰。回頭向山腳一看，已不下二三十丈，山腰內地勢卻尚平坦，滿是合抱長松，松藤上成千成萬的松鼠東竄西跳，迸躍如飛，看見人來也不逃避。走出松林一條淺淺山澗，阻住去路，幸得並不深闊，一躍而過，向溪澗上流尋去，卻見一線銀瀑從天飛下。

走近一看，飛瀑從頂上一塊突出的嵯峨岩石邊飛舞而下，遠看去那塊岩石宛如一顆龍頭，張著大嘴從龍嘴噴出一道飛泉出來。到得半腰被松樹回環激蕩，散成濛濛的水霧，被太陽側光反映，幻成五彩雲霞，變化不測，蔚為奇觀。甘瘋子看得拍手驚呼，貪看多時，衣襟上都被飛瀑的水珠潤濕。向峰頂望去，兀自雲氣籠罩，知道這樣峻險，平日人跡定必罕至，也許上有仙靈窟宅，格外動了好奇之心，卻當前水霧迷漫，一時尋不著上山路徑。

甘瘋子重又退後，向側面繞去，卻見瀑布後面一座十幾丈的峭壁，壁下亦有一條羊腸磴道，像螺旋接到壁頂。當面看去，被飛瀑擋住固然看不出，就是側面遠望也一時難以覓著。因為這座峭壁並不截然如削，卻係一層層危崖斷石，夾著虬松蒼柏，把一條羊腸磴道隱在壁內，不逼近眼前萬難找覓。

甘瘋子走上這條磴道，可不比上峰時一條磴道容易走，又陡又滑一失足便可粉骨碎身，好容易走上壁頂，也覺腿軟腰酸。向下一望，一片雲海迷了路徑，連那條瀑布也看不見影子了，卻隱隱聽得泉聲淙淙似在腳下。望上一看，距離最高峰頭還有二三十丈，一個人好像立在雲端裡一般。四周遠眺，除近山一片雲海之外，遠處川流山脈星羅棋布，如在掌上。

休息片時仍欲尋路上去時，卻無上去磴道，想前人鑿路探山，也只有鑿到峭壁上面為止，只好從包裹內拔出寶劍，斬莽披荊當作拄杖，向前走去。哪知這樣一走，才知這座天柱峰非但高出雲表，而且面積也非常廣闊，越走越深迷了方向，走了半天依然走不到峰巔。只見前後左右全是奇形怪狀的巨石和鬼氣森森的古木。

這時已日影西斜，陽光斜照地上，布滿了千奇百怪的木石陰影，好像前後左右一時現出許多魍魎鬼怪，又加上山風高寒，吹得樹木呼呼發嘯，格外荒寒蕭瑟。雖是甘瘋子膽大氣雄，也覺得毛骨森森。一想不好，天已不早，看來今天難以下山，早知峰頂並無出奇之處，何苦費此精神？事已如此，只有先覓個藏身宿夜之處，再作道理。正在這樣思索，忽聽得呼的一聲，從怪石縫內竄出幾隻灰色野兔子，沒命的向身後跑去，接著又跑出一隻細腿長頸的麞子來，都箭也似的向山下逃去。

甘瘋子以為追那野兔，並不在意，依然向前走去。正穿過一片松林，忽見當前一塊潔白危石約有兩三丈高，豎在當地。走近一看，下半截晶瑩光滑渾如白玉，巨石邊幾株長松下半截也光溜溜的不剩一片松皮，似乎附近有龐大野獸時常到此摩擦身體。細看松下果然落著許多黝黑堅銳的獸皮，卻辨不出何種獸類，看松樹摩擦痕跡，估量獸身比人要高出一倍。甘瘋子格外提心吊膽，急於尋覓藏身處所。

轉過這塊巨石，猛然一抬頭，甘瘋子幾乎嚇得心膽俱裂！只見前面露出一片茸茸草地，約七八畝地大小，草地盡處危崖倒掛，布滿藤蔓，崖上卻有一個鬼怪似的巨人半身探在崖外，一隻虬筋纏絡粗逾牛腰的巨臂，五指向上像欲攫月拿雲一般。深山孤客見此怪物，哪得不驚！但仔細定睛一看，不禁連連自啐幾乎失笑，原來滿不相干，自己看見龐大獸跡以後弄得草木皆兵，這時又日影沉西，危崖又在陰面，崖上一株千年古樹偏又生得古怪精靈，在這夜色蒼茫中遠看去真像巨人一般。

甘瘋子雖然憑空嚇了一跳，卻在樹上得了主意，慌提劍連竄帶跳越過草地奔上崖頭，向這株怪樹打量一番，暗暗心喜，原來這株枯樹十人還抱不過來，樹身藤葛緊繞葛蔓遍體，近根處卻現出城門般的一個深洞，想是樹老中枯，照外面樹體這麼大，樹內的空洞定必寬廣異常，望去黑黝黝的，恐有毒蟒等類在巢穴內未敢進去，只攀藤扶葛爬上樹身立在分叉處。一打量橫出崖面這支巨幹宛如一座橋樑，幹盡處五枝分出，中如掌心，足容數人起臥。又喜枝上雖無一葉，糾結的藤蔓卻像蛛網般結在頂上，宛如當空搭著一座大棚帳。

甘瘋子大喜，又從幹上如飛的跳進枝條分出的掌窩內，腳下軟軟的襯著許多落葉，似乎有大鳥做過巢穴的樣子，坐下來舒適異常。從枝叉內探頭一看，離地足有十餘丈，距生根的危崖也有五六丈。真是上不在天下不在地，天造地設的一個安身處所。

這時甘瘋子身安心穩，把背後包裹同手上長劍都擱在近身地方，從包裹內摸出乾糧來吃了一頓，卻覺得喉嚨乾渴，四下裡一探，相近並無溪澗，記得那條飛瀑在前山峭壁下面，路途甚遠。天又漸漸黑下，一輪明月已升上山來，照得下面一片枯草，像罩了一層濃霜，山前山後許多異鳥發出各種怪聲，非常難聽，不便再下樹去尋水喝。而且走了一天，好不容易尋著棲身之所，也管不得山高地險，口渴身寒，只覺眼皮下垂，朦朧渴睡起來。

不料睡夢未醒，耳邊猛聽得震天價一聲怪吼，驚得他跳起身！四面一看，但見山風陡起，枝上倒垂的藤蘿隨風亂舞，下面坪上一片枯草也像波浪一般起伏不定，心想風從虎威，難道這聲怪吼便是虎嘯不成？思猶未了，崖頭樹根處嗚嗚之聲大作，聲如破鑼，震得耳邊嗡嗡不絕。急向崖上望去，卻未見一獸。再細聽發聲所在，竟像從地中發出一般。正在驚疑，又聽得呼的一聲，從樹根大窟窿內竄出一個龐大怪物來，急定睛細看時，只見那東西身偉尾長，斑斕滿體，竟是一隻吊睛白額大虎。

那虎一出洞，懶龍似的尾巴一陣搖擺，前爪一伸，後腰一躬，先伸了個懶腰，然後掉轉身全身一抖弄，尾豎毛張，兩隻熒熒虎目閃閃放光，朝著樹洞伏地一聲大吼，頓時呼呼幾聲怪響，又接連竄出一隻大兩隻小的來，一共大小四隻虎在崖上一陣盤旋，各自發一聲吼向崖下奔去。

甘瘋子雖在樹上也看得心驚，暗自喊聲僥倖！萬一尋不著這安身處所，或者冒冒失失的向樹窟窿鑽去，豈不危險異常。照這樹窟窿內存得下四虎，想必大得異常直通地穴，所以初聽虎吼像從地中發出來的一般。甘瘋子一面思索，一面兩隻眼珠也跟著四隻虎跑下危崖，卻見大小四隻虎一到崖下草坪，宛如小孩子放學一般，一路歡舞迸跳，在草上亂蹦亂跳，此騰彼撲，忽而鬥在一起，忽而追馳逐北繞坪疾馳，滿耳虎嘯之聲。

在甘瘋子居高臨下彷彿看了場虎戲，正看得熱鬧，猛聽得草坪盡處那塊晶瑩大石旁邊呼呼一陣腥風起處，現出一個龐大異常的黑影來。甘瘋子尚未看清是什麼東西，那草坪上面四隻巨虎已悄悄拖著尾巴聚在一起，四對碧閃閃的虎目，一齊注著那邊龐大的黑影，八條腿卻一步步向崖前直退。甘瘋子吃了一驚，心想那黑影是什麼東西，連虎也有點怕？再望那黑影已逐漸顯明，轉到那塊巨石前面來，同時黑影裡發出碧綠光芒，像兩盞明燈般直射到崖腳，那東西又慢慢走離巨石跨入草坪，一步步向那四隻老虎所在走來，到了草坪中間全身湧現。

甘瘋子借著月色定睛細看，見那東西通體烏油光黑，牛頭獅尾長鬣披肩，自頭到尾長約一丈有餘，高亦有八九尺。最奇一顆笆斗大牛頭卻只一角從額上長出，二尺許長，角尖翹天晶光奪目，立在草坪中間，兩道碧熒熒的眼光依然直注四虎，鼻子噓噓有聲像蒸籠般冒出骨嘟嘟白氣。甘瘋子看了半天，似乎就是『虎兕出柙』的兕牛。再看崖腳下四隻虎，個個尾巴直豎前爪踞地，張開大口露出滿嘴巉牙，似乎蓄勢待鬥樣子。

兩邊這樣對峙了半晌，猛見那兕牛把頭向地一拱，震天價一聲怪吼，放開四隻鐵蹄，擂鼓般向崖腳奔來。這邊大的兩隻白額吊睛虎首先一聲猛嘯，平地縱起一丈多高，一左一右攔腰撲向前去。後面略小的兩隻虎，也接連幾縱竄到兕牛身邊，一個在前一個在後，張開大嘴便咬，這樣四隻猛虎四下裡把兕牛包圍。

那兕牛猛襲過來跑發了性，一時收不住腿，前後左右四隻虎又已撲上身來。說時遲，那時快，只見牠一顆碩大無朋的怪頭一俯一昂，當前的一隻虎被牠憑空掀起半天高，撩在一邊，同時四隻鐵蹄一陣盤旋，左右兩面同身後三隻虎一齊撞開老遠。四隻虎在地上一陣翻滾，重又發起虎威齊力撲上。這一來，四虎一兕在草坪上來回馳逐，拚命狠鬥，只聽得吼聲動地，沙石飛揚，連當頭一輪明月也似藏影匿彩，黯淡無光，只把樹上甘瘋子看得駭然失色。膽子小一點的，怕不魂飛骨酥，跌落樹下。

這樣足足鬥了半個時辰，眼看四隻虎合力奮鬥還占不到半點便宜。最可驚這幾隻銳利無比的虎爪明明看得撲在兕牛身上，卻難傷它分毫，想見兕牛遍身毛勁革堅，只看它把頭一觝，身子一抖，近身的虎便跌出老遠，更可見力大絕倫。

正看得心驚目眩，忽見一虎狠命抓住兕牛鋼刀鬣，張口向頸項一路猛齧，後邊三虎也死命撲在身上亂咬亂啃。不料那兕牛後腿一掀向前一衝，便把附身三虎一齊甩落，前面那隻兀自抓住頸項不放鬆，兕牛發怒，掛著掛在頭上的虎亂顛亂縱繞坪奔去。被牠甩開的三虎，在地上打了個滾，連聲怪吼又向牠屁股後面趕來。兕牛未待三虎近身，屹然立定身軀把頭隻一掄，尖銳的獨角一閃，立時聽到一聲慘叫，項上抓住的一隻虎又被牠頭峰甩去丈餘高，直摔到崖腳亂石堆中。急看時已是四腳朝天一動不動，肚上一片白毛地方血花像一股泉般飛射出來，想是被牠那個獨角角觝穿肚腹而死。

兕牛觝死一虎，兩眼凶光遠射，鋼牙盡露，噴出許多白沫格外凶厲無比！把頭向後一看，頓時掉轉身軀，向追牠的三虎直衝過去。那三虎看得夥伴死掉似也氣餒，一齊掉轉身落荒而逃。兕牛格外氣焰十足，鼻子裡呼呼怪響，放開鐵蹄向後直追。這時樹上甘瘋子把睏睡也嚇醒了，口渴也嚇忘了，卻看得兕牛這樣凶狠，那三虎難免也要同歸於盡，恨不得跳下去一頓拳腳把兕牛打死。但是四隻虎拚力尚鬥牠不過，一個人如何有此力量。卻想到此山有如此猛獸，明天自己下山也是非常危險，猛然記起自己從縣衙出來原帶著彈弓，一路行來藏在包裹內。自己這口鐵製硬弓發得又遠又準，力氣也是不小，何妨取出來試它一試？僥倖把這凶猛兕牛除掉，豈不大妙！

思想定當，慌伸手拿過包裹，打開來取出彈弓上好弓弦，又把滿滿一袋鐵彈繫在腰上。順手又把包裹包好，身子移了一移，昂起身半蹲半坐向下面細瞧。哪知他在上面解包裹取彈弓的一耽擱，下面三虎中又死掉一虎，尚餘兩虎似已精疲力盡，勇氣兩無，正被兕牛追逐得無路可走，想逃上崖來，卻又被兕牛在崖下堵住去路。

甘瘋子雄心勃發，摸出一把彈子，扯起弓弦覷得準確，輕輕喝聲著！只聽得兕牛身上卜卜幾聲毫無動靜。原來兕牛遍體黑毛，非但光滑如油，而且根根鋼針一般又厚又密，彈子哪裡打得進去！只一顆顆滑落在地上。甘瘋子不死心，用了十二分功勁一陣連珠的猛擊，雖是彈無虛發，無奈兕牛毛革實堅韌，連虎牙虎爪急切裡尚難傷牠，何況幾顆小小鐵彈？反而撩撥得牠昂頭怒吼，兩眼凶光直射到樹上來。

甘瘋子吃了一驚，急中生智，慌叩上彈子用足功勁覷準兕牛兩眼大喝兩聲著，著！事有湊巧，這時正值兕牛的頭上仰，又在崖下相隔不遠，兩隻閃閃放光鵝卵般的大眼又易於覷準，上面喝聲未絕，下面兩道綠光隨聲而滅。只聽得崖下長長的一聲狂嗥，兕牛旋風般一陣亂轉，似乎雙眼瞎掉痛楚非凡！卻又野性勃發亂觝亂蹴。

鐵蹄起處怪石飛空如落冰雹，獨角所至樹木飛拔地陷成坑。這一來，頓時滿坪飛沙直捲狂風怒號，連甘瘋子的大樹上也震撼不已。嚇得鬥乏的兩虎遠遠兒偎在一起，像貓兒一般。這樣奔騰了半刻光景，又見牠嗚嗚幾聲猛吼，倏地頭角向地一伏，放開鐵蹄箭也似的直向對面衝出，一忽兒猛聽得天崩地裂地一聲巨震，那邊矗立的一塊晶瑩大石嘩啦啦四分五裂的塌了下來。原來兕牛兩眼已瞎，只顧逞著野心猛力衝去，竟不防碰在石上把整塊石屏撞塌。這兕牛蠻力實在大得駭人，可是兕牛係血肉之軀，這樣一碰也自腦漿迸裂壓死在碎石底下了。

甘瘋子遠在樹上，但見對面滿空石屑四飛，一時還看不出死牛死與不死，卻見草坪角兩虎聳起身來，驀地發聲怒吼，連蹦帶跳撲向前去，虎爪齊舉，把塌下來的碎石塊一陣亂扒便赫然現出碩大無朋的兕牛半臥在血泊之中。兩虎似也知道洩恨，頓時牙爪齊施，連毛帶肉一路大嚼。半晌，兩虎舐嘴吮舌的回轉身，各自銜著死虎拖上崖來，連死帶活依然鑽入洞內。

甘瘋子眼看兕牛已死，虎亦歸洞，人亦疲倦得不可言喻，料想自己所在，就是再有怪獸出來也不致有礙，於是把彈弓扣在背上，寶劍繫在腰上，竟自抱膝睡熟。等到睜開眼來，紅日滿山清霜遍體，一夜光陰早已過去。回想夜裡光景，好像做了一場惡夢。立起身，向草坪那面一看，大吃一驚！再定睛一看時，只見那面無數碎石中間另有小山似的一堆東西金光閃閃，照人眼睛，看不清是何怪物，卻不見兕牛屍骨何在。正詫異當口，猛聽得頭上嗤嗤怪響，一抬頭，只見大樹主幹上蟠著一條錦鱗，赤眼粗逾擔桶巨蟒，下身緊繞枝梢，上身匹練般直掛下來，全身有十幾丈，正對著甘瘋子張著血盆大口，兩支火苗般信舌滿嘴遊走，腥涎直滴。

這一嚇非同小可，也顧不得離地高下，順手撈起包裹，一提氣湧身向崖下跳去。照說崖上跳到崖下足有十幾丈高，卻因橫出的枝幹勢向下墜，比較崖面低了不少，甘瘋子又是善於輕身功夫，從枝叉上騰空般跳到草坪，幸喜沒有損傷。也顧不得回頭再看，腳落實地便飛步向前奔去。這一跑正向那座金光閃閃的小山奔去，在樹上睡眼朦朧未及看清，忽遇當頭怪蟒，一時逃命要緊，未曾慮及此處。此時飛步奔來相距不過五六丈路，已看是大大小小千百條金光燦燦的怪蛇，蟠住兕牛屍首蠕蠕而動，又把甘瘋子嚇得望後倒躲。

回頭一看樹上，那條巨蟒已遊身下來，甘瘋子急得滿身是汗！四面一瞧，看得前面草坪盡處，除出正面一堆怪蛇擋住前路，兩旁盡是劍林般的怪石，高高低低犬牙相錯，實在不易下腳。可是逃命要緊也顧不得許多，不管三七二十一，接連幾縱奔近石林，撿著略微方正一點的便奮身跳上，不暇細看，兩臂一張，似飛鳥般從石尖上一塊塊縱了過去。好容易腳不停趾，繞過蛇堆越過石林跳下地，透了口氣便拔腿向山下飛跑。一口氣從磴道盤下峭壁，又到了昨天留連的峰腰，那條飛瀑兀自銀龍般飛舞不已。

這時甘瘋子氣喘汗流，喉中像火燒般，一見這瀑下淙淙清泉格外鼻口生煙，慌忙爬在瀑邊用手掬著泉水盡量喝了十幾口，才覺遍體清涼驚魂安定。卻已無心賞鑒銀瀑，也不敢再作直上峰巔之想，尋著下山磴道急急走下山來。到了山腳略事休息吃點乾糧，便繞出天柱峰奔向前程，一路探幽尋險之興，也減卻不少。

不日便到了福安縣鴛鴦峰會著錢東平，兩人一敘契闊，甘瘋子便把失銀棄官的事從頭至尾說了一遍。錢東平說道：「如果那批庫銀果是鐵扇幫所為，你倒來得湊巧。因為鐵扇幫老巢雖在武夷山內，新近恰與飛龍島聯姻，姓艾的首領常在島內留連，不大到武夷山去，而且霞浦百笏巖也是他們的聚會之所。霞浦距這裡甚近，甘兄想下偵探功夫，倒也容易入手。不過小弟隱居於此絕不與聞外事，上面所說，都是道聽途說，究竟其中真相如何，甘兄慢慢細探便了。」

甘瘋子聞言大喜，錢東平又代他策劃，喬裝一個江湖劇盜模樣，捏造了名姓來歷，假充慕名拜山先投入百笏巖碉內，然後見機行事。不料初到頭一天還未見著飛龍島主，卻巧遇上游一瓢了。

以上便是甘瘋子對游一瓢說明自己的來蹤去跡，話已表明，又接著說游一瓢師徒四人商量同到雁蕩的事。照錢東平意思，甘瘋子雖然棄官如遺，從師心切，可是七萬多兩庫銀一案，尚未探得水落石出。如果真是鐵扇幫所為，豈不白白便宜他們。龍湫僧也主張好歹到飛龍島去偵探一下，有老師在此，怕他們怎的？

游一瓢聽他們議論紛紛，微微笑道：「如在庫銀本身講，送進湖南藩庫同搬入飛龍島盜穴絲毫無異，現在世界，官盜有何分別？再說你目前已無職守，何苦為不相干之事操心？而且飛龍島主同艾天翮已從海底地道，將百笏巖兩家遷入飛龍島，咱們一時也不易深入。至於俺這一檔事卻與飛島主無關，完全是艾天翮夫婦的詭計，其中原因複雜，你我尚未了解內中詳情，須待俺回雁蕩問明俺夫人才能決定主意。不如暫且丟開手，待你們自身功夫到了爐火純青地步，尚有比現在重要萬倍的大事情待俺們同心去做哩。」

三人一聽此言，便跟著游一瓢直赴雁蕩，先到靈巖寺住了一宵，次日一早又同上雁蕩峰頂雁湖湖畔。尋著游一瓢夫婦偕隱的舊廬，進去一看卻找不著紉蘭影子，草廬內也不像有人住著的樣子。

游一瓢暗暗疑惑，猛一抬頭見壁上釘著一張顏色褪舊的信箋，取下一瞧，吃了一驚，頓足道：「豈有此理，相處這些年，難道連俺為人還信不到底嗎？總是她涵養未到，不能明心見性，了澈真如。可是俺也有疏忽之咎，如果不誤中毒蠱，何致耽誤日子，以致錯過機會不能摘奸發伏，當面解釋。」說罷長歎一聲，把手上信箋交與三人同看。三人一看箋上寫著那晚百笏巖紉蘭憤而出走的先後情節，後面另外一行還題著一首詩曰：

「在山泉水清，出山泉水濁。清濁自殊途，一笑謝塵俗。」

第卅二章　孤島風波

游一瓢師徒回到雁蕩絕頂的草廬內看到紉蘭臨走題詩，當下錢東平、甘瘋子、龍湫僧三人揣摩詩內寓意，便知師父母起了絕大裂痕，雖是輕飄飄兩句詩，卻蘊藏著夫婦從此各行其是的意思。最厲害的把游老師比成濁水俗塵，彷彿說我們倆在雁蕩居時你也是清的，出山後便成濁物，鬧出百笏巖這一檔把戲來了。

三人中甘瘋子心中格外難過，假使那晚沒有他從中搗亂，老師不致離開書齋，湘魂這檔事不致於難分皂白。可是老師的清白，也只有俺一人親眼目睹的證人，有俺在場，目前錢東平、龍湫僧便不致疑惑俺老師。話雖如是，只俺們三人曉得老師受了冤枉，仍然無法破此疑團。玷汙湘魂身體這人，究竟是誰？依然大海撈針無法查究。

甘瘋子心裡這樣思索，錢東平、龍湫僧也是這般地想，而且三人對於游一瓢夫婦以往的事並不知曉，鐵扇幫飛龍島何以用此詭計，也摸不著路道，又不便向老師細問。六隻眼珠看定了那張信箋，倒沒法擺布了。

游一瓢卻微微笑道：「這事關著十年以前的事，難怪你們茫然。前幾天在鴛鴦峰破寺內俺聽你們說及百笏巖艾天翮，已知這樁前因絮果成了一樁不可解脫的怨孽。現在俺這位夫人被他們詭計蒙住，素性又迂執冷僻，這一走愈弄愈僵，正落敵人的圈套。但是真金不怕火煉，是非總有大白之日，俺這位夫人將來定要後悔的。俺們師徒的事要緊，這種塵俗煩惱正應運用慧劍斬斷，從此置諸度外可也。」這一番話從世俗眼光來看，只覺游一瓢夫妻之情似乎非常淡薄。

三人之中也只有錢東平已體會出游一瓢的意思，連連點頭道：「老師道念堅定，涵養功深，所以勘透塵網，趁此解脫。一面推測這樁事不到水落石出之日，同師母見面也是無法解釋。不如暫置度外使敵人疏於防範，將來不難見機行事。」甘瘋子、龍湫僧被錢東平一點明，果然覺得有理。

游一瓢笑道：「你們三人相處雖不多日子，各人氣質已見一斑。東平器宇開展，智略達到，可以傳授我的陰符握奇之術、先天太乙之類。霆生（即甘瘋子的原號）剛毅果敢，豪氣凌雲，可以傳給我的拳經劍術。龍湫僧心源澄澈，世情恬淡，可以傳授我的吐納保身、煉丹壽世之秘。至於鍛煉體魄，陶熔天性，為人道之基，凡在我的門下，人人必須經過的第一步功夫，這種功夫便是內功正宗。

「世人練習武功的都是由外而內，俺卻是由內而外。由外而內，無論練得如何驚人，根基終是不固。比如身子雖是鐵鑄，五臟六腑依然是一座琉璃，一震便要粉碎。如由內而外，先須練心、練氣、練血、練精、練神，按五步做法把心氣血精神運用如一穩如泰山，然後把五官、四肢、七竅同拳術的手眼身法步，十八般軍刃的蹦、跳、砍、刺、搌一一撮會拍合，便可觸類旁通任意所使。然後取精用宏由博返約，各專其性之所近，以達於神化不測之境。如此內功正宗之秘奧已得其十之五六，出而濟危扶困可以遊刃有餘。

「但是做到這樣的功候，還只內功正宗之一半路程。像我所說傳授東平的兵機術數、霆生的拳經劍術、龍湫的吐納煉丹，途徑雖不同，而探本窮源，都可以達到保命養元之金剛不壞地步，看各人自己功行如何便了。」

這一番話，三人聽得又驚又喜，一齊俯伏在地齊聲說道：「從此弟子們長侍左右，全仗師父訓迪，但不知師父在天台、雁蕩兩處擇哪一處設立絳帳，弟子們可以親自動手建築起來。」

游一瓢道：「就在此處舊廬中再添設幾間，略一整理便足夠用，不必多費手腳了。」

三人聞言起立，於是師徒四人擇定廬旁地址，由龍湫僧回到靈巖寺運上許多糧食蔬菜同爐火家俱等應用物件，連造房屋的動手傢伙應有盡有，也不雇用木土工匠，三人親自選材搬土動起手來。好在山上有的是木材，沒有的東西再由下搬運，不到幾天，居然添蓋了幾間樸而不華的草廬。從此師徒四人在雁蕩絕頂參究內功正宗，宛如世外桃源，每逢春秋二季，游一瓢依然下山雲遊四海。

三年以後，錢東平等三人功夫大進，游一瓢下山時便於三人中帶一個徒弟同遊天下，於是塵寰中又有游一瓢師徒蹤跡，順便又做了許多驚人的俠義功德。江湖上因他來去無蹤，不可捉摸，卻又光明正大無人及得，他陸地神仙這個雅號便自此遐邇皆知。後來在雲遊時，又收了黃九龍、王元超兩人。雁湖草廬中師徒六人，不但講究武功，關於修道的煉丹內視、治世的救國安民、治軍的兵機韜略，依照各人性情相近，分別傳授。

這樣又過了幾年，游一瓢看得錢東平、甘瘋子、龍湫僧卻差不多已到爐火純青的地步。錢東平本是個智慧絕人，學問淵博的才子，在雁蕩從師幾年益發成了大器，武功之外尤其長於布陣行軍以及讖緯五遁之學。甘瘋子素性豪邁卻又飽學，此時從游一瓢又學成一身驚人的劍術。只有龍湫僧雖然也學得一身功夫，學問一道卻比錢、甘二人略遜，只有一樣是他人所不能及的，他參究吐納辟穀之法，看得世情極淡，終日面壁參修，內功根基卻非常深厚。

此次游一瓢命他們三人分途下山做些俠義功德，又說天下不久大亂，刀兵四起，叫他們下山去見機行事，驅除韃虜，恢復山河。錢、甘二人便欣然領命下山，惟獨龍湫僧卻不願重入紅塵，一意在山深造，將來如果師兄們需他幫助時再從旁出力未遲。游一瓢見他淡泊無為，也很讚許。再說黃九龍、王元超入門未久，也需他代師指導，便也不叫他下山了。

游一瓢自從錢、甘二人下山以後，自己依然分春秋二季下山雲遊，想起從前紉蘭負氣出走迄無消息，也時時暗地留意。有一次特地到福建百笏巖一帶，先打聽艾天翮消息，卻從沿海的居民中探出飛龍島內已無一人，飛龍島主同湘魂、筠孃以及艾天翮都不知去向。起先不信，親自走進島去一看，果然變成一座荒島。後來在洛陽聽得江湖上盛傳艾八太爺的大名，說是本領無人及得，再一打聽，便是鐵扇幫首領艾天翮。長江一帶遍地都有鐵扇幫黨羽，比早年勢力還要濃厚，卻誰也不知道他的巢穴所在地，武夷山的老巢也只有一部分的黨羽。艾天翮本人養尊處優，深居秘密巢穴，只指揮手下在外鬼混，也無人識得他本來面目。游一瓢倒也無法找他，便又把他淡忘，連探尋紉蘭的念頭也漸漸淡了。

有一次偶然在相近天台黃岩沿海一帶遊覓，忽然聽見象山港海口相近有一座極大的島，島中有個海盜首領叫作千手觀音，是個神鬼不測的女劍俠，手下有兩個小女孩本領也著實驚人。游一瓢一聽這個消息，想起當年紉蘭姊夫呂元不是從太湖歸隱到象山港的島上嗎？這個女劍俠也許就是紉蘭。便想到象山港一訪，一轉念，當年不白之冤尚未水落石出，紉蘭又是迂僻成性萬難解釋，不如讓她獨行其是，留日後再作道理便了。從此游一瓢又把這事放在一邊。

但是飛龍島是艾天翮夫婦的根據地，又是飛龍島主的發祥地，何以毅然棄掉走得無影無蹤呢？這其中卻有一樁驚人的事依然關係著游一瓢夫婦。原來紉蘭在百笏巖出走的一天，筠孃詭計告成，立刻從地道走到飛龍島同丈夫艾天翮、阿兄飛龍島主會面，把詳細情形一說。艾天翮自然高興異常，總算把開元寺忍著的一口怨氣在自己妻子手中報復過來。可是飛龍島主卻懷著鬼胎，幸而湘魂咬定是游一瓢所為，可以脫身事外。不過自己妹子一雙眼珠非常厲害，一面對艾天翮說話，一面只管用眼神盯他，而且在有意無意之間時時對他冷笑，看情形好像已被她識破機關，不禁機伶伶打個寒噤。

正在心神不寧當口，筠孃忽然把他調到無人處，從懷內拿出一條玄皺腰巾擲在他面前，劈面說了一句：「你做的好事！」就把飛龍島主鬧得面紅耳赤做聲不得。原來他們兄妹二人雖係同胞，性質卻天差地遠，飛龍島主是個有勇無謀的角色，筠孃卻機警絕人，便是武功也是筠孃比他強，所以對於這位妹子非常敬畏。島中事務大半由筠孃主持，名為島主，其實大權均在筠孃手中。

自艾天翮入贅以後，武功智謀又比筠孃強了幾倍，於是全島悉在夫婦掌握之中，飛龍島主不過坐享其成，恭聽號令罷了。此時被筠孃當頭一罩，又拿出證據來，頓時心頭突突亂跳，口中囁嚅著說不出話來。筠孃看他如此，益發肚內雪亮，鼻子裡冷笑一聲道：「你做的好事，將來怎地？」說了這句，腳一跺一轉頭要走。

飛龍島主慌忙一把拉住，陪著笑臉，千妹妹萬妹妹的懇求道：「總怪俺一時糊塗做出這樣事來，請妹妹替俺遮掩這個吧，妹夫面前也不要說才好。」

筠孃用勁啐了一口道：「難道這事就這樣遮掩過去不成？萬一被湘魂知道，豈肯與你甘休！依我想，你還得下一番水磨功夫，把湘魂名正言順的弄到手才可無事。」正說著，艾天翮從外面進來，兩人便閉了嘴。

筠孃對丈夫說道：「俺想游一瓢夫婦是一對怪物，雖然被俺蒙住，難保兩人之中有一人探出你的蹤跡到百笏巖去搗亂。別人不怕，獨有這對怪物實在扎手。而且前天有個會使蝴蝶鏢的怪漢投到碉內，聲稱慕名而來想投入咱們幫內，因你不在留在客舍。不料游一瓢逃走的晚上，那怪漢也同時不知去向，有人似乎看見他們倆一塊兒走的，這事大有可疑，俺們不能不防。不如將碉內的人歸並到島內，把地道堵塞，便可高枕無憂了。」

艾天翮沉思半晌，然後說道：「游一瓢這個怪東西，俺遲早要和他一決雌雄。當年俺師父臨死當口對我說，般禪掌的功夫神秘不測，他老人家也只練到一半程度，所以吃了游一瓢的虧。堅囑俺擇一人跡不到的深山靜心修練，再用十年深功便可把般禪掌融會貫通，無敵天下！非但報得當年師徒兩次羞辱，也可長生不老。俺這些年時時存著這個主意，你此刻說歸並到飛龍島來，也非永久辦法。

「你要知道，飛龍島全仗著孤懸海中無人敢上島來，可是近年海禁已開，外洋海輪時時橫行島外，俺們部下進出已是大大不便，將來定要出毛病。現且暫時把百笏巖的人遷來再說，慢慢另找妥當地方，再由海道遷移，倒是一個辦法。不過湘魂這檔事倒出俺意料之外，據俺猜想恐怕其中另有別情。游一瓢是個沽名釣譽，老奸巨猾的人，未必做出這樣荒謬的事來。」

艾天翮這樣一說，旁邊飛龍島主不由得面孔一紅，心裡一陣難受，幸而他這張尊臉又黑又紫，無論怎樣變貌變色是看不出的。

卻聽得筠孃說道：「這也難說，如果不是他何必一去不返呢?這且不提。湘魂妹子因咱們的事叫她受了委屈，難保她不怨恨咱們，這倒是可慮的事。現在俺且回硐去，立時派人收拾東西從地道搬來，晚上連湘魂妹子一齊到此。好在島上原有俺們的閨房，你再派人收拾一番便了。」說罷又從地道回轉硐內，卻聽得湘魂在自己房內嚶嚶啜泣，只好老著臉花言巧語的撫慰一陣，探著湘魂詞色，卻沒有怨恨他們的樣子，便放了一半心。當晚便把硐內搬得寸草不留，湘魂自然跟著她到飛龍島了。

艾天翮等她們遷入飛龍島以後，隔了幾天，自己又束裝離島，指揮長江一帶鐵扇幫做他無法無天的事去了。這番出去卻不帶飛龍島主同行，其中又是筠孃的密計，想把湘魂同阿哥聯成一體，所以這幾天對待湘魂格外無微不至，真可說得先意承旨，奉命惟謹。其實湘魂也是一個絕頂聰明的女子，看他們兄妹鬼鬼祟祟的神氣早已瞧料幾分。無如落花有意流水無情，而且湘魂自從吃了啞巴虧，推原禍首不是筠孃是誰？沒有筠孃的詭計，自己何致如此。不禁把筠孃恨如切骨，表面卻不露出，心裡暗暗打了一個主意。

你知道她存了什麼主意？原來她一直以為游一瓢愛她，所以姦汙她的身體，存了個癡念，想遇到機會偷偷一走，天涯海角去找游一瓢，索性跟定了他，就是紉蘭同游一瓢並不分離，也甘願作個媵妾。所以飛龍島主無論如何奉承，只是淡淡的不睬，可憐把渾渾噩噩的飛龍島主弄得廢寢忘食，夜不安枕，一個月以後兀自毫無成績，真把飛龍島主弄急了。

有一天他走進內室，不見妹子同湘魂的蹤跡，一問丫環才知筠孃帶了幾個勇婢巡視全島，湘魂一人無聊也獨自到海灘邊遊賞去了。飛龍島主一聽，匆匆趕將出去，先在島後瞭望台上四下一望，一眼看到台下海灘上一排榕樹底下立著一個裹白狐鳳氅的俊俏女子，細看身段正是湘魂，頓時如獲至寶，看她擁裘獨立，被海風吹得衣袂飄舉，益顯得鳳鬟霧迷，丰姿絕世。離湘魂百步之外，沙土上立著一塊木牌，牌上畫著一個五官四肢俱備的人形，便知她在此練習鵪羽梅花箭，那塊木牌就是她的箭鵠，此刻想已練罷，在海濱徘徊休息。

飛龍島主恐怕她轉身回去，慌一躍下台，三步並作兩步趕到榕樹底下。這當口，海邊一輪血日宛如極大一面寶鏡放出萬道祥光，映得海面金光閃閃耀目生輝，連海灘上樹木沙草都呈異彩。湘魂面對海日正看得出神，忽聽後面沙沙步響，回頭一看，只見飛龍島主大踏步走近身來。一張黑而且紫的蟹殼臉罩著一陣油汗，被迎面日光一照，宛如社廟中新塑的金臉黑判官，湘魂不禁心裡一跳，卻無法迴避，只得微微地頷首。只見他嘻著一張闊嘴，露出滿口黃牙，走近身大笑道：「原來湘妹在此高樂，教俺尋得好苦。」

湘魂突然問道：「尋俺作甚？」

飛龍島主原是信口開河，被她凜然一問，一時倒弄得張口結舌答不上話來，半晌才嘻笑道：「俺聽說湘妹攜著鏢囊獨自匆匆走出，俺不知就裡所以四處亂找，不意湘妹在此練鏢。像湘妹這手梅花箭百發百中，誰人能及？尚自這樣用功，真把我們男子愧煞了。」說著又接二連三瞎恭維一陣。

湘魂一句不睬，頭昂得高高的，兩眼只顧看她的海日，兩隻腳卻順著榕蔭底下一條沙道慢慢向前走去，飛龍島主跟在身後，兀自無話找話同她攀談。在湘魂以為他自知沒趣，定必躲開，哪知今天飛龍島主已忍無可忍，好容易得此機會，左右又無丫環們搗亂，好歹要把多日苦心，盡情一吐。恰好湘魂向前走去，正是全島最幽靜的地方，四面榕蔭如幄入冬不凋，島中漁民嘍卒一個不見，只遠遠瀛海下泊著幾艘漁船略有人影。

湘魂走入榕林，回頭一看飛龍島主依然緊貼身後，不覺吃了一驚，便想轉身回去。不意飛龍島主四面一瞧，低低叫了一聲：「湘妹，且請留步，俺有幾句心腹話相告。」

湘魂一看他滿臉尷尬神氣，忙正色道：「時已不早，有話回去再說吧。」

飛龍島主一看神色不對，又要前功盡棄，心裡一急，顧不得前後有人無人，噗通一聲矮了半截，湘魂大驚，慌問道：「何故如此？」

飛龍島主滿頭大汗，結結巴巴的說道：「俺們從小一塊兒長大，俺這幾年敬愛妹妹，憐惜妹妹，成日癡心妄想，弄得少魂失魄，妹妹何嘗不知道？妹妹如果再不可憐愚兄，愚兄這條命也不長久了。今天俺也顧不得許多許多，心裡有許多要緊話，非同妹妹直說不可，俺這條命不要緊，可是妹妹的終身大事要緊。俺如果再隱瞞下去，非但誤了自己，也誤了妹妹。妹妹不必疑懼，只幾句話同妹妹一說罷了。」

湘魂起初聽得又怒又急，後來聽出話中有話，不覺滿腹狐疑起來。暗想自己主意已經打定，就算他存心無理，自己也制得住他，心裡這樣一轉，便假作笑容道：「快起來，教人看見成什麼樣子！有話也無妨，快不要這般做怪相。」

飛龍島主以為這一番話已打動她的心了，便躍起身來又連連作了幾個揖，口中囁嚅了半晌，滿頭急得大汗，卻依然說不出話來，原來他這幾天也不同筠孃商量，成日癡心妄想弄湘魂到手，費了許多心思依然打不動湘魂的心。急得沒有法想，存下一個孤注一擲的呆主意，索性把那晚李代桃僵的情形盡說出來，或者湘魂木已成舟，除非跟從了他，別無第二條路可以保全名節。自己越想越對，恰巧此刻旁邊無人正是機會。所以逞著一股勇氣，先跪在地上說了幾句打動心腸的話，彷彿做文章似的先來個虛帽，然後一步步可以發揮議論。不料立起身來回想那晚偷營劫寨的手段，實在太欺侮她了，太曖昧無禮了。良心一現，當面如何說得出口？欲待不說，非但上面幾句話收不回來，以後機會難得益發，難以啟口。這樣天人交戰理慾交攻，面上神氣煞是難看。

湘魂何等靈敏，已知其中大有關係，所以他一時難以出口，秋波一轉，滿面笑容悄悄說道：「俺兩人從小在一起，論情也無異手足，你待我好，俺也時時存在心內。只俺女孩兒們，遇事不能不慎重罷了，現在沒有第三個人，你有心腹的話，盡管說出來便了。」這幾句甜蜜蜜的話出在湘魂口中，飛龍島主可以說是第一回聽到，頓時三萬六千毛孔，孔孔酥融舒暢，嘻著嘴不知如何是好。湘魂嬌嗔道：「你說呀！」

飛龍島主尚猶疑道：「俺說出來妹妹可不要動氣才好。萬事寬宥愚兄一點，待愚兄將來極力補報便了。」

湘魂愈聽愈疑，故作媚笑道：「你的心俺也明白，將來俺們日子長呢。你只把心腹話實說出來，俺絕對不怪你便是了。」

飛龍島主究是莽夫，禁不住被湘魂嬌滴滴的一擒三縱早已酥了半邊，又以為湘魂此刻口氣似已千肯萬肯，大功不久告成說也無妨，便湊近一步，壯著膽把那晚游一瓢不在書齋，自己掩了進去，看見妹妹被他點了穴道，一時不克自持，怎長怎短，竟盡情說了出來。

湘魂不聽猶可，一聽其中原來是他占了便宜，頓時花容失色，幾乎氣得暈倒，慌一咬牙勉強鎮定心神，急問道：「此話可真？這是關係俺終身的事，你須對天設誓，俺方能從你。」

飛龍島主不假思索，慌又指著天說道：「如有虛言，天誅地滅。」話猶未畢，湘魂柳眉倒豎杏眼圓睜，倏的退後一步喝一聲：「好，俺從你！」

喝聲未絕，只見她狐氅一揚玉手一抬，哧的一聲一枝鴆羽梅花箭直向飛龍島主咽喉射來。飛龍島主正在失魂落魂當口，萬不料湘魂下此絕情，如何躲閃得過？咕咚一聲頓時仰面跌倒，只兩腳一蹬便已氣絕，喉中一枝小小梅花箭兀自半截留在外面。

湘魂急淚如雨，一俯身把梅花箭起下，戟指叱道：「教你識得老娘厲害，殺死你這匹夫還去不了俺心頭之恨。可恨筠孃這惡婦行得好毒計，瞞得俺好苦！你們既然無情，俺也無義。」

說到這句，殺氣滿面，騰的一腿把飛龍島主死屍踢得憑空飛去，跌入榕林深處，一跺腳急急奔回寨內一看，筠孃尚未回寨，料想飛龍島主屍首一時不會發現，慌忙跑回自己香閨，定了一定神暗暗籌劃了一下。

想定主意，把房內丫環統統指使開去，匆匆把身上裡外結束停當，洗盡了面上脂粉，從箱子裡拿出十幾副金鐲分套在兩臂上，貴重的珠寶細軟也收拾了一小包斜拴在肩上，懷內又塞了十幾兩碎銀，然後把鴆羽梅花箭一齊裝入鏢囊緊繫腰上，從床邊摘下一口心愛的百煉鋼麗珠劍，也連鞘挎在腰下，仍復披上那件白狐風氅走出房來直向寨外走去。有幾個丫環們看她脂粉不施一臉怒容，又獨自走向寨外，摸不著道路，但誰也不敢多問。守寨門的頭目嘍卒們，平日連正眼也不敢多看一眼，益發無人敢問。

她一人急匆匆依然走到島後海灘上，一看西南上紅日已沒入水平線以下，殘餘的晚照變成深紫顏色；東北角上的海灘，卻已霧氣瀰漫，只聞人聲，不見人影。湘魂不再流連，直向海邊趕去。一看相近處有一漁船，正預備掛帆渡海。湘魂在平日早已留心，知道這種漁船，裝著白天捉的魚，隔夜渡到對岸，預備掛帆渡海。湘魂在平日早已留心，知道這種漁船，裝著白天捉的魚，隔夜渡到對岸，預備明日一早趕集利市的。心中大喜，三腳兩步，躍近漁舟。只見舟上一對老夫婦，同一個十七、八歲赤腳蓬頭的女孩兒，正忙著點篙解索，便要開船。

湘魂急把風氅一撩，金蓮一點，便縱入艙內。漁翁漁婆大驚，定睛一看，卻認得是寨內湘魂小姐。那赤腳女孩兒還得過湘魂重賞，頓時一家老小又驚又喜，正想問明所以，湘魂已搖手道：「不必多問，此刻俺有急事，快開船送俺到東北角的對岸，越快越好，俺定有重賞。」說罷從懷內拿出十幾兩碎銀，一齊擲與漁婆，便催開船。船上一家老小高興得手忙腳亂，一齊動手，便向東北角駛入波心。

這時已離島上漸遠，海霧卻愈來愈厚，一片瀰漫已看不出島上景象。湘魂暗喜，回頭看東北的海岸，卻漸漸露出一條黑線，又漸漸露出樹木影子。原來此處水岸距飛龍島最近，但也有七、八里路。行了一程，忽聽得後面濃霧中隱隱有呼喚的聲音，湘魂暗吃一驚！卻看不見船影子，慌催著漁婆漁公用力快搖，其實順風順水浪花澎湃，已是馳如奔馬無法再快，不料後面追來的船還要快，雖看不出來船形狀，借著海面水音又是順風貼耳，已聽出水面拍槳的聲音，正是島上巡弋的八槳飛龍小舟。這種小舟雖不掛帆，卻是挑選的島勇，八槳齊施疾如激箭。湘魂料得既是島上巡船定是來追自己的，島中艾天翮不在，飛龍島主已死，又定是筠孃親自追來。索性一不做二不休與她一死相拚！向陸岸一看，卻已只二里光景。

這時又隔了一頓飯時光，後面追船已衝出霧陣，雖兩船相距尚有一箭之遙，已看清來舟八個島勇，八支槳十六條臂膊如飛的衝浪而來，中間立著戎裝窄袖的筠孃，身後跟著兩個手持軍器的丫環。

這當口筠孃兩手合攏湊在嘴上，順風嬌喊道：「前船有我們湘魂小姐麼？快停下來，俺有話說。」原來兩船雖已互相望見，卻因漁船中艙有幾扇矮篷把湘魂小姐身子遮住，又係夜色淒迷看不真切。湘魂任她們叫喚全然不睬，只緊催漁公漁婆著力駛近陸岸去，把漁船一家老小嚇得心驚膽落。明知後面來船是島主的妹子，平日雌威遠播誰敢不遵？可是船中這一位也是半斤八兩，又不敢不向岸駛去，又不知道其中有何緣故？漸漸迫近時，漁船離岸只兩丈光景，湘魂牙根一咬倏的現出身來，看著追船還差百步遠近，指著筠孃喝道：「筠姐不必追我，咱們後會有期。」

筠孃不待她說下去，大聲道：「湘妹何故突然離我們遠去？就是有心要走何必偷偷走掉，讓外人聽得於咱們面上都不好看。依我說，咱們且回家去，從長計議好麼？」

湘魂一聽大疑，照筠孃口氣似乎飛龍島主屍身尚未發現，一轉念又恍然大悟！這惡婦心狠手辣詭計百出，必定故作疑陣使人入她圈套，她們人多，一近身就不易脫身了。本來俺要一網打盡以洩心頭之恨，既然親來送死也怨不得俺心狠手辣，不如趁此先下手為強。

這樣盤算停當，湘魂趕快一伸手從鏢囊中掏出兩支梅花箭，將身隱在風帆背後，也不再答話，猛的兩手一揚，嗤嗤幾聲便見兩道黑光直向來船中心射去。說時遲那時快，只聽得筠孃厲聲喝道：「好狠心的賤婢，看你逃向哪兒去。」

喝聲未絕，卜通卜通幾聲怪響，筠孃身後一個丫環同划槳的一個島勇一齊中箭落水。原來筠孃看她半晌不答話，早已防備，又加這邊發出的梅花針是逆風，未免偏了一點，晦氣了一個身後丫環同一個島勇。

二人一落水，筠孃大喝一聲玉手一抬，即見兩柄飛刀破空而至，前船前梢把舵的漁婆活該遭殃，啊喲一聲還未出口，一柄雪亮的柳葉尖刀從後背直貫前心，咕咚一聲栽倒船上。還有一柄卻被中間風帆阻隔，在篷索上打了個轉身飛落海中，卻把篷索割斷，一張風帆嘩啦嘩啦掉落下來。這時前船離岸已不到一丈光景，後船也追得頭尾相接，可是前船漁婆一死，漁公同他女兒一齊大哭起來，哪有心情再來攏船近岸。後面筠孃又趁此機會掣出兩柄雁翎刀，便要躍上前船追來。

湘魂一看不好，兩臂一振，一個飛燕投林，從六七丈外的船舷上飛落海灘。一踏實地倏地一轉身，掏出十幾枝梅花箭左右開弓連珠般向追船射去。這時筠孃已跳上前船，後面一個丫環十來湖勇兀自奮勇駛近灘邊，怎禁得見血封喉的梅花箭雨點般飛來，船小人多躲閃也是不易，霎時射倒了四五個。而且躲的躲倒的倒，一陣搗亂，船失重心，頓時浪花一湧，船底朝天。只有筠孃貼身的一個丫環武藝頗有功夫，在湘魂放箭之際奮身一躍，跳過前船，跟著筠孃跳下沙灘來捉湘魂。

這時湘魂早已甩脫外面狐氅，提出左手，右手掣出寶劍預備拚個你死我活。筠孃也是急怒攻心，恨不得一口把湘魂吞下肚去。兩人相距還有丈許遠近，筠孃狠狠用刀一指厲聲喝道：「萬惡的賤婢，俺家養你這許多年，你不知報恩，反而狼心狗肺恩將仇報，竟冷不防下此毒手將俺哥哥害死，俺恨不得把你碎屍萬段。今天俺如果不替哥哥報仇，誓不為人。賤婢知趣，快快束手就擒，免俺們多費手腳。」說罷雙刀一揚，便要火雜雜的動起手來。

湘魂喝一聲且慢，冷笑道：「你把我一生名節生生葬送，虧你還說得出知恩不報的話。你這禽獸般的哥哥，俺如果不把他除掉簡直毫無天理了。現在俺已踏上陸地，你敢把我怎樣。你有能為，你盡管施展出來。」說著又向身旁丫環一指道：「連她算上，一齊過來送死便了。」

筠孃怒極，喝一聲看刀，話到人到，兩柄雁翎刀蓋天漫地般掃將進來。湘魂看她來勢凶猛，霍地一退步左臂一掄，那件狐氅便脫手飛去，宛如一隻白毛怪獸向筠孃一片刀光上罩下。筠孃不防她來這一手，慌隨手用刀一撂，掉落沙灘，這樣一滯手，湘魂皓腕一翻，一柄長劍像怪蟒出洞般絞將過去。

筠孃雖然是功夫老練，並不慌忙，只把雙刀一分，人隨刀轉，已輕輕避過劍鋒，卻又一矮身舞成一片刀山逼近身來。湘魂一柄劍也施展得密不通風，你來我往各出死力狠鬥。霎時已有幾十回合，論兩人功夫可差不多，只湘魂的暗器卻比筠孃的飛刀來得歹毒。

筠孃一面交手，一面時時留神，在湘魂也留神旁邊站著的丫環放冷箭，又顧忌著還有幾個未死的島勇，雖然船翻落水，這般島勇個個精通水性，定必泅水上來幫助，自己處於孤立地位，天又昏黑，今晚落在何處尚無一定，不敢十分戀戰，恨不得立時一劍把筠孃刺死。

可是兩人功力悉敵，一時難分勝負，這當口，立在旁邊觀戰的丫環，果然看得自己主母戰不下湘魂，一聲不響緊了緊手上鸞刀，冷不防一個箭步竄近湘魂背後，舉刀便扎。

湘魂原是四面留神，猛覺腦後金刃劈風，便知有人暗算，慌忙腰裡一疊勁，斜刺裡縱將過去，趁勢再一躍躍上堤岸，向黑黝黝的樹林便跑。一面跑一面暗暗掏出飛箭扭頭向後一看，卻因這時天已昏黑，海上又起了風，濤聲澎湃沙土掀天，只隱隱約約看見兩個黑影子，在滾滾風沙中飛馳過來。湘魂知是筠孃同那丫環，一閃身躲在一株枯樹背後，預備以逸待勞，等她們走近百步以內再發暗器。不料筠孃機警異常，相差百餘步開外，兩人霍地一分，筠孃向左，丫環向右，兩下裡風馳電掣，夾攻過來。

湘魂吃了一驚，心裡一思忖，手上便略略慢了一步，自己暗器尚未發出，驀地面前白光一閃，咔嚓一聲，一柄柳葉飛刀已插在樹上，同自己腦袋只差尺許光景，這一下，不由得嚇出一身冷汗。不料一抬頭又見一道白光向胸前射來，同時又聽得左邊腳步聲響，已有人逼近身後。慌一躍避開飛刀，回身一抖手向右邊發出一箭，未及看清中與不中，筠孃的飛刀，嗖嗖嗖！接二連三又向自己上中下三盤掃來。饒是用盡閃轉騰挪，錚的一聲左臂上中了一刀，這一嚇非同小可！顧不得飛箭還敬，慌金蓮一頓，斜刺裡飛出一丈開外，又接連一個箭步縱入樹林。先自一摸左臂，卻喜毫無損傷，原來她臂上分套了好幾副金鐲，一柄飛刀恰巧中在鐲上，所以發出錚的一聲響，可是險也險到極處了。

湘魂一咬牙，從林中一探頭觀察動靜，只見兩個人影在林外四處窺探，卻未敢追入林來。

半晌，林外兩人湊在一處，只聽得筠孃說道：「那賤婢明明已中我飛刀，我這幾柄飛刀與往常不同，都是毒藥淬的。那賤婢想活命萬萬不能！此刻無非在林內掙命罷了。我們大膽進去，怕她怎的？」

那丫嬛起初暗襲湘魂並未成功，自己險些著了一支飛箭，此刻不敢大意，阻止筠孃道：「我們千慎萬重，萬一她躲在林內暗放冷箭，我們防不勝防，不如死活讓她去吧。」哪知她們兩人在林外說話之際，湘魂屏息躡蹤鷺行鶴伏，從密雜雜的樹後神不知鬼不覺繞到林口，在兩人相近之處，一株樹後躲定鎮住心神，覷得準確，驀地把兩手梅花箭用足腕勁一齊發出，只聽得啊喲一聲，林外兩人便倒了一個。湘魂大喜，挫劍一躍而出大喝道：「你也有今日。」

不料喝聲未絕，對面一人破口大罵道：「好狠心的毒婦，膽敢暗放冷箭，我不取你這毒婦人頭，誓不回島。」聽口音卻是筠孃，才知那丫嬛做了替死鬼。湘魂怒火萬丈，更不答話，長劍一擺重又大戰起來。

這一番狠鬥，兩人都已豁出性命，刀光劍影糾結一團，無奈海風愈來愈大，天上又無星月，兩人只在黑地裡混殺。各人都殺得蓬頭散髮香汗直流，戰了許久各人都已帶傷。尤其筠孃左手一柄雁翎刀，著了湘魂一腿脫手飛去，雙刀變了單刀，似乎湘魂略占上風。筠孃又支持了許久，漸漸不支起來，湘魂也是嬌喘吁吁拚命奮鬥。

兩人正在捨死忘生當口，海灘一陣呼噪，霎時燈籠火球像火龍般向這邊馳來，筠孃知是接濟的大隊人馬到來，頓時膽氣陡壯，大呼奮砍。湘魂一看不好，虛掩一劍重又奔入密林，筠孃卻也怕她毒箭，孤身不敢追入。等到大隊人馬趕到，分頭向林內搜尋已無湘魂蹤影，想又穿過樹林，逃得不知去向。從此湘魂不知下落，直到下集才露面出來。

且說筠孃尋不著湘魂，一時也無法可想，只好拾起地上那柄雁翎刀挽上披散的頭髮，裹好幾處創傷，跟著大隊人馬渡海回島。當夜把飛龍島主屍身盛殮，死在湘魂梅花箭下的丫嬛島勇也一一從厚撫恤。等著艾天翮回轉島來知道島中出了一場亂子，事已過去也無話可說。

可是他此番回島，卻因在長江一帶收羅不少黨羽，並且另覓幾處秘密巢穴，決計把這海島棄據，將島中嘍卒遣散的遣散，帶去的帶去，把島中精華裝了幾十艘海船，假充海外商人慢慢運入長江新闢巢穴。你道他為何如此？全因為海島孤懸不易發展，最有關係的，是他這幾年大大的做了幾票沒本錢的買賣，足可一世吃著不盡。想把鐵扇幫首領虛銜讓與別人，自己躲在背後作個太上皇，又想一面享福，一面遵著師父遺命重新研究般禪掌的功夫，可以長生不老。

哪知主意雖好，事不由人，他撿了長江幾處山明水秀之處造了幾所大廈，樓台池沼色色講究，而且豔婢狡童一呼百喏，宛然富商巨宦氣派。這樣居以氣、養以體的一來，哪是練功夫的做法，早已大腹便便變成一個巨家翁了。便是筠孃也享了幾年的福，不幸一病亡故。艾天翮卻又廣選嬌姬，日在聲色錦繡中過活，師父的遺命、報仇的志願一齊掉到爪哇國去了，長江一帶都稱為艾八太爺。

你道他這八字排行從何而來?原來鐵扇幫有這樣一個規矩，一個人只准收八個徒弟，艾天翮從冷擎天為師時候是第八個關門徒弟，所以長江鐵扇幫的徒子徒孫都尊他一聲八太爺，後來不是幫中人也叫他八太爺了。艾天翮雖然享盡了福，對於鐵扇幫的事務卻依然在暗中操縱。他自己也有八個門徒，所有鐵扇幫的事就叫八個門徒分頭率領辦理。所以他自己雖不露面，他的名頭依然在江湖上威風十足。

這樣過了二十多年，居然被他享盡庸福，論年紀也到五十開外，這時長江一帶，哥老會、天地會、白蓮教、鹽梟種種江湖上的幫頭各樹一幟，鐵扇幫盛極而衰已成過去。艾天翮手下幾個嫡係門徒也各行其是，不相統率，有幾個且同別幫聯合為一，沒有往年的氣概了，艾天翮也心灰意懶，不願再管閒事。可是他究竟是一個聰明絕頂的人，享了幾十年的福，忽然大澈大悟，覺著幾十年稱雄道霸，美人黃金都是一夢。自己在鏡子裡一照，白髮蒼蒼，哪有當年翩翩風度?三寸氣斷，還不是轉眼一具骷髏!悔不該忘掉先師遺言，不從般禪掌上面做功夫，倘然這二十多年用在般禪掌上，也許已到長生不老地步。

艾天翮越想越悔，猛立定主意把狡童美妾立時分資遣散，把自己所有家財清理了一下，分存各處可靠地方，從此削髮為僧不沾繁華塵土，尋到一所深山古寺修行起來。可是他修行的不是拜佛念經，卻是借著修行為名暗自練他的般禪掌。這所古寺住著一位百萬家資的怪物，一所破寺頓時改頭換面，金碧輝煌起來。

論艾天翮一生可分為三個時期，早年是綠林的怪傑，中年是百萬家財的怪富翁，晚年是深山靜修的怪和尚。平心而論，像他一生三怪，沒有大智慧的人萬難辦到的。他深山靜修了七八年的般禪掌的功夫很有可觀，雖不能返老還童，卻已具有幾層根基，與從前的艾天翮又不同了。後來雲遊四海悟澈真如，特地卓錫在雲居山相近橫溪百佛寺內，想解脫夙孽上登極樂。所以本書前述之王元超同雙鳳路過百佛寺，無意中碰著千手觀音家虎，由家虎引出一個得道高僧。

當晚高僧留住王元超三人，由那高僧一五一十把自己的歷史統統說了出來。王元超等才知這高僧便是自己師父師母大有關係的艾天翮，師父師母固結不解的怨孽原來是這麼一回事。可是在下把艾天翮歷史從廿五章起，一直寫到卅二章才寫完。話又說回來，不是這麼寫，千手觀音同陸地神仙早年的軼事諸位怎會明白呢？這便是做小說的挖雲補月法，也可以說是女人的狡獪。

第卅三章　情魔孽海

上回已把艾天翮一生事跡表白清楚，陸地神仙同千手觀音一段風流罪過也一一點明，又要接到第廿五章王元超、雙鳳三人在百佛寺同老和尚周旋的情形了。老和尚就是當年艾天翮的化身前已敘明，這幾章演說許多故事，都是艾天翮對王元超等把自己一生經過情形一氣講完，時光也差不多到了半夜子時。王元超同舜華、瑤華聽得入了神，把許多疑團煥然冰釋。尤喜兩家不解的嫌怨原來真相如此！無非受了人家牢籠，全是出於誤會。這樣由艾天翮自己嘴裡說明，陸地神仙同千手觀音定可和好如初，自己婚姻問題益發可以美滿成功，情不自禁的三人互視一笑。

不料三人相視一笑之間，艾天翮白鬚亂拂也自昂頭哈哈大笑起來。三人不禁一愕，以為艾天翮也是此中過來人，三人情形定已被他窺破，所以發笑。這樣一想，舜華、瑤華頓覺忸怩於色，俯頭含羞。

哪知艾天翮一笑以後，目光凜凜直注院外，臉上也變為嚴肅之態，連左首陪坐的黑面僧人也突然起立，瞪著兩隻虎目向外面察看。王元超、舜華、瑤華大為詫異，也一齊伸頸外望。猛聽得簷頭鐵馬叮噹微響，即見天井石筍旁邊人影一閃，匆匆走進一個文士裝束的人來。一進屋內便向艾天翮跪下，還未開口，艾天翮已朗聲說道：「俺已知道，你且起來。」那人立起便向黑面僧人抱拳問候，眼光卻向王元超等一溜，面上現出驚疑之色。

黑面僧人正想說明，蒲團上艾天翮凜然向屋頂一指道：「你想必被屋上人脅逼到此的。游某既然到此，聽俺說了大半天老帳，應該下來發洩多年怨悶之氣才是。何以又不現身，只放你來見我呢？」

那人一聽艾天翮這番話，肅然答道：「徒弟在江寧按照師父吩咐的話做去，不料未待徒弟去訪他們，陸地神仙竟自己來到江寧。也不知從何處打聽徒弟根底，特地叫甘瘋子把徒弟誘出江寧城外，先兩人動手互用擒拿點穴功夫比試。徒弟無能被甘某點了麻醉穴，將徒弟帶到一所廢園內，游一瓢現身出來，逼著說出師父行蹤。

「其實徒弟早受師父命令，本來想找他們到百佛寺來會面，毋庸隱瞞，便從實說出。他們卻半信半疑，便連夜監視著徒弟一同到此。將趕到此地，正值師父演說往事。游一瓢、甘瘋子囑咐徒弟一竄登屋，同在屋上聽了半天，待要飄身下屋時，忽見簷底窗欞上像燕子般貼著一人，游一瓢似乎認識此人，一打暗號，那人倏地一轉身躍上屋頂，卻是一個女子。游一瓢同她悄悄說了幾句話，便對徒弟說道：你先下去通知你們師父，俺們隨後就到。說完這話，那女人同游一瓢、甘瘋子一齊飛向大殿脊上去了。」

艾天翮聽得臉色似乎一變，鼻子冷哼了一聲道：「俺早知屋上有人竊聽，料得你們到來，卻不料簷口還有一人，難道千手觀音也來了嗎？這倒好免俺多費一番口舌。他們夫妻無端隔離了這些年，一朝冰釋重續前歡，應該謝謝老僧成全之德才是哩。」說罷冷笑不止。

這時王元超等已知師父師母到來，二師兄也一同到此，暗暗心喜，卻不知這艾天翮門徒何以同來？卻又聽艾天翮替自己介紹道：「這是貧僧關門弟子衢州尤一鶚。」又向黑面僧人一指道：「這是俺大弟子，此地住持，僧號天覺。以後你們兩家門下希望彼此多親多近，不要像俺門上一輩發生閒隙才好。可是你們令師游一瓢生平目中無人，不見得贊成呢。」

一語未了，門外一人笑道：「既有今日，何必當初。」說罷有兩人飄然而入。王元超等急舉目看時，卻是自己師父。後面跟著二師兄。舜華、瑤華雖未會過面，看甘瘋子跟在身後，便知道是游一瓢，慌同王元超一齊垂手肅立，尤一鶚、天覺也俯身為禮。唯有艾天翮依然端坐蒲團，只兩掌一合朝著游一瓢微微施禮，口中卻笑道：「沒有當初，哪有今日。蘭因絮果，總是前緣。」

游一瓢微微一笑，衝著艾天翮也是一抱拳，笑吟吟的說道：「大師勘破紅塵，潛心般若，真也難得。就是這手般禪掌，也著實青出於藍，而勝於藍了。」

你道游一瓢何以一見面就說到般禪掌上去？原來艾天翮這幾年雖然皈依佛國，到底未能悟澈真如，平日一番恃強好勝的氣質到老未能變化淨盡。不見游一瓢則已，一見游一瓢便記起當年夙恨，自然不由得把這些年般禪掌的功夫賣弄出來。當他朝著游一瓢兩掌合攏，連連合十當口，只見游一瓢身上薄薄的道袍宛如鏡水春波，微微起了一層縐浪。其實兩人還差著好幾步遠，足見艾天翮般禪掌的功夫也算不小，所以游一瓢說了一句青出於藍的話。

可是游一瓢遙遙的一抱拳還禮，驀看艾天翮胸前一部雪白長髯，無風亂颭，暗暗倒捲，連身上的僧袍、腕上的數珠，一齊飄飄欲飛起來，艾天翮臉上也顯出極力矜持的神氣，似乎用力支持著身體深怕倒下的樣子。好在這一幕戲劇，兩人一合掌一抱拳轉瞬即過，可是這一轉瞬間，兩人功夫高下卻已顯然表演出來。非但艾天翮自己明白枉用這幾年工夫，同人家一比還差得很遠，就是屋內兩方面徒弟，也個個肚內雪亮。

艾天翮卻也機靈，慌一抬腿跨下蒲團重新施禮。尤一鶚、天覺也趨前致敬，然後讓游一瓢坐右首椅上，自己仍盤膝坐在蒲團。王元超同舜華、瑤華也一一拜見，肅立左右。艾天翮這時心悅誠服，一開口就把從前年少負氣的話約略一提，表示異常抱歉，又道：

「此次來到百佛寺，完全因為賢伉儷尚未和合，自己不久示寂，特地預先授意尤一鶚遇機尋著尊駕，邀到此地一會，藉此當面懺悔互相釋嫌。還有一樁大事，就是自己在江湖混了這些年，搜刮了許多不義之財，除去生平揮霍同近年雲遊各處布施寺觀分給徒弟們，散了不少資財以外，在飛龍島地道內尚密存著一大批金珠財寶，估計不下百餘萬金。久聞高足黃九龍等在太湖整理得頗有規模，將來碰著機會大可繼述前賢，恢復漢室江山，情願把這筆秘藏統統贈送給他，助你們一臂之力，只希望將來令高足對待鐵扇幫佛眼相看便了。

「倘然本幫徒子徒孫在江湖上有不義非禮行為，或者貪圖爵祿作官家鷹犬，令高足等盡可替貧僧清理門戶分別處理。貧僧言盡於此，兩家門徒也有幾個在此共聞。一言既出駟馬難追，還乞游檀樾俯納為幸。」

游一瓢一聽這番話，知道艾天翮現在已是徹底覺悟，並非言不由衷，倒也暗暗欽佩，慌開言道：「大師明性見心，端的不凡，足見大乘妙悟，不難上證龍華。又蒙仗義疏財襄助義舉，這番功德非同小可。本來我在揚州開元寺初見大師時，早已說過大師慧根夙具，會心不遠，可惜那時彼此塵緣牽羈，難以結交。此刻大家置心剖腹，夙孽盡除，實在暢快之至、佩服之至。那筆寶藏既承見賜，卻之不恭，只好銘諸心版，代播功德的了。」

當下兩人又說到各人功夫上去，艾天翮才知道自己練的般禪掌，游一瓢比他還了解，說到精奧之外，艾天翮真有相見恨晚之感，益發感覺年少胡鬧。談話中卻又問起千手觀音既然到此，何以吝於一面呢？游一瓢微笑不語。艾天翮哦了一聲，低低叨念道：「筠孃可惡，湘魂可憐，孽海茫茫，回頭是岸。」說罷雙目微閉，連連歎息。

半晌，又微微啟目，射出兩道電光，向屋中諸人一掃，然後兩掌一合向游一瓢、甘瘋子、王元超、舜華、瑤華等一一為禮，朗聲說道：「幸蒙諸檀樾不期光降，貧僧得藉此盡情傾吐解脫塵俗，從此才算五蘊皆空毫無掛礙。這點功德便抵得面壁十年，貧僧這番感激，實在難以宣言，只好沒齒不忘的了。」說罷雙目緊閉，口中卻喃喃宣誦佛號漸念漸低，面頰卻漸漸紅得像蘋果一般。

游一瓢看他這樣形狀便已瞧料，立起身肅然向蒲團一躬到地，淒然說道：「大師塵關一破，毅然撒手，實在難得。可是我們才一晤面便又永別，何以為情。」

游一瓢說了這幾句話，只見艾天翮長睫微動似又露出一線目光，不料目尚未開，猛聽他口中霹靂般一聲大喝道：「無不散的筵席，無不壞的皮囊，咄……」只一個咄字喝出以後便又寂無聲息了。眾人大驚，細看時，只見他一臉笑容別無異象，只口目緊閉，玉柱雙垂，竟端坐圓寂了。天覺同尤一鶚爬在蒲團底下號啕大哭，頓時震動全寺，大殿上撞鐘擂鼓，眾僧口宣佛號，響徹九霄，闔寺鬧哄哄的做起法事來。

游一瓢向外一看，天上已現曉色，又禁不住法器喧天，方丈內弄得烏煙瘴氣，便向天覺、尤一鶚勸慰了幾句，無非節哀盡禮繼述薪傳的話。慰勉以後便率著甘瘋子、王元超、呂氏姐妹向艾天翮屍身行了弔禮，便一齊辭別出寺。剛出山門，一看嶺下山道上火炬如龍，無數村男村女口宣佛號，像螞蟻出洞一般向嶺上奔來。游一瓢連連點頭道：「想不到艾天翮竟放下屠刀立地成佛，這般村男女想是平日得過艾天翮好處，一聞他示寂消息，趕來盡禮的了。」王元超便把初到此地，在嶺下橫溪鎮聽聞的情形說了出來。

甘瘋子卻笑道：「這位天鬍大師臨死還有一番做作，師父好好的向他說了幾句惜別的話，他無端的又大聲疾呼起來，好像恐怕有人阻住死路一般，豈不可笑。」

游一瓢正色道：「你們哪裡知道，佛家講的是寂滅，平日固然要掃除一些貪嗔癡愛，臨死時尤須無人無我涅槃一切，略起妄念便墮輪迴。所以他聽我說了幾句話心裡未免一動，這一動嚇得他慌忙咬定牙關當頭一喝，這一喝便是佛經中的獅子吼。其實他這一喝是嚇出來的，恐怕念頭一動墮入輪迴。無奈嚇字便是恐懼心，恐懼從貪嗔念起，這樣豈不仍難達涅槃一切麼。如果他真個難以超脫輪迴，這倒是俺害他的了。」

甘瘋子笑道：「嚴格講起來，古今來號稱得道的高僧，十有其九是矯揉造作，無非自欺欺人，逃不出異端兩字罷了。怎及得俺夫子三教為一萬匯朝宗，超於象外，得其環中，皮囊不脫筵席不散，自有金剛不壞之體，逍遙天地之間呢。」

游一瓢微微笑道：「談何容易，妙理無窮難執一是，你們尚未登堂說也無用。這且不去管他，昨晚你們師母到此所說的話，霆生（甘瘋子原號）已經記在心內，這事便叫霆生負責處理便了。」又指著雙鳳同王元超說道：「你們也毋庸再到雲居山去了，一切聽二師兄辦理。俺尚有事要到天台走一趟，須先行一步，你們跟著二師兄走好了。」

說罷，便轉身向嶺下走去，忽又回身向舜華、瑤華說道：「從此都是一家人，俺也不同你們客氣。你們三人的事俺同你們師母千手觀音都已知道，毋庸再去稟明，已命你們二師兄主持一切。此時俺尚有要事，將來俺自然到來替你們作主便了。」說罷又揚長下嶺，一晃兩晃，已見他擠進上嶺的村民隊內看不清蹤跡了。可是舜華、瑤華聽到這番話，知道說的是自己婚姻，弄得嬌羞滿面，連王元超也低著頭答不出話。

直到游一瓢轉身下嶺，甘瘋子朝著他們哈哈大笑起來，王元超才搭訕著笑道：「好容易見著師父面，又這樣匆匆的走了，師父叫俺們跟二師兄走，此刻走向何處去呢？」

甘瘋子破袖一揚，呵呵大笑道：「從今天起，俺非但奉師父的命令，她老人家（指千手觀音）也諄諄囑咐過，把你們三位的大事交與我了。現在百事不提，俺跟著師父跑了一夜，點水不沾喉嚨出火，老五如果知趣，應該先好好的請俺痛飲一場。你應該明白，一切要事都在俺肚子裡哩。」

他這樣一說，舜華、瑤華越發不好意思起來。王元超肚內明白，這位師兄嗜酒如命，沒有酒也辦不了事。看情形師父師母已同意俺們婚事，定已托他主持一切，他就是獨一無二的大媒人。說不定兩位老人家還有許多吩咐都在他肚裡，第一先把他這一關打通才好。

正想打疊起精神來應酬這位師兄，不料在他心口商量之際，甘瘋子已是顯著不耐煩打著哈哈道：「咦，看情形你還有點捨不得破鈔。既然如此，各人自便，我要失陪了。」說罷，便要轉身，王元超雖明知他故意打趣，卻也急得拉住衣袖連連告罪。

這時雙鳳姊妹比王元超還要著急，舜華秋波一轉雙窩微現，低低笑道：「嶺下村沽有一種酒叫做『橫溪春色』，確是無上絕品，不嫌褻瀆，就請二師兄盤桓一下如何？」

甘瘋子一聽到「橫溪春色」的酒名，心內大樂，喉頭先自嚥的咽了一聲，咧著大嘴呵呵大笑道：「酒名出色，其酒可知。」又向王元超一指道：「老五可惡，如此佳釀竟瞞得我實騰騰的，不是呂小姐提起，豈不失之交臂，沒得說，老五快快將功折罪，當先嚮導。」於是一疊聲催著快走。王元超這時哪敢分辯半句，急匆匆便當先向嶺下走去。

不料瑤華卻又想起一樁事來，輕輕向舜華笑道：「我們的癡虎婆大約還在寺內，還有我們的代步一馬二驢也拴在山門口，幾具行囊也在鞍上哩。」

王元超、舜華聽得不由得立起身，啊喲一聲道：「當真把我們牲口同包裹幾乎忘記了。」兩人話雖說出來，兩眼卻看著甘瘋子不敢回身，甘瘋子濃眉一皺道：「偏有這些囉嗦，昨晚知師母騎著虎走的，你們的牲口我卻不知。現在這樣辦，二位呂小姐先同我到鎮上，叫老五回寺去尋著牲口再到店家找我們便了。」說著不由分說，大踏步向嶺下走去。舜華、瑤華無法，向王元超一丟眼色，只有蓮步細碎跟了下去。

王元超笑了笑搖搖頭，獨自又回到百佛寺，在山門內廊廡下尋著了牲口，卻見雙鳳的兩匹俊驢，併著頭，伸著長長的頸，正在槽內啃那草料。那匹馬卻垂頭喪氣的臥在一灘馬溺當中，直喘著氣兒。想起昨天初進寺門，被那癡虎嚇得癱軟在地，今天兀自這個樣兒，想已嚇破了膽難以再騎。細看兩驢倒還精神奕奕，顧盼非常，兩個小包裹也依然拴在驢鞍上，便過去把兩驢牽出山門，套好環嚼緊了緊肚帶，挽著轡繩趕下嶺來。

到了嶺下坦道跳上驢背，帶著一匹空鞍驢子一口氣跑到鎮上。尋著門口有株歪脖黃桷樹的酒家，剛跳下驢已聽得店內甘瘋子同那老店東大談懷中趣。慌把兩驢拴在樹上匆匆踏進店門，卻見甘瘋子同雙鳳坐在後窗靠湖的座頭上，桌上已擺滿了大盆小碗。他撐著大酒杯聽那老店東數說「橫溪春色」的好處，一見王元超進來，把杯一舉大笑道：「這樣溪山幽雅之境，配著這小小酒家上上佳釀，還有這位俗而不俗的酒家翁，只可惜沒有桃花，否則何異桃源仙境。來，來，來！東道主人來遲一步，且罰一杯。」

王元超笑道：「小弟奉命後到，怎的又要罰酒？」那老店東依稀認得是昨天酒客，親自掇過一張凳子添了一副杯箸，雙鳳也一齊起立讓坐。於是王元超坐向左首同甘瘋子對面，雙鳳姊妹並肩打橫面窗而坐，老店東自去張羅不提。

這裡王元超依言乾了一杯，卻聽甘瘋子笑說道：「我今天有三樁大大痛快的事，艾天翮臨死天良發現，說出當年曖昧隱情，師父師母多年誤會一掃而空。兩位老人家已商量定當，集合兩家門下及各處水旱兩路同志，重新一體聯盟，然後待時而動，共圖義舉，此又一快也。自從單天爵、柳摩霄騷擾太湖以來，我尚未好好的痛飲一場。不料昨晚一夜奔波得了許多美滿快事，恰又在此山明水秀之區，飲到難得的橫溪春色，賞心樂事得未曾有，此又一快也。」

他每逢說完一快便喝一大杯，三快便是三大杯，三杯入肚格外興高采烈，聲震屋瓦，一雙破袖也隨著他一雙黃毛巨掌滿桌飛舞。王元超有許多話想說，一時竟插不下嘴去，雙鳳姐妹益發難於啟齒了。在他數說三椿快事當口，王元超滿以為他三快之中定有一樁關著自己的事，看到眼前如此美眷一箭雙雕，還算不得一樁快事嗎？不料聽他說完三快竟與自己無關，而且吃到此刻依然隻字不提。師父師母叫他主持的事，也不知他葫蘆裡賣的什麼藥？卻又礙著口不便啟問，倒弄得王元超坐立不安起來。舜華、瑤華冷眼看得清楚，心頭鹿撞也同王元超一樣。

舜華卻比王元超來得機靈，用了一著拋磚引玉的法子，故意慢慢說道：「二師兄說的三樁快事，我們也叨沾餘光同一快樂，只惜不是『橫溪春色』的知己罷了。」

甘瘋子微微笑道：「你們的快心樂事，比我『橫溪春色』又強得多了。」他這樣一說，雙鳳面上雖略現羞澀，心裡卻暗暗得意，饒你賣關子，禁不得俺用心機只一餂便到本題了。

這當口雙鳳自然不便接口，王元超慌乘機捉住話頭，老著臉笑道：「這事全仗師兄撮合，小弟雖尚有兄嫂，但我們婚姻一半是兒女私情，一半是我輩本色，何況師兄已奉兩位老人家的命令，我們一切聽師兄訓誨便了。」

這頂高帽子一扣果然扣住，甘瘋子便呵呵大笑道：「我看在這杯『橫溪春色』面上，對你們實話實說吧。他們兩位老人家雖然反目多年，究係沒有真憑確據。師母雖然負氣出走，這幾年也打聽得飛龍島的消息，同前幾年呂先生夫婦的百端勸解，心裡也有點活動。不過湘魂已走得不知去向，無法找個水落石出，弄成僵局便了。

「近兩三年我們師父的舉動同我們門下的人物以及太湖方面的事，師母未嘗不暗暗關心。所以你同老三尋找鐵佛寺的秘笈，師母特地命令兩位師妹下山暗助一臂，其中卻又關著兩位師妹先人的遺囑代為物色佳婿，故又暗弄玄虛差兩位親到太湖。其實我們老五早在師母夾袋之中，不料天從人願，不勞她老人家來費手腳，早已赤繩暗繫。而且老三同范老丈紅娘子都有此心，特地做成圈套一舉兩得，叫老五陪兩位師妹一同到雲居山叩見師母，其實就是特地送你去讓師母東床雀選罷了。老五你不信，你且拿范老丈的信來一看就明白了。」

這一番話說得王元超目定口呆，舜華、瑤華兩頰緋紅，恨不能飛步逃出。暗想自己在太湖難免不露出馬腳，也許那晚樓上打啞謎兒暗地落在他們眼中。尤其王元超想起黃九龍詞色之間，當時聽得不在意，現在回味起來似乎句句藏著譏諷，自己還以為三人的事神不知鬼不覺哩。

三人正在想得難以為情，甘瘋子卻又舉杯大笑道：「我們對此好山好水佳釀佳話，豈止三快，竟具四美。我要先賀你們一杯福慧雙修姻緣美滿！」說到此處，驀地笑容一斂，儼然正色道：「我還要祝你們體會兩位老人家成全之德，掃卻兒女私情顯出英雄本色哩。」說到此處，一雙虎目兩道威光直射到三人面上。王元超同雙鳳覺得這幾句話言簡意賅，有千百斤重。

王元超首先肅然起立端起酒杯，脖子一揚一口乾飲，然後舉杯一照低低說道：「敢不銘諸心腑。」邊說邊向雙鳳一使眼色。雙鳳無奈，欠了欠身，也各端起面前的杯子在香唇上沾了一沾，低著頭悄悄說了一句感謝二師兄的金玉良言，說畢舜華皓腕輕舉，嬌羞不勝的捧起酒壺替甘瘋子滿斟了一杯，同時也替王元超斟滿。

甘瘋子大樂，濃眉一軒呵呵笑道：「昨晚兩位老人家會面，我以為多年闊別定有許多說不盡的話，我正想迴避一下。哪知一見面，兩人對面恭恭敬敬的深深一禮微微一笑，好像無數糾葛都在那一禮一笑中融化了。一笑以後百事不提，師母便把我叫住，問道：『禪房內在我雙鳳上首坐的，便是王元超孩子嗎？』甘瘋子說到孩子兩字，王元超同舜華、瑤華同時噗哧的笑出聲來。

甘瘋子笑道：「你們以為師母稱他孩子可笑嗎？如果照師母面貌上看，誠然同兩位不相上下，可是照她老人家的歲數講，老五做她的孫子也趕得上，稱他孩子何足為奇哩。當時我答應了一句『是』。

「師母又向師父微笑道：『你們定以為我來偵察艾天翮，其實艾天翮說的一番話我早已探聽明白，不過那時將信將疑罷了。我隱居雲居山，艾天翮不知從何打聽清楚，早幾天便差人下書約我同你到此會面，我實不願意同他周旋，只差家虎捎來一信。不意我山內的人，無意間在嶺下鎮上碰著雙鳳同一個英俊少年坐在酒家，便回山報告與我。我料得便是那姓王的孩子了，所以特地趕到此地看看這孩子的品質究竟如何。老實對你說，你這些年收羅幾個徒弟我暗地都察看過、監視過，連太湖堡內我也細細勘過好幾次。你五個徒弟只有你大弟子錢東平沒有見過面，其餘經我留心考查。

「『平心而論，這幾個弟子絕不致辜負你一番苦心，將來風雲際會也許在這幾個弟子身上了卻我們心願。前次他們搜索那冊秘笈，我特地差雙鳳暗助一臂，又差她們到太湖去故意折辱黃九龍一下，使他們奮發有為。乘便引出范高頭替雙鳳執柯，不料范高頭無端生出那樁拂逆事來，還牽涉了洞庭惡寇。這事居然被他們弄得清清楚楚面子十足，也算虧他們的了。最好笑我初意想把我雙鳳留在太湖，分配給黃九龍、王元超二人為妻，不料她們姊妹倆早有誓言，願嫁一人。她們眼光倒也不錯，此刻經我細看姓王的孩子，英芒不露勁氣內斂，確是有為之才，就此我與你一言為定，就叫他們在太湖堡內舉行婚禮便了。』

「我師父聽她說完笑道：『她們這一檔事不料你比我還清楚。』又指著我笑道：『我前日才聽他說的，他也無非從范老頭口中得來，范老頭叫他來徵求我同意的。現在既然你親自看中，就此叫他們回湖準備婚禮便了。』」

甘瘋子說到此處又舉起酒杯喝了一口，卻把雙鳳臊得抬不起頭來。王元超知道事已擺在面前歸了明路，而且成親在即，不禁躊躇滿志，反弄得心中奇癢難搔了。

沉思半晌，他猛然記起一事，雙手輕輕一拍道：「哦！現在我明白了。怪不得范老丈同紅娘子初到湖堡的一天，兩位姊妹送我秘笈說是師母主意，我正想得詫異，范老丈便說道：此中自有道理，將來自會明白。說了這句以後沒有多少工夫，范老丈又鬼鬼祟祟的同三師兄在密室內談了半天。此刻一印證起來，那時候師母定必另函囑托，范老丈居中行事的了！但不知昨晚師母還有什麼吩咐呢？」

甘瘋子說道：「當下兩位老人家同意，便命我同三位先回湖等待後命。師父又問起海上群雄的事，師母便在懷中拿出一張名單交與師父，說是擇定一個適宜地點同日期召集兩方面門下人會一下，合為一體，並商定此後分途進行的事業，師父欣然。於是兩位老人家暫再分手，俟師父先到天台雁蕩，便道去看龍湫僧同尚未拜師的高潛蛟，然後再到雲居山會同師母齊赴太湖替你們主婚。

「婚禮告畢，趁賀客盈門之際宣布海上群雄聯合一體的消息，擇定日期選定地點一齊赴會，舉行聯盟大典。這種聯盟大典，在哥老會鐵扇幫叫做開香堂，但是我們老師絕不願做出這樣舉動，無非開誠布公指示一番大義罷了。計算你們婚禮便在一兩個月之間，聯盟的事也緊接著辦理。時間雖匆促，好在你們婚事不比世俗婚姻有許多無謂的繁文縟節，我們到了太湖再同老三參酌便了。」甘瘋子說罷，王元超同雙鳳姊妹自然有說不出的高興，可是各人卻格外矜持，格外裝出落落大方的神氣。

彼此酒醉飯飽，王元超付了鈔，別過店東走出酒家，舜華、瑤華從黃桷樹上解下轡繩各牽著一匹驢子，卻因甘瘋子、王元超沒有代步不肯上騎，偏偏橫溪鎮上雇不出牲口，甘瘋子笑道：「我兩條腿大約比四條腿還要快一點！你們兩位不必拘泥盡管上驢先行，我們隨後跟著便了。」雙鳳被甘瘋子催著再四，只好告罪跳上驢背。

四人曉行夜宿，一路行來，不日渡過曹娥江走到錢塘江口的蕭山縣境。這時甘瘋子、王元超依然徒步而行，因為江浙水道居多牲口極少，而且渡江過河有了牲口反而礙事，雙鳳也屢次要把兩匹驢子棄掉，反是甘瘋子看得這兩匹驢子不凡棄掉可惜，勸她們勉強一路騎來，帶到太湖或有用處。

這天迤邐行來，到了蕭山縣城外業已日落西山。四人一商量，走進城來想尋個乾淨宿店。甘瘋子同雙鳳姐妹在前，王元超牽著兩匹驢子在後，向著熱鬧處所信步走來，不覺走到縣衙照壁底下。只見縣衙門前擁著無數百姓，個個伸長脖子望著門內，衙門口做公的拿著皮鞭左吆右喝，兀自擁擠不動。甘瘋子一行四人又加著兩匹驢子，被這般人密密層層從衙門口直擁擠到照壁下整整把條街堵死，竟難過去。

舜華、瑤華一時好奇，靠著照壁跳下驢背向大門內一看，只見門內直通大堂的一條甬道兩旁也擁著無數看眾，想是愛看熱鬧的人趕先湧進去的，後到的門內無法立足，只有擠在門外了。可是中間一條甬道倒清清楚楚的，從近大門一座破爛不堪的公生明牌坊下一直可以望到大堂上。堂上設著公案圍著許多親兵公役，似乎正在問案，卻看不清犯人樣子。大堂階下擺著一具簇新的空木籠，雙鳳姐妹從小跟著千手觀音雖曾走過幾次江湖，卻未見過官府問案，尤其未見過這樣囚人的木籠，四朵窄窄金蓮竟釘在驢鞍上不肯下來了。

恰好甘瘋子打著浙江口音向堂邊一個老頭子打聽案情，這位王元超卻又體貼兩位未婚妻子，一手挽著驢韁一手當胸一橫，便像下了一條鐵門閂擋住前面看熱鬧的人。可是他身子雖擋在驢前，一顆腦袋兩道眼光，卻時時扭項注在兩匹驢鞍上。人家以為他注意鞍上掛著的幾件包裹，誰知道他趁此細細鑒賞鞍上的兩對金蓮，尤其瑤華那對銳利如鉤的蓮翹，觸起前幾天鞋劍觸唇的一幕，不禁把那條鐵門閂的手臂撤回來摸摸自己的嘴唇，想入非非，連四周鬧哄哄的人聲亂糟糟的人頭，都付諸不聞不見了。

不料他那條鐵門閂一撤，衙門口一陣吆喝皮鞭亂響，人如潮水般洶湧起來。王元超慌扭回頭挺身向驢前一立兩條鐵臂膊一分，便像怒濤洶浪之中屹立著一支中流砥柱，紛紛退下來的人波分浪裂般向身後淌去，露出衙門口中間一片空地出來。王元超回頭一找甘瘋子蹤影全無，心想二師兄何致被人擠散，或者不願看熱鬧先在就近找宿店去了。忽聽得頭上舜華咦的一聲，低低叫他道：「你看！你看！」

王元超慌又舉目向衙門內看去，只衙門內甬道上無數兵役各持刀棍鐵尺，抬著一具木籠出來，籠中坐著一個女犯，那木籠卻是新打就的，四面籠柵一根根足有碗口粗細。那女犯青帕包頭額前打了一個蝴蝶結，穿著一身純青的夜行衣服，纖纖玉手同瘦瘦的蓮瓣上都帶著頭號鐐銬，面上蛾眉淡掃脂粉不施，一個圓圓的面孔笑嘻嘻的坐在籠內，毫無憂色。王元超同舜華、瑤華正看得詫異，驀地木籠抬出大門當口，人叢內擠出一個虬髯大漢，似乎是醉漢一般跌跌衝衝橫裡向軍役隊內穿過，軍役一陣吆喝，那醉漢已在籠前擦身而過。

王元超等三人早已看清那醉漢是甘瘋子，而且看他走近木籠時似乎同那木籠內女犯暗暗說了一句話，便知其中有了文章，益發要看個究竟。果然那木籠抬到門口，前面一對兵勇正在驅逐閒人開道之時，只聽得木籠內嬌滴滴的喝一聲：「且住！」喝聲未絕，只見她身子一蜷一陣叮噹亂響，手腳鐐銬如蟬蛻般一齊退了下來，接著猛一長身，兩手向籠柵外一穿，兩下裡一分喝聲開！便聽得碗粗木柵咔喳咔喳幾聲怪響便已折斷兩根，一晃身人已竄出籠外。她這樣退鐐銬折木柵手段迅速異常，只在一轉瞬間。這般兵役嚇得手足無措，四處看熱鬧的人齊聲大喊著：「不好了，女強盜跑了！」

這一喊，衙內衙外的兵勇番役個個揚起軍刃，鼓噪著把她包圍起來。她卻冷笑一聲，從容不迫的兩足一點從人堆裡飛起身來，像燕子般直飛上照壁頂上，立定身轉面向下一指道：「有那個糊塗知縣便有你們一群糊塗百姓，我好好的人偏當作女強盜，真正女強盜你們偏讓她輕易逃掉。現在好話對你們說，你們這般糊塗蟲諒也不信。你們這個糊塗知縣諒也沒有能耐捉那女強盜，且待我同一個朋友商量一下，我來去光明，既然被你們誤打誤撞的拉在染缸裡，好歹總要分個皂白出來。你們且通知那個糊塗知縣，今夜三更時分我要與他面見，叫他不要怕，現在權且少陪，姑娘去也。」

這一聲去也剛剛出口，只見她嬌伶伶的身軀一晃，便從照壁上飛上一家茶樓屋脊，再一晃蹤影全無。人聲鼎沸章法大亂，押解人犯的兵弁個個身上捏把汗，乖覺的早已飛跑進內報信，愣頭愣腦的兀自嚷成一片。霎時間，大街小巷謠言百出，交頭接耳。這時雙鳳姐妹倆早已跳下驢背，同王元超悄悄揣摩那女犯的路數，一時卻也猜不透她臨走時一番言語是真是假，看得四周的人漸漸散去，然仍未見甘瘋子露面。

王元超恐怕衙門作公的看著生疑，把韁繩一帶，同雙鳳一使眼色，也跟著散開的人走離衙門。慢慢向前走了一程，正向路人打聽宿店，猛的胡同口趨過一個短打扮的人抱拳笑說道：「借問一聲，尊駕們同一位姓甘的客官是一道來的麼？如果不錯，請到敝店歇馬便了。」

王元超詫異道：「姓甘的客官現在何處？」

那人道：「姓甘的客官在敝店看好房子，說是尚有這樣行裝的三位在後就到，叫敝店差人攔迎，免得路途生疏找尋不著，所以小的奉敝店東的吩咐在此相候。看得尊官們的行色相符，特地冒昧請問一聲。尊駕既然認識姓甘的客官，諒不會錯誤的了。」王元超仔細，又問明姓甘的相貌服色，果然是二師兄無疑，便欣然叫那人領路。

那人拉過牲口，折入路北胡同內，三人跟了進去。那人領到一所八字牆門的大廈門口，兩旁粉牆上粉刷著「仕宦行台」「迎賓老店」八個大字，跨進門滿是高廳大廈，宏壯異常，執事人等也是衣冠楚楚招待盡禮。引進甘瘋子看定的兩間屋子，是並排兩間的廂房，房內色色精雅，雙鳳滿心暢適，卻未見甘瘋子影子。向侍應的店夥一問，才知甘瘋子看定房子，在屋內匆匆寫了幾個字吩咐了一番話，便出店去了。王元超等會意，也不多問，待店夥侍應茶水完畢遂揮手令退。

舜華、瑤華從床側一扇小門通入隔室，兩室一樣布置，桌上卻多了一張紙，拿起一看，原來是甘瘋子特地留下的，紙條上寫著「有事先出，入晚便回」八個字。

舜華笑道：「看來那話兒頗有道理，否則二師兄絕不至移樽就教的。」

瑤華道：「我留意她退去鐐銬時使的卸骨法，功夫頗為不小。便是運用軟功以後，又使出排山分牛的真實功夫把兩根碗口粗的豎木生生迸斷，也算虧她的了。」

舜華道：「這種功夫尚不足奇，倒是她臨去的一番話大須注意。如果她句句是實，此地必另有一個女強盜為害閭閻，但不知如何張冠李戴，把強盜頭銜套在她身上？最奇像她這樣身手，為何被作公的輕易捉住呢？」

王元超聽她議論不已慌搖手道：「我們初到此地人地生疏，究竟不知真相如何？此地又是個客棧，難免沒有作公的耳目，還是謹慎一點的好。」瑤華笑了笑，便不作聲。

第卅四章　撲朔迷離

舜華卻笑道：「怕他怎的？如果把俺們也當女強盜捉去，這才是大笑話哩。」王元超、瑤華聽她這樣一說，一齊大笑起來，笑聲未絕，忽聽得窗外一聲咳嗽頗為洪亮。王元超等三人聞聲，又復回到隔壁那間屋內，卻見門外立著一個清瘦的小老頭兒，一張高顴通鼻的臉蓄著兩撇八字黑鬍，戴著一頂翻沿韋陀金氈帽，帽沿前面綴著一顆比黃豆還大的明珠光芒四射。身上卻又穿著灰布短襖，束上一條二藍湖縐舊汗巾，巾上掛著一支短短的旱煙袋，下面高統粗布白襪套著一雙壽字挖雲雙樑厚底鞋，一手提著幾件包裹，一手盤著兩枚通紅光亮的雌雄核桃。未進門先自目光霍霍向王元超打量一番，然後慢吞吞的把手上包裹一舉，笑嘻嘻的說道：「這幾件包裹是客官們驢鞍上取下來的，恐客官們早晚要用，特地送進來的。」

王元超慌忙走到房門口接過包裹，卻看得這老頭氣度不凡，不像店中雜役，便也含笑點頭道：「老者無事，何妨請進來談談。」

老者略一謙遜竟自昂然直入，一進房內向王元超、雙鳳抱拳為禮，便呵呵笑道：「怪道今天一早鵲來報喜，原來有三位這樣豪傑下降。小老兒高興已極，不嫌冒昧，借送包裹為由特地進來拜識拜識，還請三位寬宥為幸。」

王元超等聽他這樣一說心裡吃了一驚，慌接口道：「在下到靈隱進香路過貴地，因過江不及暫宿一宵，老丈稱為豪傑未免過獎了。」

王元超一面答言，一面已把手上包裹擱在床下，回轉身正想同那老者接談，不料老者指著床下包裹又大笑道：「小老兒一生闖蕩江湖，自問雙眸未瞎，竟也識得英雄。就是包裹內那口寶劍，也早已告訴俺哩。」

原來雙鳳兩口寶劍因為尺寸不長貼身帶著，只有王元超新得的那柄倚天劍攜帶礙目，一路用包裹包好拴在鞍上，不料被這老者點破，王元超同雙鳳都吃了一驚。正想用話支吾，那老者又搶著說道：

「諸位不必驚疑，容小老兒慢慢奉告。俺是本地人，姓來，賤名錦帆，早年江湖上曾送俺一個綽號叫瘦大蟲，年輕當口也曾單身匹馬走南闖北了十幾年，洗手回鄉以後承本縣抬舉，又做了十幾年捕快頭兒。仗著平日江湖上朋友多面子上兜得轉，倒也沒有失過腳。一直到了五年前將近望五當口，想法退了卯，把一生積蓄撐起了這個小小客棧，生意倒也說得過去。光陰如箭快，現在小老兒已是五十多歲的人了，腰腳也不比從前，只在這點小買賣上照管照管，絕不與聞外事。間或有幾個四海英雄來此息足，攀點交情盡點地主之誼，便已心滿意足了。今天最先那位甘老先生降臨，小老兒暗中一留神著實吃了一驚，平時江湖上的英雄無論識與不識，一經落在俺的眼中，這人本領大小便可揣摩八九。獨有那位甘老先生龍驤虎步，竟是生平未見的一個了不得的人物，正要乘機交談，不料他已匆匆而出。等到三位隨後光臨，小老兒自然格外留神。

「不是小老兒故意當面亂謅，像三位同那甘老先生都是俺生平難遇的人物，豈是江湖上意氣朋友所能及的，怎不教俺喜出望外。所以借著送包裹為名，急急進來拜望。哪知鞍上有個長長的包裹鬆了扣兒，溜出劍鞘來，小老兒對於寶劍略知一二，不禁隨手抽出一看，又是大大的一驚！平常人哪有這樣寶物，便是武藝略差一些的也使不了它，益發認定諸位是非常人了。」來老頭一口氣說明來意以後，便向王元超等探問邦族。

王元超雖然看出來老頭並無他意，總是萍水相逢，只含糊其詞的說了幾句，連三人名姓也不敢實說，只張三李四的報了一陣。來老頭何等精明，也不多問，只一味添茶添水的殷勤招待了一陣便也告辭而出。可是自從來老頭出去以後，王元超這間房內頓時與眾不同起來。店夥們不待王元超招呼，也不等到上燈時候，竟自動調開桌椅在房內擺設了一桌豐盛精緻的筵席，霎時水陸並進，珍饈滿案，說是本店店東替客官們洗塵的，王元超連連阻止，已是擺得整整齊齊。可是那位來店東卻不進來陪客，意思之間，似乎有女眷在房不便奉陪，這一來王元超倒弄得沒法擺布。

舜華笑道：「這位來店東也是個有心人，既然如此，不好十分峻卻。倒是席無主人卻不便叨擾，再說俺們二師兄尚未到來也須稍待。」正說間，忽聽得門外甘瘋子呵呵大笑，已挽著來老頭同跨進房來。

王元超等慌向來老頭遜謝道：「俺們萍水相逢，怎好如此厚擾。」一言方出，甘瘋子破袖亂舞搖著手大聲笑道：「有酒有肴理應叨擾！來老丈也是我輩中人，不要辜負他一番美意。來！來！來！坐下再說。」

來老頭大喜，一翹拇指大聲道：「甘先生真是快人，三位萬勿再謙，俺先敬諸位一杯。」說罷從身旁店夥手內奪過酒壺，向各人杯內一一斟滿，便趨向主位，甘瘋子也虎軀一矮，坐向首席。王元超、舜華，瑤華只得依次就座。

甘瘋子首先笑道：「此刻俺一進店門，這位來老丈便倒屣出迎一見如故，且說預設盛筵相待。恰恰碰著俺是個老饕，聽得有酒，忙不迭把主人拉將進來了。」來老頭大笑，流水般斟過酒來。

甘瘋子猛的用手一接酒杯，微笑道：「且慢，俺們同來老丈萍水相逢，竟蒙盛筵招待，足見老丈生平好客，豪氣凌雲，可是俺還邀著一位佳客不久就到。這位佳客與老丈大有淵源，這一席酒倒真湊巧。不過俺這首座，還應讓與這位佳客才是。」甘瘋子這裡一說，非但來老頭捧著酒壺摸不著頭腦，連王元超、雙鳳也是不解。

來老頭愣愣的問道：「這位佳客究竟是誰呢？」

甘瘋子微笑道：「客到就知，且虛左以待添好杯箸，靜候光臨便了。」說畢指揮店夥，在舜華上首添設了一座。

這時天已昏黑，來老頭格外討好，命店夥在房內點起十幾支明晃晃巨燭，光輝滿座格外精神。可是甘瘋子並不吃酒，只同來老頭談些江湖上勾當，一面談天一面時時留神天井外邊。眾人看他這樣鄭重其事，不知道這位佳客是何等人物，尤其是王元超暗想這位師兄平日眼高於頂，從來不肯這樣低首下人，何況連酒也不肯先吃，非恭候那位佳客不可，這真是稀有的事了。

各人胸頭正在起了疙瘩當口，甘瘋子忽向門外招手道：「佳客已到，快請進來。」語聲未絕，房內燭影一晃，門外颼的竄進一個人來。眾人急看時，只見來人亭亭玉立，卻是一個女人，而且就是白日徜門木籠內逃走的女強盜，這時一身裝束，還是白天所著的夜行衣著。

王元超、雙鳳等雖然覺得突兀，料得甘瘋子與她定是素識，倒也奇而不奇，獨有那位設筵款客的來店東，一見進來的女子宛如逢了惡煞，倏的臉色大變！立起身就想退出房外。

甘瘋子一抬身兩手一攔，呵呵大笑道：「老丈休驚，俺特地把她邀來替你們解釋誤會的。非但解釋誤會，說起她的身世同老丈也不是外人。哈哈，你道她是誰？她就是諸暨縣村包天膽包老英雄的千金，芳名翩翩兩字，從小生長深閨不諳江湖勾當，這幾天因尋找她的胞兄包立身到杭州親眷家耽擱幾天，回來路過此地，不料你把自己世姪女，竟當作女強盜捉起來了。」

話猶未畢，來老頭額上青筋支支綻露，滿頭大汗粒粒顯明，瞪著眼張著嘴，氣吁吁的連聲喊著：「啊喲！……，這……」這了半天，伸著顫抖抖的手指著包翩翩說道：「你……你真是包天膽老哥的後人嗎？」

翩翩蓮步輕移，走到來老頭面前，先自福了一福，微微笑道：「甘師伯說的一點不錯。先父去世時姪女同家兄尚在年幼時代，幾位先父的友好都隔絕多年。今天沒有甘師伯提起，還不知來世叔也是先父的好友哩。尚乞世叔恕姪女失敬之罪。」說畢插燭似的拜了下去。

來老頭忙不迭哈腰還禮，一伸手扶起翩翩，把腳跺得震天價響喊道：「該死！該死！俺愈老愈糊塗，竟把自己人凌辱起來，教俺這張老臉往那裡擺！罷了！罷了！這也是俺的報應到了。」一面說一面連連揮汗，真有無地自容之概。甘瘋子看他急得這個樣子，心裡暗樂，誰教你不安本分，替官府作走狗？

倒是包翩翩看得過意不去，勸說道：「世叔且自寬懷，好在姪女已自脫身出來。這事論情，姪女自己也感大意。現在事已過去，姪女已同甘師伯商量過，還要請來世叔幫忙替姪女洗刷不白之冤哩。」

來老頭滿面慚惶說道：「姑娘你哪裡知道？想當年俺同你們尊大人同門學藝，後來又在江湖上同事多年，承蒙天膽老哥看待得同手足一般，江湖上的勾當同身上一點薄藝，一半還是令尊大人指點的。俺飲水思源怎不慚愧！那時俺從江湖洗手回鄉，尊大人業已去世，俺曾到府上痛哭一場。那時姑娘同你令兄都還年幼，從令叔度日，俺看令叔一臉仁慈，家境也頗為富裕，所以俺也放心。一直到這些年，還時時惦記哩。不料姑娘已長得這樣出色，卻被俺誤打誤撞的弄出這檔事來。

「再說俺這些年早已不問外事，偏逢著本縣張公祖同俺有點交情，一時情面難卻，應允幫他一臂之力捉那女強盜，萬不料誤把世姪女當作歹人！這事傳揚開去，我一生名氣也都付諸流水了。有這兩層原因，教我如何不痛恨呢？姑娘此刻所說要我幫忙，只要能夠洗清姑娘的聲名，小老頭就是粉骨碎身傾家蕩產，誓不皺眉。」

甘瘋子看他一臉誠惶誠恐之色，暗暗點頭，知道這人心地不惡，尚是豪俠本色，便呵呵笑道：「我替你邀來這位佳客應該首座麼？我有酒不喝，定要等這位佳客到來，教你這席盛筵師出有名。現在我可酒癮大發，有點等不及了。」

來老頭慌向甘瘋子一躬到地道：「甘老英雄你這番成全，教我終身不忘，包姪女是我自己人，還是您首座為是。時已不早，我還有許多事要向你請教，快請客坐吧。」甘瘋子笑了一笑也不再謙讓，便替包翩翩向王元超、舜華、瑤華三人引見，舜華、瑤華早已拉住翩翩的手問長問短，親熱非凡。

來老頭就讓翩翩坐在瑤華肩下，同自己主位又恰好貼近，又吩咐店夥不准向外面透露風聲，眾人又重新把盞入席，細斟淺酌起來。席間眾人請來老頭先說這事如何起因，究竟這女強盜做的何種案子？

來老頭一面替眾人斟酒，一面說道：「說起那女強盜並不在本縣做案，係在對江杭州錢塘縣做了十幾起巨案，照杭州捕快所說，那女強盜做的案子非常離奇，每逢紳宦人家喜慶日子，女眷們爭麗鬥富一身珠光寶氣當口，女強盜即大顯神通來去無蹤無影的滿掠而歸，而且總是撿著價值連城的寶物下手。這樣做了幾次，只把錢塘縣一般捕快跑得腿爛，兀自找不出一點線索，連那飛賊是男是女，是獨腳還是合夥還不知哩。

「直到月前杭州巡撫的老太太做七十大壽，全省大小官員挖空心思想從壽禮上走一條捷徑，各色珍貴壽禮絡繹不絕的往巡撫衙門送了進去。外邊的人都說這一次不比尋常，那飛賊恐怕也只有光瞪著眼不敢下手了。巡撫衙門內也知道外邊飛賊鬧得厲害，內宅貴重禮物堆積如山，不敢大意，從收禮這天起早已弓上弦刀出鞘，一般戈什哈同標營的兵勇徹裡徹外晝夜梭巡起來，閒雜人等休想混得進去，這樣總以為萬無一失了。

「哪知到了壽慶正日的傍晚，正值翎頂輝煌笙歌迭奏之際，那位老太太把兒子孝敬的一副民脂民膏造成的八寶珈楠朝珠套在二品補服上面。這副朝珠各樣什件都是一等的孩兒面的珊瑚、祖母綠的翡翠以及透水的紅藍寶石，這還不算，其中還鑲著幾顆櫻桃大的真珠光芒四射，尤為稀世珍品。這位老太太掛著這副朝珠，被各大員的命婦眾星捧月般捧在華堂中間受賀，顫巍巍彷彿在雲端裡一般。等到受賀已畢開筵聽戲，眾人恐怕老太太年高受累，一大群丫環女僕又扶進內室，預備吸幾口芙蓉福壽膏長一長精神，好去聽戲。不料她大馬金刀的向煙榻上一坐，眾人正要伸手替她卸下那掛八寶珈楠朝珠時，只聽得齊喊一聲哎呀！便沒有了下文。

「那位老太太抬頭向眾人一看，個個面色慌張呆立在面前做聲不得。她自己兀自不知，還怒叱道，無用的奴才，快替我寬了朝珠補服，好好的裝口煙讓我接接力。她這樣一怒，眾人沒法隱瞞，才慌慌張張向她胸前一指道，老太太的朝珠上哪兒去了呢？她聽得吃了一驚，慌低頭一看，果然胸前光彩全無。這一嚇非同小可，這串朝珠比自己這條老命還看得貴重十倍，登時手足冰冷急喘上湧，似乎便要壽終正寢。眾人大驚，一面替她捶背揉胸，一面分人連爬帶跌去見那位巡撫大人。

「等到巡撫急匆匆進內宅，已聽得那位老太太捶胸頓足如喪考妣似大哭起來，哭聲一揚，內外頓時弄得沸天翻地。巡撫一面寬慰壽母，一面傳諭屬下，立時把全衙封鎖，不准一人出入。這時戲也停鑼了，筵席也吃不成了，內外大小男女賀客個個心驚肉跳，你看我我看你，哪敢放半句屁。可是事也奇怪，那串朝珠眾人親眼目睹在老太太出來受賀時節，明明掛在胸前閃閃放光，怎的一進上房不到半盞茶時就忽然不見了呢？而且接近老太太的人，不是自己的子女兒媳便是常來常往的人員眷屬，下人們也只老太太貼身服侍的幾個丫環僕婦，在這青天白日眾目炯炯之下，怎麼一忽兒就會不翼而飛呢？

「再說內外賬房堆積如山的禮物件件都是貴物，賀客中人員的眷屬哪一個不珠翠滿頭，怎麼一件不丟偏偏丟了壽母獨一無二的八寶朝珠呢？眾人口裡雖不敢出聲，肚子裡個個都這樣思索。這時捕廳標兵戈什哈全體動員，捧著大令，不管你何等人物挨個兒要搜查一下。那般女賀客看得苗頭不對，一齊走進上房請老太太自己搜查以明心跡。這樣把偌大的巡撫衙門整個兒翻了個身，哪有八寶朝珠的影子。可是好好的一場大壽，這一來弄得瓦解冰消。

「那位巡撫老太太果然一把鼻涕一把眼淚哭個無止無休，那一般男女賀客也個個抱著一肚皮怨屈，礙著上官名分，只好垂頭喪氣等著解嚴令下鴉飛雀散。當夜巡撫大人只拿屬下出氣，個個罵得狗血噴頭。尤其是錢塘縣的縣太爺，前幾樁紳宦人家的案子還未找著影子，又出了這一場天字第一號血海關係，眼看得這個七品前程斷送在這串八寶珠上面了，最痛心的是巡撫衙門內禮物當中有他一尊一尺多高赤金麻姑，送進去時在戈什哈手中還花了不少門包，滿望借這尊麻姑的金面官升三級。這一來非但枉費心機，還要吃不下兜著走哩。可憐這位縣太爺被巡撫結結實實申斥了一頓，還限他會同捕廳在三天內務須人贓並獲。回到自己縣廳同著那位捕頭愁眉不展作了個楚囚對泣。

「那時節，咱們這位蕭山太爺也正渡江祝壽，因為同那位錢塘縣太爺同年兼同鄉交情素厚，賀壽的一天寄宿在錢塘縣衙門內，眼看得這位老同年，性命難保，便默然坐在一旁暗暗代為策劃起來。說起咱們這位縣太爺，同那位錢塘縣卻有天淵之別。他姓曾，宮諱祥麟，字仁趾。少年登科，倒是個幹練有為才智卓絕的人物。到了本縣任上官聲著實不錯，上司也非常器重。」

來老頭說到此處，甘瘋子猛的酒杯一頓，開口道：「嗯！原來是他。」

來老頭慌問道：「難道甘老英雄也認識他麼？」

甘瘋子點頭道：「且不打岔，你再說下去以後怎樣呢？」

來老頭提起酒壺又替闔席斟了一巡酒，接著說道：「當時這位曾太爺肚子裡打了個底稿，向那錢塘縣同捕頭開口道：『事已如此，急也無用。出事當口我也在場，照我細想，在失事的前後一忽兒工夫接近老太太的都是女人，依我猜度，賊人大半是女的。發現以後立時內外嚴密封鎖挨個兒細細搜查，那賊人就是有天大本事也難插翅飛去。那串朝珠累累垂垂的一大串，如果藏在身邊哪有搜不出的道理，而竟搜查不出來？這樣你們就可想到搜查的時候那賊人依然混在賀客裡面，可是那串朝珠卻早已藏在預定的秘密地方了。等到搜查完畢賀客退去，那賊人乘不備時又把贓物取出，跟賀客們混出衙門去了。』

「錢塘縣同那捕廳聽得果然有理，好像黑暗中放出一線光明。可是一轉念，那女賊帶著贓物已出巡撫衙門，此刻鴻飛冥冥，偌大一座杭州城哪裡去找這女賊呢？豈不是依然大海撈針麼？他口雖不言，面上慘淡慌張的神色，一望而知。

「那位蕭山縣微微笑道：『老同年，俗語說得好，急事緩辦，這樣劇盜豈是一時半刻所能緝獲的？依我說，你先權且寬懷，慢慢大家想個入手辦法好了。』錢塘縣額汗如流，兩手亂搓的說道：『年兄說得好自在的話，撫憲這樣雷厲風行定下三天期限，你豈不知？怎能緩辦呢？』蕭山縣一抬身在他耳邊低說了幾句，這位錢塘縣登時打拱作揖宛如遇著救命天尊一般。

「這當口忽然外邊又傳進話來，說是撫憲大人傳諭叫錢塘縣馬上進去。這一下在錢塘縣耳朵裡又像是一道催命符，又嚇得渾身篩糠般抖起來。蕭山縣皺眉道：『事到如今，只有小弟陪你去走一趟再說。』於是房內那位捕頭把兩位縣太爺送出衙門，兀自不敢回進花廳，捏著兩把汗靜候二人回來。

「直等到初更時分才見兩位縣太爺相將進來，一看錢塘縣神色似乎眉頭略展，一問所以，才知撫憲召見，因為賀客散盡以後又發現一樁稀奇古怪的事。本日賀客女眷當中，有一位到任未久的藩台太太年紀很輕，生得花容月貌，是女客中最出色的人物，而且談吐應酬件件來得。巡撫老太太雖是同她初見面，卻愛她慧心美貌十分投契，送客時候老太太還紆尊降貴親自送了幾步，再三叮嚀叫她常來走動。

「不料這位青年美貌的藩台太太坐上綠呢大轎前呼後擁的抬回藩台衙門，一群丫環僕婦早已在宅門口迎候，等到轎子落地一窩蜂爭前打起轎簾，預備攙扶這位千嬌百媚的闊太太時，只齊齊喊聲啊喲！轎中卻空空如也，哪有藩台太太的影子！這一下只把那位皤然白髮的藩台大人宛如由萬丈高樓失腳，一顆心直跳出腔子外去。問起這般轎夫差弁，卻又咬定明明從巡撫衙門坐轎回來中途並未停轎，怎會憑空飛去？

「哪知禍不單行，偏偏這時管藩庫幾個吏目又慌慌張張的報稱今天各縣賦銀上兌，點查藩庫，忽然發覺失去庫銀萬餘兩。這一來又把藩台嚇得半死！幾位細心的幕友，卻覺得巡撫衙門剛丟了東西這邊又丟了人，而且藩庫又發現丟了銀，三樁事同日發現實在太奇怪了。其中有知道東家底細的，說是藩台老夫少妻原非正配，這位太太新近從勾欄中物色來的。藩台看她口齒伶俐貌又動人，便叫她出來應酬，馬馬虎虎充起正太太來，哪知出了這一個大岔子，活像小說中的一陣風被妖怪攝去一般。

「據幾個轎夫說，這位太太是一個嬌小玲瓏的身體，抬在肩上本來輕如無物，又加太太出門關防嚴密，轎窗轎簾下得密不通風，所以一路抬來毫未覺得，更不知抬到什麼地方丟失的。且不提幕友們議論紛紛，這時那位藩台急得像熱鍋上螞蟻一般，在自己太太房內細細一檢查不料又發覺失了許多貴重首飾。這一來把前後情形一琢磨，似乎這位太太並非無端丟失，其中大有道理，說不定巡撫老太太那串八寶朝珠也是她做的手腳。

「他這樣一琢磨，由驚轉恨由恨轉怒！而且丟失庫銀的關係也非同小可，硬著頭皮立時坐轎趕到巡撫衙門自請處分，並請巡撫通飭全省，定要緝獲這位逃走的太太才解心頭之恨。巡撫聽得也大大的吃了一驚，想不到這樣千嬌百媚的太太竟是個女賊！可是這一來，八寶朝珠總算有個線索。立時傳諭錢塘縣進見，告知此事；一面分頭傳令水陸各碼頭，加緊追緝，寫明女犯年貌，畫影圖形，懸諸通衢，務獲究辦。

「這當口蕭山縣曾祥麟一同進見，仗著巡撫素日另眼相待，替錢塘縣說了幾句好話，請求寬限；一面自告奮勇，幫同辦理，誓必拿獲女賊，以報知遇。巡撫也知這樣女賊，神沒鬼出，不易擒獲；素知蕭山縣曾令幹練，難得他自告奮勇，就下密札，委他主持此事。曾祥麟奉委下來回到蕭山，一心想破獲此案，見好上司，顯顯自己才幹。就想到來老頭是有名的老捕快，雖然退職告老，如果以禮相聘，用面子拘束，不怕他不應承下來。這位縣太爺這樣念頭一起，俺小老頭兒的倒楣惡運就臨頭了。」

來老頭說到此處，用手向包翩翩一指道：「嘿，天下也沒有這湊巧的事。咱們那位曾太爺親自駕臨敝店求俺暫時出來一趟，俺也不得不應承下來。不料縣太爺前腳才出店門，正逢著這位賢姪女獨自到此，巧不過曾縣令在店門上轎時又一眼瞥見了我這位姪女。叫我到了轎前低低說了幾句，說是這年輕女子很像那位藩台太太，叫俺留神。俺送走了曾縣令回進店來，包姪女已看得好一間上房閉門高臥起來。

「俺看得包姪女一個青年女子背著一個小小包裹隻身獨行，一進店門就自高臥，已經起疑，又打開曾太爺自己送來的女賊圖形仔細一看，委實同姪女有幾分相似，越發令俺起疑。當晚俺就在姪女隔壁黑屋內張看，只見姪女脫了外衫打開包裹，換上一套夜行人衣著，掛了鏢囊插好一柄解腕尖刀，仍然把外衫罩上，開出門來呼喚茶水。

「那時俺一看這情形，不是那話兒是誰！心裡還高興的不得了，以為活該要露一次臉。曾太爺剛才來托我辦理此案，竟不用吹灰之力自會送上門來。又看了房內情形，定是待到三更時分又要在本地做案了，怪不得一進門便高臥養神哩。我當時便想知會縣衙下手，一轉念，這樣一來不免大動干戈，驚嚇了店中客人，妨礙了自己的買賣。默默想個計較，悄悄離開了黑屋子，暗暗在茶水內下了蒙汗藥，教店夥送進房去。這一來可苦了包姪女，神不知鬼不覺當夜捆送進縣衙去了，我這張老臉兒也就此丟盡了。諸位請想，這一檔事弄到這樣結果，教我以後如何做人？可是我這位賢姪女，為什麼在那個當口換起夜行服來呢？」

包翩翩笑道：「那時老世叔只注意了我沒有注意旁的客人，其實那位藩台太太也在老叔店內哩。姪女著了老叔的道兒，糊裡糊塗捆進縣衙，怎不教那位真賊實犯的女飛賊從旁看得笑掉了大牙，卻從此把她驚走了，這才冤枉哩。」此言一出眾人大驚，只有甘瘋子已從翩翩口中探明，坐在一旁發笑。

這可把來老頭愈弄得悶在鼓裡一般，急向翩翩問道：「這事越來越奇，照姪女說那女飛賊也在小店內，怎的店內沒有陌生的女客哩。」

甘瘋子大笑道：「這樣你就知道那女飛賊非同小可了！老實對你說，女飛賊在你店中當口喬裝成一個翩翩美少年，舉動闊綽，你還對他殷勤招待哩。」

來老頭聽得兩掌一拍道：「該死，該死！果然記得有這樣一個單身客人，還是在今天一早走的。但是賢姪女怎知她是案中要犯的呢？賢姪女換夜行衣，同她又有什麼關係呢？」

包翩翩笑道：「家叔在杭州開設了一家綢莊，家兄便在莊內照料，寫信來教姪女到杭州去玩幾天，有幾家近親女眷也再三請姪女去玩幾天，所以姪女在杭州親眷家中一逕流連了個把月。杭州沸沸揚揚鬧著飛賊，前幾天又鬧著巡撫衙門、藩台衙門幾件奇事傳在姪女耳朵內，也暗暗料那女飛賊本領不壞，可是與己無關也不在心上。

「不料在昨天早晨辭別了舍親家兄渡過江來，渡江時節，姪女坐的是蕭山兩人抬的過江轎子，坐在轎內由轎夫抬在渡江船上，兩面也是渡江的轎子貼近一排擱著。（早年錢塘江就是這樣景象）姪女右首一乘轎子內被江風一吹，時時透來一陣異香，引得姪女側身一看，卻是一個一身華麗的美少年。見他耳根上貼枚小小的膏藥，當時也不在意，以為是紈袴子弟罷了。後來聽他向轎夫問長問短嗓音很刺耳，好像故意放大了喉嚨說話，可是尾音總是脫不了女人嗓音，而且不是浙江口音。

「那時姪女便有點疑惑起來，不免向他多看了幾眼，看他眉梢鬢角越看越像女人。後來渡過了江先到西興埠頭打尖，恰巧這人轎子也是同行同止，細看他並無行李，只隨手提著一隻小箱子。打尖當口他也走出轎來，向點心鋪買點食物，留神他步履之間雖然矯捷，總覺異常。尤其是他一出轎子，看到他兩面耳根都貼著膏藥，哪有這樣湊巧兩耳都會同時有病？明明是遮瞞的勾當，那時姪女就有十分料他是女扮男裝，卻尚未想到那件案子上去。直到姪女離開西興抬進城來，卻見他轎子在前，飛也似的抬到世叔店門停下昂然直入。

「姪女來時親眷們本來叮嚀在迎賓客店歇宿較為清淨，所以姪女也進店來了。一進店就揀了樓上當陽的一間屋子，無意間在窗口向下打量，驀見天井下面對樓的一間大房內黑暗中光華閃閃，急定睛向那屋內望去，只見那假扮男子的人在床前低著頭把一大串寶光閃閃的東西一顆顆拆卸下來，裝進另外一個小口袋內，這當口姪女登時想起巡撫老太太八寶朝珠的新聞來，斷定這人就是藩台太太無疑。

「姪女恐被他回頭看見，慌忙輕輕把樓窗關好，從窗根內向下張看，又看她拆好珠寶裝了好幾個口袋，脫去外面袍子馬褂露出一身緊身排扣夜行衣，腰間解下一條亮晶晶的東西來，似乎是件軍刃。她解下這條東西以後，很迅速的把床上幾個口袋一一塞進懷內，重新束上這條東西，又加了一條妃色汗巾，巾上又掛上一個豹皮鏢囊，罩上袍褂開門出來揚長而去。

「姪女不該年輕好奇，暗想這人本領膽量定必高人一等，既然明知她是個女子，不管好壞倒要會她一會。只要同她講明並不干涉她行為，只求她較量較量武藝，大約她也不致於另生惡意的。姪女存了好奇心就也把夜行衣服換上，預備到夜靜更深飛下樓去同她會面。萬不料螳螂捕蟬黃雀在後，換好衣服吃了幾口茶水，頓時昏天黑地的躺下了，等到醒來，身已在縣衙女牢。自己想得又好笑又好氣，本來就要脫身出來，氣不過倒要看看這知縣再說。哪知這位曾太爺功名心太熱，清早把姪女提上去，不由分說就關進木籠要押解上省，去博上官歡心。姪女其餘不恨，只恨這糊塗知縣並不問清來因去果就草菅人命起來。

「所以姪女定今晚三更時分飛進縣衙同他理論一下，告訴他那女強盜確在此地，看他如何說法。而且姪女同甘師伯已經商量過，既然事情擠兌到姪女頭上，不能不找出一個真賊實犯來洗刷姪女的清白。來世叔是老公事，還得替姪女大大的費神呢。」

來老頭聽到此處總算滿盤清楚，心裡也越發難受。而且包翩翩臨了說出老公事三個字，不知她是有意還是無意，僅這三個字就把來老頭挖苦得淋漓盡致，比罵他打他還凶十倍。甘瘋子看得來老頭紅著臉只管出神，額上汗珠又一顆顆冒出來，微微笑道：「現在諸事不提，只要把女飛賊拿到，就八下裡都合適。憑俺們這幾個人要拿她原不困難，可是有一節，她在杭州官場大顯神通，同俺們本來無關，那般昏禿糊塗官僚也應該有這種人搗亂一下。現在關礙著包姪女名譽，不能不找出真犯來。但是包姪女這樣李代桃僵，早已把她驚走。我們要找她，又從何處著手呢？」

王元超答言道：「這樣飛賊與眾不同，既然眼見出了包小姐這檔事，也許要看個水落石出，還逗留在此哩。」話猶未畢，外邊一個店夥急匆匆進來，在來老頭耳邊喊喳了幾句，來老頭眉頭一皺道：「曾太爺又來找我，想是白天出了事又沒有辦法。」

翩翩道：「姪女臨走時已說明今晚三更去找這位曾知縣，現在來世叔先去，姪女隨後就到。有來世叔在旁，免得他驚嚇。」

甘瘋子道：「說起這位曾祥麟，我同他是幼年窗友，在官僚中還算不錯。回頭我陪包姪女同走一趟，有我在場，他不致再有誤會。」

來老頭道：「這樣太好了，他此刻差人來叫我立時進衙，說不得我先進來，同他說明這事底細好了。」於是諸人匆匆用過酒飯，來老頭先自告辭進衙去了。到了二更時分，甘瘋子陪著包翩翩跳上房去也飛向縣衙，房門內只剩得王元超同雙鳳閒談這檔事，直等到四更敲過才見甘瘋子、來老頭、包翩翩走進房來。

甘瘋子一進房內哈哈大笑道：「痛快！痛快！這位藩台太太的手段真高。」王元超慌問所以。

來老頭笑道：「我先到衙內，滿以為曾太爺為的白天走失人犯事。哪知出人意外，誤拿包姪女的事他竟也知道了。你猜他如何知道？原來我們在此吃酒當口，那位曾知縣正獨坐在簽押房內盤算這事，忽然眼前白光一閃，錚的一聲響，一柄雪亮尖刀插在公事桌上，刀柄兀自顫動不已。

「這一下把曾太爺嚇得直跳了起來，細看桌上時，卻是刀上還穿著一張信箋。曾太爺究是個幹員，按定心神一聲不響拔下尖刀拿起信箋看時，只見箋上寫道：『儂懲治貪吏，為小民吐氣耳，不意昏愚如汝張冠李戴誤累好人，如再執迷將喪汝命。』下面署著一個『雲』字。曾太爺一看箋上的話，想起白天包姪女衙前臨走的幾句話已覺得誤捉了人，可是包姪女這身打扮同破籠飛行的功夫又覺事有可疑，所以慌著把我叫去問個仔細。

「我到衙內把包姪女身世詳細說與他聽，又把甘老英雄同包姪女隨後就到的話也告訴他，他才弄清楚，而且非常抱歉。兩人正說著，甘老先生同包姪女已從屋上飄身而下，一會面，曾太爺來不及同甘兄敘闊，先向包姪女連連作揖陪罪，還請到內房由他太太極力周旋了一陣，然後同甘兄細敘久別之情，臨走時還說明天一早到店拜看咱們包姪女，表示負荊之意，百姓們也可知道包姪女並非飛賊，藉此可以洗刷清白。然後再過江去，把寄刀留柬一層稟知巡撫請示。」

王元超道：「這樣說來，那女飛賊果然沒有遠走，果是這樣舉動，也非常光明磊落。」

包翩翩道：「我也這樣想。我雖然為她受了一次累，總覺愛她這人。可惜她神龍見首不見尾，沒法會她。」

眾人正這樣談論著，忽見店夥提著包袱扛著一副華麗的鋪陳進來，說是曾太爺差人送包小姐的隨身包裹，又恐店中被鋪不潔，特地贈送一副乾淨被鋪來，務請包小姐賞收。

包翩翩道：「何必又要太爺費心。」

來老頭道：「這也可說前倨後恭，那包袱原是賢姪女的，昨晚還當贓物呈案，說起來慚愧死人！現在我替賢姪女另外打掃一間屋子，好讓你早點安息。」

舜華、瑤華道：「老丈不必如此，讓我們聯床共話吧。」翩翩也願意三人聚在一起可以慢慢清談。這晚翩翩便向雙鳳講得十分投契，隔壁王元超、甘瘋子也同宿一屋。

第三天清早，瑤華首先下床，一眼瞥見梳妝台上硯台下壓著一張信箋，過去一看，箋上寫著：「薄命人辱承眷念，感何可言？魚軒回湖當圖晉謁。」下面又署著一個「雲」字，細看字體非常娟秀。

瑤華喜極，回頭向翩翩喊道：「快來看，昨晚我們睡得真香，進來人還不知哩。」兩人一聽忙下床過去一看，知道那位藩台太太的把戲，四面一打量窗戶依然好好的，只窗上一層花格短窗脫了閂，想是從上面進來的。三人一陣稱道奇怪，隔壁甘瘋子等也知道了。

舜華道：「這人還要到太湖找咱們去哩！這一來，翩妹可以同我們一道到太湖了。」

第卅五章　探奇索隱

原來一夜工夫三人講得分拆不開，雙鳳想邀翩翩到太湖去，翩翩聽得太湖英雄聚會，風景又好，心裡也願意。而且她大哥是少室山人徒弟，所以稱甘瘋子為師伯，太湖有她師兄弟，也趁此可以會會，此刻被飛箋一引，越發願意同去了。甘瘋子等聽得翩翩同去，也非常歡喜。

各人梳洗方畢，來老頭已匆匆進來向翩翩道：「曾太爺今天起了大早，鄭重其事的來拜會諸位了。此刻俺已讓他在客廳等候，甘老先生陪著姪女倆出去見他一見好了。」

於是甘瘋子同翩翩走出去敷衍了一陣，把曾知縣送走後，回到房內向王元超等笑道：「那位藩台太太真可以。據曾祥麟說，今天一早得前撫院消息，昨晚深夜巡撫床沿上插著明晃晃的一柄利刃，刃上附著一封信，警告他一切不許追究，否則就要他命。同時那位藩台枕旁也照樣來了一手，信內還挖苦他老而無恥。巡撫同藩台果然不經嚇，等不到天亮慌差幹人過江來悄悄告知曾縣令，叫他趕快罷手。連藩庫缺少的銀兩也由藩台忍痛掏出腰包來彌縫了事。滿天星斗竟被她弄得風消雲散，這人真可說得巾幗英雄。可惜沒有好好的師友導入正軌，弄得東蕩西飄，自己稱為薄命人，其中定有傷心之史。」

眾人聽得都點頭嗟歎，翩翩道：「你看她在昨晚掌燈時在縣衙寄柬留刀，又過江去在撫院藩司兩處做了手腳，還要回過江來到俺們房間留個條兒。一夜功夫，東奔西走如入無人之境，而且處處做得嚴絲密縫，真也不易。倘然她真能如約見而，俺們定要同她結為至友，勸她不要走入邪途。」

來老頭聽得暗暗點頭，卻笑道：「賢姪女同到太湖，果然很好，可是令兄處順便也要通知一聲，免他記掛。再說俺好容易見到賢姪女，也要留你多玩幾天。就是甘英雄幾位，是俺小老頭一生難逢的豪傑，也想求諸位委屈幾天，讓小老頭盡點寸心。」

甘瘋子笑道：「既承相知後會有期，俺們都有事在身，實在不便久留。今天就要過江去直奔太湖，將來再叨擾好了。」來老頭再三殷殷挽留，無奈看得甘瘋子等確有要事，才不敢作聲。卻在當日又特設一桌盛大酒宴送行，酒罷告別，來老頭直送到錢塘江邊才依依分手。

甘瘋子率領著王元超、舜華、瑤華、包翩翩一行五人帶著兩匹俊驢不日到了太湖堡內，自然又是一番熱鬧。包翩翩初到湖堡，看著許多豪傑，又看得堡內的雄壯形勢同太湖的湖光山色，與浙東又是不同，就覺耳目一新胸襟大暢。尤其那位文君新寡的紅娘子倜儻不群，句句合自己脾胃。還有同門的東方豪英氣勃勃少年老成，也說得非常投機。

黃九龍當天盛設酒宴為甘瘋子等洗塵，這時在席的有甘瘋子、范高頭、滕鞏、黃九龍、王元超、東方傑、東方豪、東關雙啞、癡虎兒、舜華、瑤華、紅娘子、包翩翩一共男女老少十四位，還有許多堡中的頭目濟濟一堂，也可算得群英雅集。

席間甘瘋子、王元超各說別後的事，並問太湖有何新聞？黃九龍大笑道：「柳摩霄、單天爵已成驚弓之鳥，大約不致於再興風作浪的了，至於你們在百佛寺見著師父母同那艾天翮的事，俺們也統統知道了。因為師父同你們分手後到了靈巖寺龍湫僧師弟處，已有詳信寄來，還命俺選擇一寬大幽險的地方，預備邀集海陸英雄大大的聯盟一下，又命俺們設法把飛龍島寶藏運回湖堡。

「日前俺同范老丈在山內打獵，無意中在萬山重迭之處覓著了一處最相宜的山谷，此地人士因為形似葫蘆就叫做葫蘆谷，將來等兩位老人家到來，親自勘察過再來定奪。倒是飛龍島的寶藏有點費事，要請二師兄籌劃。還有俺同五弟在赤城山虎窩內留藏的一批軍器，現在已經派人運到堡中了。」

范老丈也說道：「這幾天俺們無事在湖堡左右各處閒遊，順便察看全湖形勢。據俺看，將來海陸聯盟群英聚會，眼看湖堡氣象隆隆日上，只憑現在堡中幾十間房子是住不下的，不如在湖堡左右東洞庭山、西洞庭山建築分堡，俺柳莊也是水路要口，略一改建也可充作分寨，這樣就可容納不少人，發號施令也容易些。一旦有事，便可作為獨角之勢。」

范高頭說罷，甘瘋子首先拍掌道：「范老丈所見與俺相同，非這樣辦不可！將來稟明師父就可實行。倒是飛龍島一樁事，要一個熟悉該處地道的作為嚮導才好。」於是大家傳杯推盞各抒雄略，一席酒直吃到日落西山才盡興散席。雲中雙鳳同紅娘子、包翩翩四位女傑就在雙鳳原住的一所院落內，聯床抵足。原來范高頭父女二人葬婿以後被黃九龍款留在堡內，免得他們回家睹物思人。

自雙鳳回來堡中越發地熱鬧，還多了一個天真爛漫的包翩翩，非但范高頭稍寬愁懷，連紅娘子也漸漸有說有笑起來。大家聚了幾天，有一天清早起來，舜華忽然想到堡後葫蘆谷去遊覽一番，包翩翩靜極思動頭一個贊成，瑤華、紅娘子自然助興。

翩翩道：「俺們悄悄出去不要被他們覺察，否則黃堡主又要勞師動眾派人護從，反而不能盡興了。」

瑤華笑道：「這樣也好，不過此地門衛森嚴，俺們四人出去，豈能瞞住他們耳目？」

紅娘子道：「這層毋須過慮，葫蘆谷不必經過前面三重碉壘。聽俺父親說，他們是從堡後出去的。不過從堡後到葫蘆谷也有四五十里，一路都是高高低低人跡罕至的山道，那天黃堡主同俺父親還捉得一隻花豹回來哩。」

翩翩聽得越發高興，兩隻雪白玉掌脆生生的拍得山響，高聲說道：「妹子在舍下時最喜出獵，俺們何妨備著傢伙，乘便打了一回獵，豈不快煞人！」於是四人匆匆各自打扮得周身俐落，攜著兵刃彈弓和隨身乾糧悄悄溜到後面。走過黃九龍、王元超臥室側耳一聽，甘瘋子等正都在黃九龍房內高談闊論，輕輕躡足走過，直走到最後一重通堡後山崗的柵門，恰喜柵門大開並不費事，魚貫而出。

哪知剛出柵門，猛見崗上一塊平平的草地上有個人指東擊西竄高度矮，把一柄劍舞得有色有聲。翩翩等吃了一驚，慌停步仔細一看，原來是癡虎兒正在獨自練習太甲劍。他新近磨著黃九龍教了幾手達摩劍，就廢寢忘食的拚命練習，此刻一早起來又在後面崗上練習了。他正練得高興，忽然一轉身看見紅娘子等四人一齊出來，而且手上身上個個都齊帶著傢伙鏢囊。他看得奇怪，收住招勢迎上前來問道：「諸位從未到過此地，今天怎的有此雅興？想是撿著此地幽靜，也來溫習溫習劍術的。」

紅娘子笑道：「你這幾手達摩劍進步真快，練得已經很好。不信，咱們兩人來對舞一下。」

癡虎兒聽得脖子一縮，舌頭一吐，笑道：「啊唷！我的姑太太，俺初學乍練，怎好同您放對？倒是您幾位練幾手高著兒，我在旁看看也是好的。」

舜華笑推紅娘子道：「時已不早，不要同他鬥趣了。」說著向癡虎兒一招手道：「兄弟，你認識葫蘆谷這條道兒嗎？」

癡虎兒先不答話，怔怔的向她們看了半天才笑道：「這條道我雖沒有走過，卻聽頭目講過，似乎很不易走，可是風景最佳，我也常想去玩一回，諸位可否挈著我一同去？」

紅娘子不待她說下去，向眾人一使眼色，慌答道：「你要同去最好，不過此刻就得走。」癡虎兒大喜，連那道柵門也忘記關好，便當頭放開腳步向崗下馳去。

紅娘子笑道：「這位小兄弟直心直眼，最討人歡喜。他一同我們出去，堡內真沒有人知道我們去向了。」一面走一面又把癡虎兒來歷說與翩翩聽，翩翩也稱奇不止。

這樣一路談談說說，不知不覺已走過好幾重山嶺，約莫已走了二十多里山道。忽聽得癡虎兒在對面山腰松林內大聲呼喚，卻看不見人。紅娘子等不知何故？一伏腰，各人提起金蓮飛也似的搶入山腰奔入松林，卻見癡虎兒使出幼年行徑，爬上一株四五丈高的蒼松，騎在一枝弩出的松幹上左顧右盼縱聲長嘯，四山回響，就像有千百個癡虎兒歌唱一般。看他咧著一張闊嘴，好不快樂自在。

紅娘子在松蔭下仰面喝道：「這麼大的孩子還是這樣頑皮！快下來，領咱們到葫蘆谷去。」

癡虎兒俯著身答道：「不瞞您說，我照著他們所說的方向走到此地轉了幾個彎，實在有點模糊了。沒法才爬上高處，望個清楚再走。可是一上來，奇奇怪怪的山景一一顯露出來，實在捨不得下來。您不信，上來瞧瞧就明白了。」

眾人經他這麼一說，頭一個包翩翩就忍不住，一伏身玉臂一張，颼的一聲竄上近身一株長松，攀住橫枝，一個鷂子翻身就亭亭立在枝上，四面一看，頓足嬌聲喊道：「妙哉！妙哉！」

下面舜華、瑤華、紅娘子被她一引也一齊縱了上去。四個勁裝佳人，在一株龍蟠鳳舞的巨松上各人占了一枝，松風謖謖，衣帶飄飄，宛如一片翠雲，擁著四個散花仙女，對面騎在松枝上的癡虎兒，又像遙拜觀音的散財童子。在這晨光熹微山色蒼茫之中，確是一幅奇妙圖畫。

癡虎兒看她們齊立在一株松樹上，高興得東一指西一點引她們觀看。紅娘子等上得樹來縱目四眺，果見西北四、五里外奇岩怪壑內骨嘟冒起蒸籠般的白氣，愈來愈厚，便鋪成一片雲海，把對面一座嵯峨高峙的主峰攔腰圍成一個大圈，好像天空浮著一頂大箬笠。峰頂像個笠尖，圍住的雲氣像玉色的帽圈。再看雲海的下層又夾著一層紫氣，這層紫氣籠罩著一層層的松崗壑谷，陡壑鳴澗，卻像海市蜃樓般裡的濛濛雪霧之中，看不清切。

半晌，東南方朝暾高升，金光四射，射進雲海之內立時景象大變。一座雲海幻成金光燦爛奇妙莫測的彩霞，由濃而淡由淡而無。立時遠近重巒迭嶂豁然呈露，森林懸瀑通體分明，而且嵐翠欲滴清氣撲人，各人都覺超塵出俗，翩翩欲仙。

紅娘子向對面癡虎兒一指大笑道：「看不出他竟能夠領略這番妙境。」

舜華道：「這種雲海只有日光上照或者天氣悶鬱山雨欲來的當口才有，可是像那黃山出名的雲海以及雁蕩、嵩嶽等絕頂，卻也常常可見。」

紅娘子笑道：「我們雖然賞覽了雲海，可是葫蘆谷究往何處走呢？」話猶未了，對面樹上癡虎兒忽又亂指亂嚷起來喊道：「你們看那邊是誰？」

眾人向所指的對面山坳內極目望去，才認出對面兩山交叉處有道銀光閃閃的溪澗，澗旁松根一塊磐石坐著兩個人，因相距甚遠，兩個人小得像三歲小孩一般，其中一個穿著紅衣服，恰合那萬綠叢中一點紅的畫意。這邊紅娘子等正看得詫異，忽見穿紅的人昂頭四眺，尋找東西的樣子，倏的一躍身跳下磐石，兩足一點，像飛鳥般穿入山腳下松林裡去了。一忽兒，只見密雜碧沉沉的林梢上活像有隻極大的紅蝴蝶，張著雙翅在林上遊來遊去飛旋不已。半晌翩然飛墮林外，颼的跳上磐石，依然現出一個穿紅的人來。紅娘子等看得那人輕身功夫很是可觀，而且絕對是個女子，益發覺得奇怪。

四人一商量決意趕過去探個實在，向癡虎兒一打招呼一齊跳下樹來，癡虎兒也手足並用像猴兒般溜身下樹，包翩翩最心急，首先施展飛騰功夫一溜煙似的向兩人所在跑去，紅娘子、舜華、瑤華也跟著趕去。這一來卻苦了癡虎兒，雖然從小練就爬山越嶺的腳步，總跟不上她們輕身提氣的真實功夫，累得他跑得滿身是汗兀自趕不上，一抬頭不見她們的影子。

卻說包翩翩、紅娘子同雙鳳姊妹宛似弩箭離弦一路追逐，一忽兒已近兩人所在的山腳，抬頭一看，大石上兩人已聞聲立起跳下大石。看清那穿紅的人是個丰姿綽約的年輕女子，上身穿著銀紅色窄袖對襟短衫，柳腰上束著玫瑰紫的綢巾掛著一具鏢囊，下身兜襠紮腿元緞中衣，兩瓣金蓮套著鹿皮小蠻靴，頭上元帕抹額直壓眉尖，益顯得明眸皓齒，玉面朱唇。還有一個卻是女僧裝束，戴著青布觀兜披著茶色衲衣，下面雖然淨襪雪鞋，依然顯著兩隻窄生生的改造金蓮，面上雖然雞皮鶴髮依稀還存著當年俊俏模型。

兩人一見紅娘子走近，那女尼首先合掌當胸朗聲說道：「我母女二人本當趨堡晉謁，不期諸位女菩薩雅興出遊在此相遇，也算緣分不淺了。」

紅娘子等看得兩人手姿不俗，出語不凡，慌一齊斂衽答禮道：「此山頗為荒僻人跡罕至，當湖山口被堡壘封鎖外人益難到此，不知兩位從何道來？務望賜教一二。」穿紅的女子聽他們這樣細問，立在女尼的背後只抿著嘴微笑，兩隻水汪汪的俊目只管向翩翩直瞧。

女尼笑答道：「其中細情，稍緩容略奉告，難得諸位駕臨荒山，敝廬離此不遠，且請駕臨以光蓬蓽，未知諸位肯俯應否？」

紅娘子等一聽她還在此山內居住，益發莫名其妙。從來不聞山內有人進出，何以突然現出這等人物來？如果不是青天白日，真要疑是山靈花妖了。既然承她邀請，何妨探個實在！四人意見相同，便請她們母女二人領導，恰好這當口癡虎兒喘吁吁也趕到了，那女尼也邀他同往。

於是一行七人由那女尼領路向山門內走去，忽高忽低穿林度澗，一路盡是奇幽絕險的岩壑，往往走到好像無跡可通之處，那女尼輕車熟路，只在危崖石縫內略一轉折，便豁然開朗別有異境。她們母女二人攀藤附葛，竄上縱下，捷如猿猴，那穿紅的女子尤喜同包翩翩手拉手的走在一起，格外顯得親熱。

包翩翩屢次想問她姓氏來歷，卻因走的都是荒僻險境，腳下得步步留神，彼此都顧不到攀談。這樣曲曲折折走了四、五里山路，忽然走進一處山谷，兩面千仞岩壁巍巍夾峙，中間黑沉沉一片松林，穿進林中，連日光都像遮起一層厚帳，只聽得上面松濤怒吼，怪鳥唧唧。

度完這片松林，山勢又分，顯出數百畝廣闊的一片荊棘之地。荊棘鉤衣，蔓藤礙足，竟無可走之路，又見那女尼先一撩僧袍，身子一起從一片荊棘上像星移電掣般走了過去，看她兩隻腳似乎沒有沾著荊棘一樣，轉瞬間已越過一片荊棘。紅娘子知是絕頂的輕身功夫，正待繼續一試，又見穿紅的女子卻換了身法，兩足一點，一個海燕掠波的式子從荊棘橫身飛去，中途像蜻蜓點水般在荊棘上兩足虛點，又飛出四五丈遠，只幾點便也飛過上十幾丈開闊的一片荊棘。

紅娘子、舜華、瑤華胸有成竹豈肯落後，颼，颼，颼各展身手，宛似三隻翠鳥掠波而過，這時卻苦了包翩翩、癡虎兒二人。在包翩翩一身功夫，要飛越四五丈路並非難事，像這樣十幾丈開闊的面積卻有點望塵莫及，可是瞪眼看著人家過去未免萬分慚愧。

回頭一看癡虎兒，只見他哈哈一笑，一伸手從背後拔出太甲劍向對面一指道：「你們這樣飛來飛去總是費事，不如我來替你們開闢一條坦道吧。」說罷一聲大喝，掄起寶劍，不管三七二十一向荊棘叢中直舞過去。只見三四尺高的荊棘和遍地盤結藤蔓被他一路蠻砍亂削，宛如摧枯拉朽，斷葛飄榛滿空飛舞，一霎時竟被生生闢出一條窄道來。話雖如是，他一套衣服也被一路荊棘撕得七零八落，幸而皮厚肉粗尚未受傷。

包翩翩只得從這條新闢道路紅著臉奔了過去，向紅娘子等說道：「諸位這樣功夫，實在佩服之至。」

紅娘子知道她年輕好勝，慌笑說道：「我在妹子的年紀當口，還趕不上妹子哩，將來妹子多得名師益友，怕不日上竿頭。」

那女尼點頭道：「這話一點不錯，武功同文學一樣，只怕你不肯用苦功。如果向上前進，是無止境的。」說罷又向癡虎兒道：「這位小哥手上的寶劍倒是寶物，這片荊棘中有許多古老藤葛，沒有這樣寶劍怎能揮砍如意呢。」

癡虎兒聽她稱讚寶劍也自高興，便把太甲劍雙手獻與女尼請她賞鑒。女尼接過劍來從頭到尾細看了一回，忽見柄上鐫著太甲二字，頓時大驚失色慌，問癡虎兒道：「小哥尊劍何處得來，可否賜教一二。」

癡虎兒道：「是我父親所賜。」

女尼又問道：「尊父是否姓滕名鞏，用的是奔雷劍麼？」

此言一出，非但癡虎兒茫然，連紅娘子等也聽得詫異。卻又見女尼向那穿紅女子笑道：「人生聚散信有前緣。你老太師吩咐的話，萬不料在此應驗。」

這時紅娘子忍不住問道：「聽你老人家的口氣，似乎同我滕老叔有點淵源，所以識得此劍。」

老尼笑道：「說來話長，敝廬不遠，且請駕臨容再奉告。此地已是葫蘆谷口，敝廬就在谷上，諸位且隨貧尼進谷。」說罷當先走去。

紅娘子等聽得已到葫蘆口高興非常，一面跟著老尼一面縱目四眺，只見當前谷口，危峰峭嶂摩雲插天，中間一線羊腸蜿蜒曲折，都是天然路徑，迤邐行去，如進迷宮。抬頭一望，巉巉岩壁中奇奇怪怪的古松一株株從石縫倒掛下來，好像幾百條怪蟒飛舞而來，森森可怖。

這樣走了一程，忽然危崖中裂，上架石樑形如穹門，走出這座穹門豁然開朗，一片豐林長草愈望愈寬。如果把這片草木芟除淨盡，足可納千軍萬馬，林外卻依然陳嶂圍拱，秀巒環抱。

舜華笑道：「怪不得黃堡主說此地大有用處，果然是個天然勝境。」

紅娘子道：「便是把這一片樹木斫下來，也可以造廈千萬間哩。」

穿紅的女子笑道：「越過這片豐林山勢又合，再進去低窪處還有比此地大幾倍的一片湖水，係各處山頭水道匯注之地。出口處依然通著太湖，恰是一所天然的船場。不過現在諸位光降敝廬毋庸深入，只可留作後遊吧。」

紅娘子正想啟問，忽見那老尼並不走進林去，身子一轉兩足一點，颼的躍上近身四五丈高的一個危坡。穿紅的女子領著紅娘子等跟縱而上，那女尼已經躡壁而上。眾人一打量這座崖壁雖有十餘丈，卻喜天然築出一層層石磴，不過只容一人立足，遠看去便像附壁而行一般。眾人依次走上崖頂，猛見臨崖蓋著矮矮的兩間茅屋，屋後兀自層崖高壓，酷若建瓴，那女尼至此便同紅衣女子立在茅屋前，笑容可掬的說道：「諸位不嫌卑陋，謹請屈尊一談。」

紅娘子一看，兩間茅屋靠著懸崖草草搭就，照外面察看只可容納一、二人，還要低頭鑽進，那容得室外這些人？可是從門外望去幽然深處，好像門內尚有不少房屋一般。既然主人殷殷肅客，只好姑且屈著身魚貫而入。不料一進茅屋寬敞異常，而且四周珠光寶氣，眩耀一室，壁衣地氈盡是茸茸獸皮，獸皮滿綴珍珠寶石，大的竟如雞卵一般，小的如黃豆般，不計其數，四壁瑩火放光耀如白晝。這一來把紅娘子等嚇得目瞪口呆如在夢裡一般，幾疑這老尼是妖怪化身。

眾人正在駭異當口，老尼同穿紅女子掩好縫門回進來，向紅娘子等笑道：「身居窮谷無法置備桌椅等物，只好屈就諸位坐談的了。」說罷首先蹲下身去在獸皮上盤膝坐定。紅娘子等一看地上五色斑斕的獸皮非常可愛，便也團團席地而坐。

那穿紅女子先不坐下，從黑暗處捧出許多鮮山果放在中間，然後靠著女尼坐下，笑向眾人道：「不瞞諸位說，連茶具都沒有，只好請諸位吃些鮮果聊以解渴。」

紅娘子等暗想她們母女二人既然設備這樣簡陋，何以又有這許多奇珠異寶，豈不奇而又奇？各人都露著滿臉驚異之色，惟獨癡虎兒生平不知珍寶為何物，倒也不詫異，只覺得目迷五色如入異境罷了。

那女尼一坐下就明白眾人懷疑的神色，不等紅娘子等開口微微笑道：「貧尼四大皆空，看得世界一切都如電光石火，這一洞珍寶並非貧尼所有，不過代他人在此看守罷了。」又一指穿紅的女子向眾人說道：「倘然身邊沒有這妮子，貧尼早已飄然遠行，不必多此一舉了。」

說到此處，女尼神色慘然，閉目歎息道：「欲知前世因，今生受者是；欲知未來果，現在作者是。」自己低低念了幾遍，忽然雙目一睜，宛如一道閃電在眾人面前掃了一遍，然後長歎一聲道：「諸位現在應該知道千手觀音同陸地神仙多年反目的一層因果中的主角，是艾天翮，諸位當然知道。可是其中波瀾翻騰，卻又關係著一個人，這個人無辜被他們牽入漩渦，受了人世最慘痛的刑罰，變成了世界上最薄命的人。現在陸地神仙夫婦又和好如初了，艾天翮夫婦也變成骷髏了；但是這位薄命人的隱痛，兀自深深的刻在心頭，而且又多了一個身外之身。可憐這個身外身，又是薄命不過，將來正未知如何結局呢？」說罷，雙目一閉，一顆顆淚珠卻從皺紋疊起的眼角上，續續奪關而出，穿紅的女子也低著頭嗚咽起來。

舜華、瑤華想起艾天翮臨死當口的一番事蹟，不禁脫口驚喊道：「您老人家難道就是當年飛龍島的湘魂麼？」

老尼一點頭，雙目微啟，眼淚便像湧泉一般直掛下來；穿紅的女子益發泣不成聲，淒慘欲絕。紅娘子、包翩翩早已從雙鳳口中聽過這段事蹟，此刻也了然於心，不禁一齊陪了許多眼淚。翩翩原挨著穿紅的女子坐下，慌掏出香巾，替她拭淚，深情款款的安慰一番。

這時各人都鼻酸眼澀的靜默了一會兒，只有癡虎兒看得莫名其妙。忽見老尼一揾眼淚繼續說道：「貧尼三十年前飛龍島舊事，諸位諒已明白。自從離開飛龍島，灰心到極點，茫茫四海，孑然一身，直飄蕩到雲貴一帶，卻也做了許多濟危扶困的勾當。不料肚裡一塊孽根卻漸漸大起來，幸而那時一家富厚的人家受過貧尼的微恩，就在那家生下這女兒來。生養以後回想舊事，越發心腸粉碎。便決計落髮為尼，青燈古佛了此一生。生下的女兒就托那家代為撫養，預先替她取了一個名字叫做「幻雲」。恰好距那家不遠有個準提庵，就在庵中出家，有時仍回去看望幻雲一次。

「這樣過了半年光景，有一天隨同庵中住持到相近山上一座古剎，聽遠來高僧講經說法。這位高僧年過古稀，是從四川峨嵋山雲遊到此，到處指點迷途，積修功德。這天聽經的僧尼同善男信女上下三四百人，但是年紀輕輕的卻只貧尼一人。講經當口，僧人中有一個凶臉高身的頭陀眼光閃爍，時時向貧尼偷看。當時以為良莠不齊，這種不守清規的人亦所難免，也不放在心上。不料講經完畢出寺下山，又覺凶僧不即不離的跟在身後。

「這時聽經的人們都已分頭四散，我同庵內住持走的卻是僻徑，那凶僧瞎了眼珠，以為一老一少兩個女尼有何能為?便色膽包天放出下流手段說出不三不四的話來。貧尼那時還是年少氣盛，因而聲色俱厲的向他申斥了一頓。哪知他原是亡命強徒，無非借佛門遮蔽身子，看俺沒有好意，仗著地僻人稀竟想恃強調戲起來，那時凶僧的情形便是個菩薩也要動氣，不由俺不使出身手來。

「他卻沒有料到俺的武藝，正在嬉皮涎臉挨近身來當口，拍的一聲臉上便著了俺一掌。這一掌把他跌出一丈開外，他居然還能掙扎起來惡狠狠地從衲統內拔出一柄解腕尖刀，潑風似的著地捲來。這時嚇壞了俺庵內住持，兩腿像棉花般地直癱下去。俺一看凶僧也有幾分功夫來勢甚猛，便也顧不得住持，喝聲來得好！待刀臨切近，一偏身，右腿起處喝聲著！便把手上尖刀踢飛，趁勢旋風一轉左腿又起，向他腰眼一點，饒他牛精似的凶猛也禁不起這一點，立時直矮下去蹲在地，只有喘氣的分兒。

「正在這當口，急覺身後人影一閃，颼的一拳向後打來，俺一個箭步斜刺裡竄出五步遠近，回身一看，嘿，可了不得！只見五六個魁梧凶僧分四面襲來，個個捏拳擄臂都像有幾手似的。當面一個一拳落空，大吼一聲勢如奔馬趕向前來。俺一轉念獨龍不鬥地頭蛇，雙拳難敵四手，就算被俺一個個都打勝，俺也沒趣，不如回到寺內，向老和尚評理為是。主意打定，虛作應敵之勢，三招兩著，便飛越重圍，直向山上跑去。

「這般凶僧似乎知道俺的意思，拚命向後追來。我剛到寺門口，後面追來的一般凶僧遠遠撮口作聲，發出鬼也似的怪叫，好像暗號一般，立時山門內奔出許多高高矮矮的僧徒，不問青紅皂白，呼的一聲便把我圍了起來。我大怒，恨不得掏出當年的鴆羽梅花箭送他們個個歸陰。可是皈依佛門以來早已撩在一邊，這時想用也辦不到。可是怒火攻心，也管不得許多，一咬牙，便指東擊西同他們打得一個落花流水。他們雖然人多，一時卻也占不著一點便宜，有幾個膿包早被我打得滿地亂滾。可是人越打越多，山門口人聲鼎沸，嚷成一片。

「我打了不少工夫，也難免汗淋氣促，正在危急當口，那講經的老和尚、寺內方丈聞聲出來，滿以為這兩人替我解圍，哪知講經的老和尚吆喝了一陣，眾僧滿不理會，大約以為他是遠道客僧作不得主，又欺他年老。誰知可以作主的方丈，偏又賊禿嘻嘻，一味袖手旁觀，諒也不是好人。這一來我真危險萬分，工夫一久，將不堪設想。

「說時遲，那時快！猛聽得山門口有人高喝一聲：豈有此理！就在這一聲大喝中，只覺耳邊一陣呼呼風響，眼前一雙香灰色的大袖，大鵬展翅般向人圈內舞了幾個轉身，裡三層外三層的禿驢個個鴉雀無聲，立得紋風不動。我又驚又喜，一看原來就是那峨嵋老和尚顯的手段，正想近前拜謝，忽又見颼的一聲，人圈外面竄進一個肥頭大耳的和尚來，仔細一看是本寺方丈。只見他豎眉瞪目向老和尚戟指叱道：我們念你遠道掛單，好意佛眼相看，不料你這老東西仗著幾手邪法兒，幫那妖尼來太歲頭上動土。你這老東西也許有個耳朵，打聽打聽我普光寺的人豈受你們外路東西欺辱的。看情形你同這妖尼定是一黨，也許借著講經為名，想來謀占寺產。也許……

「老和尚不待他說下去大喝道：休得胡說！老僧雲遊天下，偶然在此息足，打聽得你們平時為匪作惡，全不像出家人樣子，所以宣揚經義指點迷途。不料你們罪孽深重，辜負老僧一片苦口婆心，此刻仗著人多勢眾，竟侮辱一個孤身女子起來。你既然身為方丈，不知約束，反而庇護惡徒，越發不像話了。照你們不守清規玷辱佛門，如果在早幾年碰在我峨嵋僧手上，個個都是死數，現在我已斷絕殺戒，從輕發落。如果以後再有這樣事情，天下像老僧這種人不知多少，恐怕沒有這樣便宜了。說罷，隱在兩道壽眉底下兩道目光閃電似的直射方丈面上。

「原來這普光寺的僧人本是一般無賴出身，這方丈同幾個凶僧還作過落草強盜，也懂得幾手武藝，這時看見老和尚一出手便把眾凶僧制住，知是點穴法，知這老和尚大有來歷。可是平日威風素著，一時找不著台階，想跳入人群用話唬一下。萬不料唬不住人家，反而被人家正言厲色教訓了一頓，越發下不了台。如果用武，自問這點功夫萬不是人家對手，並且這許多人被他點住沒有辦法，個個都是死路。暗地一打算，只好臉皮一厚掉轉鋒頭，滿面生痛的說道：我道是誰，說了半天，原來您就是我們朝夕稱頌的峨嵋老師父，怪不得有這樣大法力。現在長話短說！萬事都看在您老面上，請您老也看在菩薩面上抬抬手兒。好在雙方都是誤會，並沒有真個鬧出亂子來，以後小僧從嚴約束他們便了。說罷好像沒事人似的扯天說地瞎恭維了一陣。

「峨嵋僧鼻子裡一陣冷笑，過去在人堆中挨個兒拍了一巴掌，這般凶僧一個個活動起來，兀自覺得眼花手軟，頭重腳輕，知道碰著剋星，個個嚇得倒抽冷氣，抱頭竄去。峨嵋僧笑向方丈道；老僧在此已打擾了好幾天，後會有期，就此告別。那方丈巴不得他離開此地，故意做出挽留神氣。

「老和尚也不睬他，一回頭向貧尼道：看女菩薩身法不是此地宗派，年紀輕輕何以也如此裝束呢？那時貧尼對於那位峨嵋僧又欽佩又感激，聽他問到此處，又引起一肚皮傷心，不免淚如雨下，一時答不出話來。峨嵋僧又說道，此地不是談話之所，且隨老僧下山去。於是我跟老和尚走下山來，那方丈還假惺惺送了幾步。兩人一到山腳，我想起庵中住持，四方一找蹤跡不見，想已逃回庵去了。

「老和尚一到山腳便立定身，盤問貧尼來歷。我早已看得老和尚一臉慈祥，武藝又這樣驚人，定是世外高人。便恭恭敬敬的跪下身去，先拜謝解圍之德，然後把我身世統統據實告訴，最後又長跪不起，請求收列門牆指示迷途。老和尚看我非常志誠，也就點頭應允。從那天起我回到庵中收拾一點隨身行李，又把幻雲拜托那家撫養，約定三年以後再去看望。布置妥貼，便跟老和尚到四川峨嵋山內，在老和尚所住深山團瓢相近之處，蓋了一間茅棚，朝夕求教。

「這樣過了三年，非但天性禪悅略有所得，便是老和尚一身絕藝也傳授不少。有一天我想起幻雲，已過四載，當年有約應該去探望一下，當時稟明師父求他定奪。他老人家說道，你老在此地也非結局，趁此看望徒孫以後也可雲遊各處積點功德。你跟我這些年功夫也進步不少，江湖上獨身雲遊也可去得，現在我再賜你一件防身器具，說罷從內取出一柄寶劍來。

「這柄寶劍，卻也奇特，從劍鐔到劍鋒不過三尺餘長一寸多寬，統體發出紫瑩瑩的光華，而且柔可束腰，不用時圍在腰間便似扣帶一般，遠行防身最便利沒有，劍鐔上刻著「紫霓」兩個古篆。據他老人家說，從前百拙上人在莽歇山鑄成八柄利劍，他老人家居然得到三柄。尚有兩柄一名『太甲』，一名『奔雷』，係傳授一位姓滕名翚的弟子。所以貧尼看到這位小哥的

『太甲』劍，驚奇起來。」

這時癡虎兒聽到這位老尼姑是父親的師妹，慌地一骨碌跳起身來，卜通一聲向尼姑叩下頭去，大聲道：「原來您老人家是我父親同門，這幾天我練了幾手達摩劍總摸不著門兒，您老人家看在同門面上，可得提挈提挈。」說罷老母雞啄米似的叩了一陣響頭。那老尼突然被他橫堵裡一陣搗亂，也聽不出他咕嚕什麼，慌扶他起身仍請安坐，笑道：「尊大人如果在此，正是幸會。現在且容貧尼講完了話再說。」

癡虎兒這樣傻頭傻腦一來，只把幻雲、翩翩兩人笑得肚痛。癡虎兒滿不在乎，闊嘴一張還要嘟囔，卻見紅娘子瞪了他一眼，才鼓著嘴像蝦蟆哈氣般不作聲了。

老尼又接著說道：「那時貧尼得了那柄紫霓劍，叩別師父又到雲南去找女兒幻雲。哪知一到那富厚人家，屋宇人物都變了形象，竟不知搬移到何處去了。一打聽左右鄰居，才知我離開幻雲以後，那家被群盜明火執炬燒掠一空，大小人口被強盜殺死的殺死，逃散的逃散，竟弄得風流雲散。官廳也馬馬虎虎鬧了一陣虛文公事，強盜至今未捉住一個。

「當時我聽得吃了一驚，問強盜不過搶掠財物，何至下此絕手呢？那幾個鄰居變貌變色的歎了一聲，四顧無人才悄悄說道，有人說普光寺內窩藏許多強盜，先用募化為名強勒那家捐筆巨款，那家一口回絕，便懷恨在心，下此毒手了。我一聽，想起那天普光寺眾僧被我師父羞辱情形，難保不打聽出我女兒在那家撫養，又加上那家不肯捐募，故而一舉兩得，下此絕情！如果這樣，我豈不生生害了這一家人？自己的女兒失了蹤跡或者已被凶僧仇殺還是小事，這一家良善富厚人家弄得瓦解冰消，這份罪過豈不都在我一人身上。

「當時聽在耳內，一個身子宛如浸在冰窟一般。一咬牙當夜尋到普光寺，跳進去先尋著那萬惡的方丈，用紫霓劍擱在禿驢頸上逼他招出尋仇實情。那禿驢怕死，一五一十招出來，果然同鄰居說的一樣，不由我怒髮衝冠，仗著鋒利無比的紫霓劍，從方丈起，把全寺大小凶僧三十餘口殺得一個不剩，最後一把野火，普光寺變成精光寺。

「這樣，雖然稍稍出了一口氣，可是我的女兒究竟是死是活還是不明。因為逼那方丈招出實情時，據說當時他四下尋找幻雲竟不知去向，就是那富家幾個青年子弟同幾個女主人也是不見，殺死的只幾個壯男同老人。如果他所說是真，還有一線希望。我從那天起又浪跡江湖，暗地留神那家的子弟同我女兒的蹤跡。雲遊了兩年光景，居然在雲南省被我找著那家主人。

「據說那晚禍起時，幸而屋宇深沉，家中緊要人物統統從後門逃出，死難的是管賬的幾個先生同男僕之類。他們逃到省城，因省城也有祖傳房產田地，索性在省城避禍。可是那晚我幻雲係由乳母抱著逃出，一陣慌亂不及檢點，等到逃離稍遠點查人數，單單不見了乳娘同幻雲，也曾四處打聽迄無下落。貧尼聽得那家劫後尚能團聚已是喜出望外，丟了自己女兒反覺有點漠然。可是從此雲遊四海也時時想起幻雲，不免到處打聽蹤跡。這樣又過了七八年，兀自大海撈針毫無消息。

「有一年春天，貧尼從普陀禮佛回到金陵，遊覽雨花台，秦淮河諸勝，在秦淮河畔看見臨河水閣上各家妓院都打起珠簾，妓女們嬝嬝婷婷靠在水檻上釣魚的、度曲的、撥阮的，映得一片春波也處處五彩繽紛。那時貧尼看到幾個美貌雛妓便又想起自己女兒來，倘然還在人間，屈指算起來整整也有十五歲了。我睹物傷情一陣難過，便怔怔的靠在一棵臨河的垂楊幹上，癡癡的望著河心捨不得走開。

「正在出神當口，忽見對河橋洞內搖出一隻富麗堂皇的花舫來，四周遮陽高高吊起，望見船內笙管迭奏，幾個妖姬曼聲度曲，侍應著幾個大腹賈取樂兒，恰恰船望這岸攏來，離我不遠泊了船一窩蜂跳上岸。驀見最後上岸一個瘦怯怯的雛妓一隻手扶在老鴇臂上，一隻手捏著一條香巾頻頻拭淚，蛾眉深鎖，淚光溶溶，哭得梨花帶雨一般，一步懶似一步的扶上岸來。

「那雛妓走上岸來，恰好從我身邊走過，我倒並未覺察。驀見那老鴇走過身時向我看了一眼，不知怎的脫口喊聲啊喲！剛喊出聲慌又咽住，一低頭死命拉著雛妓向一堆人裡擠去。這一來我疑心陡起，仔細向老鴇一打量，似乎有點廝熟。猛一轉念，她不是幻雲的乳娘麼？可是乳娘在那時還正二十歲，這老鴇雖然有點相似，看她滿身綾羅一臉殺氣，年紀大約也有四十開外，一時倒也難於肯定。而且江南人迷信很深，逢到尼姑便要大驚小怪，往往朝地吐口唾沫，算是解了晦氣，這樣一想又狐疑不定。

「不料這當口，上岸的人還未走遠，猛見那雛妓鬼也似的一聲慘叫！也不知道她哪裡來的力氣，倏的一轉身掙脫老鴇手臂，鐵青著臉掛著兩行清淚，一撩衣提起一對窄窄金蓮，飛也似的向余跑來，那同船的一般人發聲喊轉身便追。最奇不過那老鴇，論理這時也應該一同追趕，她卻不然，一見這樣情形，也是一聲怪叫，提起兩隻扁魚大腳發瘋地鑽出人叢，一直向前跑去，逃得無影無蹤。

說時遲，那時快！那雛妓已跑近貧尼身邊，正要張口問她，萬不料她頭也不抬，倏的掠身而過，兩腿一蹬便向河心跳去。我喊聲不好！一跺腳人已到了雛妓背後，雖然到了她背後兩人都已凌空到了河心，我一提氣，不等她落下身去，夾背一把抓住，隨手向空一撩，肉球似的直拋上天空五六丈高。我自己身子向下一沉，慌又一提氣在水波上略一沾腳，重又凌空而起，恰好肉球從空跌下接個正著。單臂向脅下一夾，兩人同時又往下一沉，堪堪又到水波上，二次裡施了推雲拿月的身法，身子旋風般一轉，單掌一拍水波橫身貼水，直飛到大樹底下，一停身才腳踏實地放下雛妓，看時已兩眼緊閉，嚇昏過去了。」

第卅六章　官舫隱蹤

老尼講到此處頓了一頓，她女兒面孔一紅，推著老尼格格笑道：「娘啊，你只顧自己說得高興，不怕客人笑話。把女兒說成雛妓哩，肉球哩，越說越好聽了。」

老尼笑道：「癡妮子，幾位貴客都是巾幗英雄胸襟闊朗，將來都是你的益友，真個論起來你還是晚輩哩。（湘魂在百笏巖拜過紉蘭為師）」母女這樣一逗趣，紅娘子等已心下領悟，知道此刻講的是母女重逢的一幕，卻聽她河心救女的一手功夫不免暗暗驚疑。

包翩翩尤其聞所未聞，忍不住問道：「您老人家這樣功夫實在驚人，但不解您救人時既已飛到河心抓住了她，何以又望空一撩，使這位姊姊在空中多翻幾個觔斗呢？」包翩翩天真爛漫的一問，正中紅娘子等心懷。

幻雲躲在老尼身後吃吃笑個不住，卻聽老尼微微笑道：「姑娘，你問得很有道理，足見平日用功精細。不瞞諸位說，貧尼對於水裡功夫卻是門外漢。從前曾聽峨嵋老師父說過，北方有位老前輩，平日十幾丈高樓跺跺腳隨意上下，卻也不識水性，有一天在黃河口擺渡，那時正值秋汛，水流既急風浪又大，距岸還有七八丈光景，渡船上把舵的人一個失手船便翻身，滿渡船的人都被浪花捲去。獨有那位老前輩在船翻身當口，雙足一點便向岸上縱去，剛剛腳尖點沾岸邊，哪知黃河沿岸都是鬆鬆的沙土，風浪不斷的打擊，格外不堅實。

「那位老前輩腳方沾岸人未立定，便聽得嘩啦啦一陣怪響，十餘丈土岸便坍塌下來，一個失足連人帶土一齊捲進洶浪奔流中。只見從波心直竄上來有十餘丈高，無奈是直上直下竄不到岸上去，接連竄了幾十下愈竄愈低，終於力絕而死。因為人一落水內被水吸住，想橫竄上岸很是不易。當時貧尼請問師父，有何法子解救？

「師父說，功夫真個到了絕頂也是不難，便把一手推雲拿月的身法傳授於我。這一手功夫，筋節上便在推拿兩字，這兩字卻以氣功輕身為根底。我師父又說從前練這手功夫，在長江上流用七片瓦渡過江面，由狹而寬，由七片減至一片都無，便可在水波上遊行自在了。貧尼雖然得了這手功夫，苦於根基不深，未能登峰造極。所以那年秦淮河救她時費了許多手腳，兀自兩人身上沾著不少水珠兒。

「諸位請想，我跟縱飛到河心，是背著岸過去的，一把抓住人想再轉身飛回岸來，實在沒有這樣大功夫。如果用燕子掠水直向那面飛去，對面卻是一座很高的石橋，距河心少說也有十幾丈開外，百忙裡挾著一個人想飛越到橋上，實在不易。那時急中生智只好向空撩來，身子一輕，借著水波一點托力飛上去接住人，趁勢在空中轉了身，然後飛回柳樹底下。那時她固然嚇昏的躺在地上一動不動，我也弄得一身是汗。

「秦淮河是熱鬧所在，我這樣一顯身手，兩岸上的人霎時人山人海，家家水閣上也擠滿了鶯鶯燕燕看新鮮兒。那時我還不能斷定救的就是自己女兒，總以為妓女跳河也是常事。等到同船幾個大腹賈以及一群看熱鬧的各色人等圍攏身來，七嘴八舌的向我詢問，我也無暇理會，一蹲身先把地上躺著的女子救醒過來，問她何故輕生，她也只有哭泣的份兒，說不出一句話來，還是她同院的幾個龜奴鴇婦聞訊趕來，想把她背回妓院去。

「說也奇怪，她卻死命拉住貧尼再也不肯撒手。其實她從小離開貧尼，何嘗知道眼前便是親娘？大約也是母女天性，一半也是天公安排定當使我母女重逢。我被她拉住不肯撒手，索性由我抱她回妓院去，一面走一面打量她面龐，越看越像自己，不禁心頭亂跳，難道真個是母女巧遇不成。猛想起幻雲從小左掌心有芝麻大二粒硃砂痣，慌騰出一隻手把她左掌翻開，一看兩顆魚紅小痣赫然在目，部位也一點不錯。

「貧尼這才斷定懷中人是幻雲無疑。那老鴇也必定就是乳娘，怪不得見著我喊出啊喲來。最後這妮子掙脫老鴇的手向我奔來，在老鴇想不到幻雲是跳河，以為認著親娘預先同貧尼約好的，又知貧尼大鬧過普光寺，非易與者，所以嚇得一溜煙逃去。四面一想，豁然貫通，不覺又驚又喜、又悲又恨，究不知那乳娘怎會當起老鴇，把自己女兒充起搖錢樹來？又不知今日幻雲為何如此悲切輕生，心裡暗暗籌劃了一個主意，且不動聲色到了妓院再說。

「那時一路上跟著許多人滿耳議論紛紛，幸而沒有幾步路已到妓院。一進門，院中龜奴看得門口擁滿了人，便砰的一聲把大門關住，領我抱進幻雲臥室，把幻雲放在榻上。這時我看這妮子楚楚可憐的神色，想起自己一生命苦，連一個女兒也落在這種火坑內，不由得一陣心酸，眼淚奪眶而出。一回頭見房門外有人進門，慌極力忍住，用袖揾乾淚痕。立起身卻見幾個忸怩怩的妖姬，陪著兩個滿臉傖氣的大腹賈進來向我陪話道：今天幸虧大師父有這樣神通，救花小蓮一條小命，連我們也感激大師父不淺。但是最奇不過，今天小蓮的母親看見小蓮跳河，非但不救，反而自己跑得無影無蹤，到此刻還找不著她，這不是奇事麼？我心裡明白，表面上也連連稱奇，卻聽他們所稱花小蓮，大約就是幻雲勾欄中的混名，正想一步步用話打探，忽見這妮子一骨碌地從榻上跳起來，合掌向天拜道，謝天謝地，但願如從此一去不回才稱儂的心哩。

「她說了這句話，一個半老鴇婦用手向她一指道，小蓮，你不要說出這樣絕情話來。千不好萬不好，總是你的母親。你母女既然吃了這碗飯，豈能由你任意胡鬧！今天沒有這位師父，你這條小命豈不白白鬧丟麼？我勸你以後乖乖的多聽你娘幾句話吧。此刻你娘大約看你這樣絕情，賭著一口氣避開去了，待一會兒想必會自己回來的。

「幻雲聽了這番話，小眼兒一瞪，紅著臉喝道：還說母親，世界上有這樣母親把自己女兒送入火坑，丟了祖宗十八代的邪楣，還有臉充那一分子親娘。橫豎我咬定主意，一死相拚！今天死不了，還有明天哩。否則馬上跟著這位師父當姑子去，倒比在此禽獸不如的強勝萬倍哩。

這一番話倒也說得牙清口白，不亞並剪哀梨。

「那鴇婦脖子一縮，舌尖一吐，向我說道，師父，你聽聽小孩兒家赤口白舌說出這樣話來。我們這門檻裡都像你這般，只好一家子喝西北風了。說完這話也不等我答話，一扭屁股騷形騷氣又向窗口立著一個肥頭黑臉的大腹賈說道：金相公，不是我多說，看來小蓮沒有這分福氣，您也不必動氣，算白疼她一場罷了。此刻她母親還未回來，犯不著耗在此地受氣，且到我阿媛屋內坐一會兒，待她媽來了再說吧。邊說邊挑起湘簾，讓幾個嫖客到對屋去了。

「這時我看情形已瞧料幾分，知道幻雲年紀雖小尚有志氣，一看屋內已無別人，便向幻雲打聽跳河起因。原來幻雲小時情形也記不清楚，只知道從小在勾欄中長大。近幾年她假母親看她漸漸長大，出落得水蔥兒一般，心地又玲瓏剔透，視為一株搖錢樹，教了一點歌舞便懸牌應徵，居然名噪秦淮，博得不少纏頭。新近有個姓金的富商，願花千金替花小蓮梳櫳，那假母自然趨奉惟謹，一口應允，卻不料花小蓮尋死覓活不肯屈從。

「這天姓金的又同幾個嫖友在秦淮河坐在畫船，飛箋召花小蓮侑酒，當場又談到梳櫳的事。老鴇雖滿口應承，怎奈得花小蓮守身如玉。不料花小蓮越不肯俯就，姓金的越想弄到手，逼得花小蓮不敢回院，一上岸便咬牙跳起河來。她自己講完這番原因，真個跪在我面前低聲求我救出火坑，情願當一輩子姑子。那時貧尼本想當場就認了母女，轉念事出兀突並無佐證，不如順她想當姑子的一條路設法。於是我假作應允，約她晚上更盡時分，再悄悄逃去同她遠走高飛。又再三叮囑她我走了以後，無論老鴇回來與否，萬不能在人面前洩露出來，否則不能救你出火坑了。

「花小蓮點頭答應，我便故意向院內龜奴、鴇婦等兜搭一回才告辭出院，一逕回到自己寓所。先趕早吃過晚飯，預先算清店飯錢，坐在房內暗暗盤算一番。店夥掌上燈來，燈光一照猛又觸起心機，一想那乳娘當了多年老鴇，定必老奸巨猾，白天雖然已自驚走，定必躲在別處差人打聽花小蓮同貧尼消息。如果打聽得我們母女相認機關尚未洩漏，定必暗暗僥倖。打聽得我走出妓院又必溜回院去，或竟想毒計，趁我未窺破秘密之先偷偷把花小蓮隱藏起來，也許連夜強逼她逃向別處，這一來我豈不白費心機。

「這樣一想，不敢再候到更盡夜深，慌慌略一整束，背了隨身包裹，推說當夜首途，匆匆走出宿店。幸而江寧雖然繁華，街道上商鋪住家不比現在，一起更便熄燈閉戶，路少行人。我找了一處僻靜地方飛身上房，竄房越脊一口氣奔到花小蓮院內，隱在對面房脊上向花小蓮屋內一看，暗暗喊聲僥倖。果然那老鴇已回，卻同著幾個不三不四的人在燈下收拾箱籠包裹忙得不亦樂乎，卻不見花小蓮在屋內。我心裡一急，幾乎要拔劍跳下房去。忽聽院外叩門甚急，呀的一聲跑進一個雄赳赳的人來，一進門大聲喊道，喂，小蓮的娘，我說你越老越糊塗了，這一點小事你就牽絲扳藤纏不清爽，叫我在船上乾猴急。我說你……一言未畢，老鴇從屋內搶出低聲喝道，殺胚，大驚小怪作甚？現在細軟已收拾清楚，那手活兒勞你駕，你就進來動手吧，你一動手我就上船了。兩人一面說一面便進屋內。

「我在房上沉住氣，且看他們搗的什麼鬼？忽見那人進屋四面一瞧，趨近側首一張美人榻上把上面棉被一揭，我嚇了一大跳。你道為何？原來榻上躺著花小蓮，兩手兩腳被他們用繩捆住，嘴上也綁著一條毛巾。借著燈光看她滿臉露出咬牙切齒的神氣，卻苦於喊不出動不了，只兩隻掛著眼淚的眼珠時時向窗外遠注。那時我又痛她，又恨這凶婦心狠手辣，恨不得一下子揮劍斬絕。卻想到秦淮河熱鬧所在，妓院櫛比，一時不便下手。聽他們就要上船，果然不出所料，幸而早來一步，不怕他們逃上天去。索性等她們下船以後一路跟蹤，到了荒郊荒野再下手不遲。只可憐這妮子要多受一點凌辱，恨不得在房上通知她不必驚慌，為娘已經在此了。

「且說那人一揭開棉被，老鴇搶進門便喝道，快裹上，門外萬一有人來問，推說小蓮白天受驚病勢不輕，到大夫家瞧病去的。你記住沒有？那人一回頭扮了一個鬼臉，哈哈笑道，真有你的，我就服你這點鬼機靈。可是今天這一搗亂，害我少灌半斤黃湯，便是今晚你那手滿台飛的活兒也施展不舒齊了。一言未畢，臉上拍的一聲早著了老鴇一掌，屋內的人一陣大笑。那人便在笑聲中把棉被內花小蓮全身一裹，一呵腰扛在肩頭，搶出屋來。老鴇左提右挾，幾個龜奴相幫扛著箱籠等件，一齊跟著出門，院中幾個妓女也掩在背後悄悄相送。

「貧尼在屋脊上忙也一轉身，注定那人肩上的花小蓮一路跟去，沒有幾步路便到河岸。果見岸下泊著一隻快艇，船梢上挑著一盞明角風燈。只見人跳下船，鑽進艙去，那老鴇龜奴也把手上物件一齊安置船內，老鴇跟著幾個龜奴又跳上岸，悄悄嘁喳一陣，然後老鴇一人回艙內布置一番，船上幾個舟子都已點篙離岸，向下流駛去。

「貧尼在岸上不即不離跟了約有四五里路，四面一看，已到荒僻所在絕無人影，再跟下去便要駛進大江。一打量那船距岸不過五六丈遠，兩足一跺便竄上船尾。一起手先把兩個掌櫓的點翻，順手抽出竹篙向船孔一插定住了船。呵腰推開通中艙的舢門，颼的竄進艙內。那兩個老而無恥的狗男女正在對酌談心，猛見余憑空跳進艙內，只把那老鴇嚇得啊呀一聲，全身像篩糠般直抖起來動彈不得。那男的已喝得酒氣熏人，仗著酒膽，麻著舌頭，想抬身而起，卻掙扎了半天，砰的又直坐下去。

「我一聲冷笑，把中間篷窗推開一扇，提起醉漢，卜通一聲，先擲向河心。又掩好篷窗，回身把地上花小蓮腳上捆束、嘴上手巾替她解下，花小蓮兀自手腳麻木，掙扎起不來。我一回身，那老鴇掙命似的直著嗓子喊了一句救命呀，卻因為驚嚇過度，只啞聲兒慘叫了一聲，第二聲死命也喊不出來。我便用花小蓮手腳上解下來的繩子，把老鴇連人帶椅捆住，又回身替花小蓮手足四肢按摩了一回，待她血脈流動立起身，才對她說道：她們怎樣把你捆起來？花小蓮哭道：師父走後，我娘……

「貧尼笑道：孩子，難道你還認她是娘麼？花小蓮腳一跺哭道：她這樣心狠，哪裡是娘？分明是吃人的大蟲罷了！我笑道，你且說以後怎樣？花小蓮又說道，師父走後，她便同她姘頭掩進屋來，不分皂白便把我硬捆起來。我心裡只望師父早來一步救我的命，卻偷聽他們的話，好像怕師父似的，想把我帶到揚州去改名換姓暫避一時，也不知道她什麼主意，不想師父神仙一般趕來救我，真是我的重生父母了。說罷，便跪在面前叩起頭來。

「我不禁一陣心酸掉下淚來，頓足道，兒呀，你還在這兒做夢哩。你且起來，看我處治這個心狠手辣的潑婦，稍停你就明白了。回身向老鴇叱道：事已如此還有何說？這時老鴇性命要緊，結結巴巴說了許多哀求的話。我喝道，廢話少說，快快從實招出拐逃經過，或可從輕發落，如有半字虛言，立時教你死無葬身之地！老鴇身子動不了，只把頭亂點道：我說，我說。結結巴巴說了半天，無非說是當初並非有意拐逃。那晚從富家避禍逃出，因被一個匪人誘騙，帶著幻雲在勾欄中好容易過了許多年才自己贖身出來。看得幻雲長得秀麗，人人稱讚，才在幻雲身上想起發財的主意。可是幻雲掛牌應徵，才只兩年光景，並未破身，求你老人家念在十幾年撫養成人的一份情誼上，饒我一條狗命。

「不料老鴇剛說到此處，花小蓮霍的跳起身來，一把扯住貧尼哭道：此刻聽她講的過去事實，原來你就是我的親娘。娘！苦命的女兒此刻才做夢醒過來。說著抱住貧尼大腿跪在地下，相抱痛哭起來。我們母女哭了半天，那老鴇捆在椅子上似乎也良心發現，眼淚像瀑水般直淌下來。

「幻雲一看她也哭著，大怒，跳起身戟指喝道：你也有良心發現的日子，你想想我被你白占了十幾年母親身分，這且不提，你不該從小對我百般折辱。我這一身，除掉面上手上你要在我身上發財不敢下毒手，除手面以外，哪一處沒有你的鞭創，像你們當老鴇的比吃人老虎還凶辣十倍！一邊說一邊把衣襟解開，讓貧尼看。我一瞧雪白的皮膚上，處處都隱隱有深紫的鞭痕。

「我本來有從寬發落的心思，這一瞧，怒從心起，喝一聲：好凶狠的惡婦！右手一起，駢起中食二指向她心窩一點，嗤的一聲，貫膚而入，只見她五官一擠，雙眼上翻，我一退身，手指往回一抽，立時鼻孔口角都流出血來，胸口一個小窟窿也嗤嗤的往外直漂血花，把幻雲嚇得躲在我身後直抖。我對她道：癡孩子，為娘在此，害怕什麼？看娘把她丟下河去再說。我近前解下捆束，推開篷窗，把鴇婦屍身一提，擲出窗外，咕咚一聲，到水晶宮找她的姘頭去了。

「這一來，諸事都了。卻想到後船上還有兩個船夫躺著，時候一久便生危險，慌過去一一點醒，也不對他們說明所以，只叫他們連夜趕到揚州，船資加倍與他。這兩個糊塗蟲也不敢探船中情形，不到天明已到揚州城外。我在船中向幻雲細細一檢點，老鴇積蓄珠寶財物真還不少，我也不客氣，撿著攜帶輕便的收拾了兩個包裹，母女分提著，其餘便賞了舟子。從揚州起旱，一路仍回到四川峨嵋山，卻不知我師父已雲遊四海去了。

「我母女二人從此就在峨嵋絕頂憩息，整整教了幻雲四五年功夫。我一想幻雲年已及笄，絕不能像自己蹉跎一生，於是我帶她下山先在江湖上歷練了一番，卻不料因此鬧出一樁笑話來。

「原來幻雲在峨嵋煉了四五年，武藝已非常了得，一來是幻雲天生慧質，穎悟異常，二來由她母親悉心傳授，與眾不同，四五年功夫便抵得人家十幾年的功候。雖然不能登峰造極，可是輕身飛躍功夫，已不亞雲中雙鳳。尤其她母親自己最得意的一柄紫霓劍也一股腦兒傳授與她，還有早年擅長的一手梅花箭也教得百發百中。不過梅花箭上鴆毒，不准再用。那時幻雲已不是從前弱不禁風的花小蓮了，卻長得圓姿替月，修眉入鬢，比從前一味林黛玉式的嬌麗還婀娜萬分。

「母女下得山來，因為一個尼姑同一個丰姿絕世的少女走在路上未免惹人注目，便把幻雲改裝了一個少年哥兒，自己也把僧袍脫下，喬裝作老僕模樣。恰喜幻雲落落大方。舉動步履之間竟裝得十分相像。一路行來，幻雲還是小孩脾氣，忽想到江寧秦淮河去重遊舊地，看看從前小時姐妹們有沒有改變樣子。那天晚上趁著月色，去到鎮江對岸瓜州古渡口，夜色沉沉，寒江渺渺，頗為荒寒。

「我母女正在趕路之際，忽聽前面一陣呼哨，露出一派火光。遠遠望去，火光所在有許多黑衣凶漢手執刀槍，搶劫江岸一隻官船，有幾個似已跳上船去。貧尼早先雲遊四海，每逢這樣事情往往拔刀相助，救護行旅，一生也不知做了多少次數。這時又逢這樣事情，豈肯袖手旁觀？幻雲年少無知，學了一點功夫也急想賣露賣露，不待貧尼吩咐，早已搶先從腰上解下紫霓劍，便要飛步上去。

「我悄悄喝道，這幾個毛賊何必大動干戈？你過去空手嚇退他們便了，卻不准傷害他們，幻雲答應，一面仍舊裹好紫霓劍，一縱身便跳向前去。只見她一俯身在地上拾了幾枚小石子，一聲不響便向那般毛賊遠遠一撒，便聽得幾個毛賊一聲狂喊個個抱頭亂竄，有幾個未著石子的知是有人暗算，居然破口大罵。幻雲一個箭步竄進賊人堆裡略一盤旋，那般毛賊都像吃燈草灰似的東倒西歪滿地亂滾。我慌忙趕去喝住幻雲，一看那般毛賊手上並無搶劫東西，知是尚未下手，卻個個已嚇跪在一邊，不住的求饒。再向船上一看，船頭上也跪著三人，後邊一個白鬍鬚老頭兒瑟瑟的抖個不住。

「我喝問道：你們沒有損失東西嗎？哪知這老頭子嚇昏了也不答話，只爬在船板上向我咚咚直叩響頭。我又問了一回，才由前面跪著的兩個人有聲無氣的答了沒有兩個字，我笑向這般毛賊道：今天算你們晦氣，我們也不傷害你們，去吧，不要再現世了。那般毛賊有如皇恩大赦，一個個爬起身，一溜煙逃得無影無蹤。

「我們發放了強盜，轉身正想慰問船上的人，哪知世界上真有毫無心肝的人！我們一跳上船，忽見那個白鬚老頭已儼然坐在中艙，兩個當差模樣的人收拾被強盜倒亂的箱篋。我們跳上船看他們似理不理的神情已是奇怪？忽見白鬍老頭向我們一指，撇著京腔大聲喝道，亡命強盜搶劫國家大員，萬死猶輕，你們怎的不知輕重，擅自縱放要犯，該當何罪？說到這兒，霍的吐出一口稠痰，重又整頓喉嚨，拖長了嗓音，喊了一聲來啊！快拿本憲銜片，傳鎮江縣立刻進見，順便把這兩個縱盜要犯押送縣衙。那般逃去的強徒，就在這兩人身上著落。

「他神氣十足的這樣一吆喝，地上拾奪東西的兩個長隨，腰板一挺，雙手一垂，直著嗓子喊了幾聲喳，喳，身子卻不動彈。哪時貧尼聽得又好氣又好笑。心想世間上竟有這樣不通情理的人，倒要看他們一個究竟。可是我身後幻雲幾乎氣破了肚皮，哈哈一笑，大踏步走進中艙向老頭一指笑道，我們經過此地，好意替你把強盜趕走，保全你的性命和東西，哪知你這心肝同別人兩樣。既然如此算我們多管閒事，好在強盜走離不遠，仍然把那般強盜叫回來，讓你自己發落好了。

「幻雲這幾句話，本是有意開玩笑，哪知坐著的老頭信以為真，以為我們赤手空拳能夠把一群亡命嚇退，要招回來也不是難事，頓時面孔失色，全身又瑟瑟的顫抖起來。那兩個長隨似乎比他機靈一點，一呵腰在他耳邊嘰咕一陣，老頭子忽然睜開一雙母豬眼，向幻雲面上呆看了半天。幻雲卻被他看得心頭一跳，以為他看破女扮男裝。哪知這人真是官場中的一個老怪物，幻雲被他看得動了氣正想喝問，驀見他一抬身立時笑容可掬，當頭向幻雲一揖，接著又趨前一步半膝微屈，一蹲身又恭恭敬敬的請了一個安。這一進一退之間，非但姿勢美妙宛如做戲一般，而且腰腳俐落竟不像白髮蒼蒼的老頭了。

「他驀地這樣一做作，連我都要笑出來。卻聽他又向幻雲拱手齊眉，呵呵笑道：今天沒有老哥救助，定然不堪設想，兄弟實在感激不淺。先頭有幾句衝犯的話，因為朝廷體統所關，出於無奈，不能不先公而後私，尚乞老哥包涵。其實兄弟本心非但感激，而又佩服。我們雖然萍水相逢，雲泥懸殊，可是兄弟最恨官僚習氣，從此還要同老兄訂個忘年之交，求教一切哩。說畢又是兩手虛攔，讓幻雲上坐。幻雲究是孩子家脾氣，朝貧尼一笑，也不謙遜朝上一坐，看他搗什麼鬼。

「那老頭子看得幻雲並不介懷，已自安坐，高興非常，回頭向我一指道，這位想是貴管家？幻雲不好說什麼，略一頷首，他慌向一個長隨說道，那位管家好好看待，回頭須重重犒賞。那長隨答應一聲便來與我周旋。我暗想這位老怪物倏忽之間已變了三變，逢著強盜時，在船頭上嚇成刺蝟一般，強盜去後，搭起松香架子，儼然一個方面大員，等到幻雲幾句話當頭一擊，頓時又前倨後恭，截然兩人了。人說官場如戲場，大約他在這兒做戲了。一個國家怎禁得這般人如此胡來？

「我正在暗想，又聽那老頭子叫進後梢兩個船夫，命他們快上岸傳當地地保。船夫上岸不久，一忽兒嗚鑼喝道的聲音由遠而近。原來地保得知消息不敢上船，先一溜煙到鎮江縣報信，知縣聽得大員過境，在自己地面上遇上強盜，嚇得屁滾尿流，慌從姨太太熱被窩裡跳出來趕到瓜州渡口來敷衍這位大員。一霎時，岸上輿馬喧騰，熱鬧非凡，那船內的老頭子，也改扮得翎頂煌煌，神氣十足。

「貧尼看不慣這種臭排場，便要抽身上岸。哪知老頭子死命拉住說了無數好話，只求暫坐一回，還有許多要緊的事求教。下船來的官府看得大員這樣紆尊降貴，如此優待，也摸不著我們是何等人物，一齊過來殷殷款留，弄得幻雲沒法擺布只好暫坐一邊。等到那個官府散去，船上漸漸清靜起來，這時貧尼已從船頭幾個長隨口內探出這老頭子的官階來了。

「原來這老頭子是旗籍，官名榮壽，號庸庵。在宦海裡鑽營了許多年，也巴結到三品頂戴，雖然年逾花甲，兀自官興甚濃。新近鑽了一條門路，花了許多造孽錢，居然外放浙江藩台，引見以後便帶了兩個親隨先自出京，一般幕友隨後尋來。這天他路過江寧想玩玩秦淮河，便從鎮江雇了一隻官船向江寧進發，不料晚上泊在瓜州渡口遭著強盜。他一生哪裡經過這等風浪，便是兩個長隨素來在京城內當差也未曾經過這等風險，所以都嚇得半死。

「貧尼又問他現在盜去身安，為何苦苦留住我們呢？那長隨笑了一笑，囁嚅了半天，似乎想說卻又不敢張口，只笑道，你老不要心急，一會兒你就明白，好在我們大人完全是一番好意。貧尼聽得疑惑，且不作聲，看他鬧什麼花樣兒出來。這時岸上卻送下兩桌豐盛酒宴來，說是府縣孝敬替大人壓驚的。榮藩台立時吩咐在船上擺起酒席請幻雲上座吃酒，另外一席在船頭叫兩個長隨陪我吃喝，可是兩個長隨卻要侍候幻雲席上，由貧尼一人吃個獨桌。貧尼早已葷腥不動，只好看看罷了，卻留神看他們說出什麼話來。裡面一席酒到半酣，忽聽榮藩台吩咐船上點篙離岸到河心停泊，以便機密談心。有兩位好漢在此，也不怕強人再來。

「幻雲這時也起了疑，便想發話，我遠遠一使眼色，教幻雲不要開口，且看他如何擺布。哪知船泊在河心，榮藩台又殷殷斟了一巡酒，才笑容滿面的動問姓氏。幻雲卻也機靈，捏造一個假名姓，問他有何機密見教？哪知榮藩台雖然這樣大年紀竟做得出來，倏的離席而起向幻雲當頭一揖，接著單膝點地直跪下來。幻雲大驚，慌跳起身問他有何見教，何必行這樣大禮！

「榮藩台一臉誠惶誠恐的神色，半晌才說道，兄弟此次出京，名目上雖然放的是浙江藩台，骨子裡卻奉有極機密的一道手諭，教兄弟暗地去辦的。如果辦不好，非但兄弟這藩台做不成，便是這條老命也要斷送在這上頭。天可憐神差鬼使逢著老弟這樣的人才，又難得老弟有這樣的身手；當老弟嚇退那般亡命以後，我早已想借重老弟，故意用話恐嚇幾句，試試老弟臨事的膽量。老弟試想，兄弟活了這麼歲數，在官場上也磨練了這許多年，難道連人情世故還不懂麼？豈有老弟替我們嚇退了強盜，反而有恩不報無端誣陷起老弟來。天下哪有這情理，無非兄弟故意一試罷了。可敬老弟年紀雖輕，膽氣甚壯，侃侃幾句話說得我五體投地。這一來兄弟越發要借重老弟，求老弟救一救這條老命了。

「貧尼這時越想越奇卻不便插口，幻雲問道，你且把這事說出來，我們也要酌量一下。能夠幫忙的當然效勞，不能也難以勉強。榮藩台笑道，老弟這樣本領，豈有不能的道理？只要老弟肯答應，我這條老命就是老弟所賜，老弟要我水裡火裡去我也情願。幻雲一踩腳道：說了半天還是這幾句廢話，我們做事講究乾脆，我的大人你快說正經吧。

「榮藩台拇指一翹笑道：老弟真有你的。你請安坐，我對你說明便了。於是兩人分賓主坐下，榮藩台疊指頭說出一片話來。原來榮藩台在京城當差，頗有幹名，因為他是從龍旗籍，越發易得上面信任。這次他鑽營了幾條門路，本想外放個肥缺，萬不料放了浙江藩台，比他希望的還要高幾倍。這一喜非同小可，趕忙徹裡徹外點綴得嚴絲密縫，然後辦理引見請訓的照例手續。哪知引見下來，一位炙手可熱的王爺把他叫到王邸，親手交下一紙手諭教他回去暗暗籌劃，限他到任後一個月內立刻辦妥，不准洩漏一點風聲。而且很嚴厲的對他說，這次派他到浙江去完全因為他不是漢人，在本旗中有點幹才，所以欽補了藩台一缺，照他官階實在是個異數。可是上面注重還在這手諭上，你好好涓埃報稱，不要自暴自棄。

「他聽了這番訓話，捧著密諭誠惶誠恐回到家來，摒退從人把那手諭封皮折開一看，嚇得他魂飛天外。慌忙重整衣冠關住房門，調開香案把手諭供在當中，行了三跪九叩首大禮，然後跪在地上捧著手諭仔細看了一遍。這一看，把他欽放藩台的風光冷了半截。你道如何？原來這道手諭的確是皇帝親筆的硃諭，諭內寫著兩樁事，第一樁是『近據兩江總督密奏，江浙連境的太湖內踞有大盜黃九龍密謀不軌，應敕剿撫，以資防範事。該督所奏是否屬實，特著該員就近密探湖盜巢穴，准予專折密奏，便宜行事』。

「第二樁『近據內庫總管太監奏報，失去先帝百寶攢龍珠冠一頂，上有冬珠一百二十顆。又先帝御用古代鴛鴦雌雄寶劍兩柄，柄上用金絲嵌成「斫地」、「凝霜」字樣，兩劍合際一鞘，鞘上百寶攢嵌價值連城。探報此項冠劍，均係一女飛賊所為，現隱跡杭州縉紳家中。朕不欲遽興大獄，仰該員上體朕意嚴密訪查，如有跡兆，會同該管督撫，不動聲色，人贓並獲，解京訊辦』。

「這兩樁事是天字第一號的難題目，而且那位赫赫王爺還要雷厲風行，限他一個月內辦妥，這不是要他老命嗎？卻又不敢違命，只好硬著頭皮帶著兩個貼身親隨到浙江來，不期在瓜州渡口碰著幻雲母女。他一看幻雲母女有這樣能耐，就想辦那兩樁事非求他們幫助不可，所以他死命留住幻雲，把皇上手諭也和盤托出，只望兩人答應下來。」

第卅七章　幽谷迎賓

老尼頓了一頓，繼道：「當下幻雲聽他講畢還未開口，貧尼心中已打好主意，走進中艙在幻雲背後一站，代幻雲說道：榮大人要我們幫忙，也未始不可，不過頭一樁去探聽太湖虛實倒還容易，只是第二樁有點可疑。上面既知道女飛賊藏匿杭州縉紳家，怎不派杭州縣督撫搜剿，倒派榮大人文官來辦這樁事，而且那縉紳人家怎會容留飛賊呢？榮藩台朝貧尼看了一看，似乎想說卻又遲疑了一回。幻雲知道他意思，慌笑道：大人既然想我們幫忙，我們總要問個明白才好下手。至於我帶來這位，不瞞大人說，名義上雖是主僕，其實是我的師父，我的本領便是這位師父教的。你這幾樁難題目，非我師父出馬辦不了。

「榮藩台一聽，慌立起身呵呵大笑道：老弟你為何不早說？使兄弟慢待了這位老英雄，快請一同坐下可以暢談。貧尼笑道：話雖如是，究竟主僕還是主僕，大人請安坐，我們不講究這些。榮藩台也是官場中老奸巨猾，這時差不多升官發財全在我們身上，也顧不到體統攸關，過來竟自添設杯箸，便讓貧尼坐在席上。幻雲也因貧尼立著心裡不安，趁勢叫我坐在身旁。這樣一來，貧尼也落得舒服。

「坐下以後，榮藩台才開口道：尊師說的一層意思，兄弟當時也曾想到，曾經在內廷走了許多門路，探出一點原委，原來大內丟失兩件寶物當口，在寶庫上飛賊留下一隻白粉畫的燕子。巧不過大內被竊以後不到一月，有一位王中堂是德州人，接到家信，知道家中也鬧過幾次飛賊也留下白燕子記號，並不丟失東西的。凡丟失的都是稀世奇珍，獨一無二的寶貝。

「據德州幾個有名捕快勘出飛賊腳影，說是三寸不到的金蓮，所以知道是個女飛賊。最後有一家紳士丟失了一副難得的透水綠的翡翠鐲，這回在牆上卻留著兩句詩：『蕞爾德州難駐足，且向西湖款款飛』你聽她詩意不是又飛杭州去了嗎？這位王中堂想在皇上面前討好，便把德州鬧飛賊以及抄下詩句統統奏了一本，而且還上了條陳，說是這女飛賊專竊巨紳人家，只要杭州縉紳人家留意，定可拿到手。他這幾句話，便把我坑在裡面了，這便是皇上叫兄弟密查飛賊的來因。現在我想了一個計較在此，不過有屈兩位一點，倘蒙兩位俯企，兄弟此後一切福命都是兩位所賜。兩位是頂天立地的英雄，兄弟不敢說圖報的話，將來請兩位慢慢看我的心術便了。

「他這一套話，雖然說得動人，焉能動咱們的心？無如貧尼那時別有作用，否則就是他的三品頂戴讓與我們也是不能幫他的。當時貧尼問他究竟是何計較呢？他說：『上面只給一個月期限如何辦得成功？只有說公事裡的老法門，來一個宕字訣。可是宕也要宕得得竅，皇上的硃諭豈是輕易宕得的。所以我把兩樁事，只想在一個月內略辦出一點眉目來，便可密奏一下，順便用個請訓法子。這一來就可宕個不少日子，我們也容易著手了。

「我想密查太湖同踻緝女賊來個雙管齊下，兩位先陪我到杭州，待我接了印，請這位老師父喬裝鄉農，到太湖匪巢左右，先不用驚動他們，只要探出一點匪巢情形，使我密奏內可以鋪張便得。一面請這位老弟擔任查緝飛賊，可是老弟是個青年男子，那女飛賊專門在縉紳女眷內宅中隱匿，如何進得身來？因此我想了一條遮天瞞日的妙計，老弟救命救徹，暫時委屈一點喬裝作兄弟的內眷，老弟面目韶秀，扮起女人來誰也看不出來。除去我帶去的兩個親隨以外，誰也不讓他知道。這樣，老弟便可同官紳內眷來往，乘機可以察看有無女飛賊蹤跡了。

「他說到此處，我們母女二人幾乎大笑起來。你想幻雲本是女子喬裝男子的，他卻要把真女子喬裝起假女子來，豈不可笑？照說想把幻雲裝成女子再容易沒有，脫下喬裝的衣服就成女子的真面目。可有一節，榮藩台認定他是真男子，如果真要再喬裝起女子來，下面一雙金蓮怎樣處置呢？絕不能把天巧地設的一雙小腳顯露出來。

「我只好對他說道，這事恐怕不易，他這雙男子腳怎能裝得成小小金蓮呢？不料他主意來得很快，兩手一拍呵呵大笑道，這事在你們漢人自是為難，我們旗婦哪一個不是同男子一樣的呢。他這樣一說，事情倒越說越真。幻雲孩子脾氣只笑得前仰後合，榮藩台摸不著她笑的緣故，以為教他改扮女人並不動氣，十有其九是答應了，也高興得手舞足蹈起來。

「幻雲忽然想起一事，正色問他道，你叫我改扮成女人模樣跟你到衙門去，算你家什麼人呢？榮藩台大笑道，老弟，我們這事如作戲一樣，何必計較於此？只要能夠同杭州官紳內眷應酬來往便了。老弟算可憐愚兄暫時屈尊幾天，事情一有眉目就可脫卻女裝，那時愚兄悉聽老弟吩咐，老弟要說東，愚兄絕不敢說一句西。可憐我這幾十年宦海風波飽經憂患，只要這次老弟你助我一臂，以後早早退休，再下去這副老骨頭要斷送在這裡面了。天可憐我一生沒有缺過大德，今天遇難呈祥逢著老弟這顆救星，老弟你算積德吧。說罷老淚婆娑的又要跪下去，行起大禮來。

「我們慌把他止住，看他這樣乞憐不禁也心軟起來。幻雲雖不大樂意，卻知道我另有主意，就也勉強答應。於是一路同行，未到杭州暗地又改扮成不旗不漢的女子，這就是我們下山來的一樁笑話，以後情形，諸位大約都已略知我倆的了。」

老尼講到此處，紅娘子等兀自有點不解。

包翩翩第一個性急，搶著問道：「你老人家不是說跟榮藩台去捉女賊，一面又到太湖偵探嗎？怎的不到一個月工夫，幻雲姊姊就在撫台老太太做壽那天跑出來呢？而且藩台到任以後，杭州縉紳人家正鬧著飛賊，等到幻雲姊姊一走，人家都疑心到幻雲姊姊。這樣一看皇帝手諭上的女飛賊並沒有發現，無非幻雲姊姊顯點神通罷了。」

老尼笑道：「照表面上看來好像是她一人的手腳，其實張冠李戴，其中還有一個身外之身，說起來頗也奇特有趣。原來榮藩台這次奉命暗地察訪皇宮丟失的兩件寶物，確有其事。這兩件寶物丟失的原因，可以說同那八寶朝珠是一個人做的案子，這人而且是一個小女孩子，是一個江湖上特殊人物。年紀不過十八九歲，性喜獨來獨往，武功不談，就是她一身絕技足可當得神出鬼沒四字。在眾目炯炯之下竊取人家寶物毫不費事，非但被竊的看不出她的來蹤去跡，連此道的老手也自愧不如。有內行的說她這一手功夫，是乾隆時候鼎鼎大名的方九痳子傳下來的。

「相傳這派功夫叫作插天飛，凡這一派傳下來的人綽號都有一個飛字，所以她的綽號叫做飛燕。因為她所到的地方有白粉畫的燕子，又叫她白飛燕。叫得順口，人家遂以為她姓白名飛燕了。這人也是個奇特之才，貧尼也想會她一會，而且她這次居然在京城皇宮內院取來這兩件寶，她定必另有深意，不過一個年輕女子這樣胡鬧，總不是事，貧尼一片癡心也想勸她一勸。有這兩層心意，所以將計就計藉此隱身，在藩台衙門內便是做點手腳，人家也看不出破綻來。

「我們母女正說得高興，猛聽窗外不遠地方有人嗤的笑了一聲，慌向窗外四面一瞧，忽見對面一株高垂楊頂上立著一個全身灰白的東西，仔細看去卻是個瘦小女子。那女子一身夜行衣服實在特別，通體好像貼在肉上一般，偶然一看好像全身精赤似的。那女子立在樹頂一枝軟軟的柳條上，人與柳條隨風蕩漾，虛飄飄的像風化去一般，即此一端，那人的輕身功夫也就可以窺得一二。我們一見那女子便料到是白飛燕了，也一晃身跳出窗外，走到柳樹底下用江湖切口向她一打招呼，她便翩然飛下身來真像四兩棉花一般。

「我們逼近細細一打量，才見她穿的不是夜行衣，是用整匹月灰銀光貢緞將全身密纏緊裹，宛如無縫天衣，頭上也包著同樣緞帕。看她臉上卻同一身服色正正相反，身上白得似雪，臉上卻黑得似墨漆一般。雖然黑得如此，眉目間依然英秀非常，尤其是一對剪水雙瞳在一張小黑臉上灼灼放光，宛如嵌著兩顆水晶明珠，就知與人不同，是從小練出來的。腳下也套著一雙白皮小蠻靴，背上斜拴著一個長形包袱，腰中也掛著一個白皮鏢囊。一下地來就笑說道：『兩位談話我已聽明，據我猜想，江湖上傳說的飛龍師太定是您老人家了。聽兩位口吻，這位姊姊是師太的千金，今天在此幸遇，真是想不到的。』（早年湘魂因為從飛龍島出來，就改名飛龍，江湖上就稱為飛龍師太。）

「俺答道，白小姐遊戲人間，貧尼母女也異常欽佩，這幾天還是為著小姐才到杭州來的。接著貧尼便把榮藩台情形同自己意思說與她聽，白飛燕笑了一笑說道：『其實我到杭州來，想順便玩一玩西湖，再渡錢塘江去拜訪一位老前輩的。既然如此倒要同他們開個玩笑，看他把我怎樣？此刻來到此地，卻因路過鎮北瓜州地方，聽人傳說一個杭州上任去的藩台路過瓜州遇盜搶劫，幸而雇著兩個大本領的保鏢把強盜弄得落花流水。我一聽這個消息便存在心中，打聽藩台今天上任特地連夜趕來，想會一會那兩個大本領的保鏢，萬不料就是兩位在此，其中又藏著這許多轉折，倒出我意外了。』

「貧尼又問她道：『白小姐想渡錢塘江拜訪人，不知拜訪的是哪一位老前輩？』白飛燕道：『提起此人真是現在巾幗中獨一無二的奇人，便是人人欽佩的千手觀音。』貧尼聽她說起千手觀音，慌問她為何去拜訪她？

「白飛燕道：『我小時就知道這位了不起的人物，一直到現在屢次想投到她老人家的門下，總是沒有機會。一半知道我這一派不大合她老人家的脾氣，不敢冒犯去見她。兩月前碰著洞庭幫內的人，談起千手觀音有兩個得意女弟子外邊稱為雲中雙鳳，非常了得。新近幫著太湖黃九龍把洞庭幫的寨主殺的殺擒的擒，只一戰殺的洞庭幫不亦樂乎。現在洞庭幫首領柳摩霄正在臥薪嚐膽想報此仇，幾次邀我加入他們幫內，我假作應允，卻偷偷溜出來一心想先會會那雲中雙鳳，然後托雲中雙鳳再引見千手觀音。可是我離開湖南心裡又變了一個主意，特地淵跡京城，從大內借了兩件寶物再折回南來，想把那兩件寶物作個贄見的禮物，聊表我一片仰慕之忱。半路聽得榮藩台遇盜情形，今天趕到此地正值他接印的日子，不想此刻會遇上兩位，這也是幸遇了。

「我母女二人聽她說話非常爽直，心地也還光明，便請她上樓坐談。不料她也同我們幻雲一般，年輕好勝的心非常濃厚。她本來打聽榮藩台有兩位了得的鏢師跟著，才跳進來，想見個高下。不意碰著我們母女，雖經我們說出所以然了，兀是露著躍躍欲試的神氣，一想卻也不便出口。此刻我們請她上樓，她笑了一笑問道：『此地有榮藩台的耳目否？』貧尼笑道：『我們借著喬裝的題目特地同榮藩台說明，在這清靜地方住下，閒人倒是沒有的。』

「她一聽這話，又笑了一笑指著幻雲道：『這位姐姐得著您老人家親傳，定是了得，我斗膽想同這位姐姐玩一趟劍，您老人家可肯賞臉？』哪知她這一出口，正搔著幻雲癢筋。初生之犢不畏虎，不分皂白竟滿嘴應允下來，貧尼想阻止她們已是不及。幻雲竟先解下紫霓劍來，她一看見紫霓劍，喝聲好劍！便向自己背後甩下一個長形包裹，擱在一塊太湖石上，解開結扣取出一件軍器來，外面卻裹著黃綾，一解黃綾立時寶光四射，奪目耀睛，原來並非劍光，外面還套著劍鞘呢。

「貧尼一見劍鞘，便知是她從大內寶庫偷來的那柄雌雄劍了。就憑這八寶攢龍的劍鞘已是稀世之寶。她右手一按崩簧，錚的一聲奇響，立時滿眼銀光亂閃，好像從劍鞘內飛出兩條玉龍一般。她卻只取了一柄劍，那一柄依然插在鞘內放在太湖石上，貧尼一看她手上的劍，心裡就犯了估惙。因為她劍的尺寸光采卻是古代神物，比紫霓劍強得多。倘然她劍術得過高人傳授，配得上這柄神劍，兩人冒冒失失的一比試，幻雲落下風倒不要緊，我這柄紫霓劍就從此毀了。

「心裡這樣一轉，慌對白飛燕說道：『小女初學乍練，豈是姑娘對手？彼此又都是自家人，並不是真砍真殺，不如遠遠的對舞一番便了。』白飛燕笑道：『您老人家萬安，無非向這位姊姊討教一點罷了。』說畢霍的一退步，劍交左手，一矮身右手掐著劍訣向眉際一橫，笑嘻嘻的嬌喊一聲請。幻雲嗤的笑了一聲，也自微退一步吐了個門戶，這時貧尼最注意的是白飛燕，一看她露出這樣身法便放了心，只看她這個比劍姿勢，就知她對於劍術沒有受過真傳，用的是普通劍法。這種劍法不是真的劍術，是用少林單刀法變化出來的。諸位都是高手，毋庸貧尼細說。」

這時雙鳳等急於聽她下文，只笑了一笑並不摻言。飛龍師太又說道：「當時貧尼看得白飛燕沒有受過劍術真傳，以為幻雲不致於十分落敗。哪知天下事不可執一而論，你道如何？那時白飛燕嘴裡喝聲請，劍光像閃電似的一閃，人已到了幻雲而前，身法之快實在出奇。幻雲一生未曾經過大敵，起初也看得白飛燕劍術並不高明，未免存了輕敵之心，等到覺著人家身法奇怪已踏進門戶來，自然吃了一驚！慌使了一著流水行雲的步法，一扭身劍隨身轉，斜刺裡一個溜步，打算來個鸞鳳換巢。

「哪知白飛燕並不用劍進攻，只把一個虛飄飄的身子像鰾膠似的貼在幻雲身後，幻雲使盡身法總是解脫不開，連想同她對一對面都不能夠。我一看白飛燕這手功夫，是從八卦連環掌脫胎出來的，看她那柄劍依然抱定左手，只用右掌虛按著幻雲腦後，讓你橫跳豎蹦只離不開她的掌心，像一塊膏藥貼定似的。這一來，幻雲早已輸到家了。白飛燕雖然好勝卻也有點尺寸，倘然她要進一步的話，她那隻右掌只要在幻雲腦後一使勁，幻雲便要好看了。可是她有好勝的心，並沒有越禮逞強的心，即此一端貧尼又愛她又欽佩她。

「那時貧尼一見自己女兒沒有法想，慌喝道，幻雲住手！你不是白家姐姐敵手，得甘拜下風。白飛燕聽余一喝，一轉身到了前面，握住幻雲的手笑道：『妹子哪裡抵得住姐姐的劍法？不過藉此同姐姐遊戲一下聊以藏拙罷了。姐姐不要見怪，妹子在此賠禮了。』說罷連連萬福，其實她這幾句倒是實話，幻雲也明白了。這一來，她們兩小姐妹倒一見如故，格外親熱了。

「貧尼本來存心自己也同她玩一下，看她們一親熱倒不好出口了。哪知白飛燕又好勝又頑皮，同我們幻雲活脫無二，忽然一掉臉又向貧尼笑道：『伯母，現在我們姐妹倆訂了交是自己人了，您老人家可否教訓幾手，讓姪女開開眼界呢？』貧尼心裡暗想，這孩子實在淘氣，得隴望蜀，竟想占老身的便宜了，順口答道：『白姑娘一身的絕藝，老身早已心服口服，也毋庸獻醜了。』白飛燕認以為真，越發要比試一下。

「貧尼笑道：『既然這樣，姑娘盡管用劍，老身老手陪姑娘玩玩，姑娘手下留神便了。』白飛燕心高氣傲，一聽貧尼空手對敵，慌忙把手上的一柄劍也插入鞘內，對我說道：『在長者面前怎敢用兵器放肆？無非請伯母教訓罷了。』說畢兩掌虛合，下面左膝微屈吐出一個錦雞步。貧尼一看她亮出童子拜觀音的招式，神凝氣閒形若木雞，便知雖不懂劍術，對於拳術功夫已臻上乘一望而知，貧尼向她笑道：『白姑娘出手吧。』白飛燕笑道：『姪女不敢，預備接你老人家的招呢。』

「貧尼一笑，也不露出門兒，隨便走近前去，用了一著單撞掌試試她下盤功夫如何。白飛燕的輕身功夫是獨一無二，她一看貧尼右掌到了左肩穴並不躲閃，卻順著我的掌風像一張紙一般飄了開去，貧尼一掌按下，宛似按在棉花上面一般。貧尼掌往回一收的工夫，白飛燕已到了我身後，依然用出同幻雲交手的老花樣來。

「貧尼明白，這是她們一派的獨門功夫，也是她的看家本領，你越閃避得快，她越貼得牢，因為她在你背後是以逸待勞，你想轉身是以逆攻順，非落敗不可。倘然貧尼未得峨嵋老師傳授以前，遇著她也是一樣落敗的，那時我一覺著她又用起老法子，並不疾閃轉身，只向前一個箭步竄出丈許遠，明知她如影隨形的黏在身後，你若一轉身，她又走在你先頭繞到身後去了。貧尼卻出其不意，在一個箭步竄出去以後，腳方點地倏的又來一個旱地拔蔥，本想在空中一轉身，用一隻鷹隼下擊的招數攻她不備。

「哪知白飛燕的輕身功夫真真與眾不同，我竄起空中，白飛燕一樣離地而起，依然在余背後。可有一節，她好勝心盛，仗著輕身功夫出人頭地，竄起空中比我高了四五尺。她的本意想在落下來時把我頭上一頂帽子摘在手中開個玩笑，好也趁此表示她勝利。哪知她不起這個好奇心我真還一時不易破解，她這一好勝比我竄高了四五尺，我就乘隙而入了。我一聽腦後風聲便知她也竄了上來，而且比我還高，頓時得計，霍的在空中一扭腰，身子像陀螺般一轉雙臂一圈，恰巧她身子從面前落下來趁勢抱住她柳腰。她格格的笑道：『生薑到底老的辣，想不到你老人家有這一手，姪女算被你制住了。』

「我一鬆手笑道：『我們也不是比拳，差不多同小孩子捉迷藏一般，無非取個笑兒罷了。

說起來白姑娘的輕身功夫真是無人比得，將來從這一手功夫裡，再把純正的劍術下一番苦功，怕不是唐朝聶隱娘再世嗎？』

「不料她一聽這話笑容一斂，突的向貧尼跪下淒然說道：『姪女是一個孤苦無依的女孩子，父母早亡兄弟全無，恃著一點薄技在江湖上亂闖。想起年紀一年大似一年，左右一個親人也沒，像水上飄萍一般。別人最不濟還有個師父或者有幾個師兄弟，姪女因為父親教出來的，所以連這些人都沒有。孤鬼似的真真可慘，幸而今天遇著你老人家同這位姐姐，雖是初會，不知怎的心裡好像會著親人一般。現在姪女不揣冒昧想拜在你老人家門下求點教訓，望你老人家可憐這個苦孩子吧。』說罷，跪在地下，眼淚像珠子似的拋下來。

「幻雲同她也是天生緣分，被她這幾句話早已說得心酸淚落了。貧尼也是惻然，想起自己年輕逃出飛龍島時何嘗不是這樣？那時肚子裡還懷著孕，女孩兒的苦處，有誰能知道呢？比眼前的白飛燕還要淒慘幾倍哩。

「那時貧尼慌把白飛燕扶起笑說道：『姑娘不要哭壞了身子，老身一見姑娘也非常愛惜，不過老身從來沒收過徒弟。姑娘的本事已經家學淵源，老身這點能耐實在也不配做姑娘的師父。何況姑娘已經存心去拜訪千手觀音，倘然能夠如願，豈不強勝他人萬倍。至於我們母女既承姑娘不棄，大家一見如故，也不必拘泥名義吧。』白飛燕聽得半晌不作聲，忽然一張小嘴一動，似乎還想說些什麼，卻又不立即出口，霍的跳過去拉住幻雲的手，在幻雲耳邊唧唧了幾句。幻雲異常高興，兩人手拉手的走過來，由幻雲開口道：『白家姐姐誠心誠意的要給你做個義女，同女兒做個乾姐妹，以後彼此都有個照應，母親你就應許吧。』

「貧尼方笑了一笑，白飛燕早已插燭似的拜了下去，兩姐妹也對拜了一陣。論起年紀她還長幻雲兩歲，從此貧尼就收了這個義女了，三人回到樓上又商量了一陣辦法。就從那天起，三人一到夜靜更深，專門查察杭州幾家為富不仁的官紳，由白飛燕顯點神通搜羅了許多不義之財，在藩庫裡也做了幾票。可是貧尼在榮藩台到任十天以後，借著探訪太湖為名先離開了藩台衙門，同白飛燕隱身別處，到了晚上再跳進花園去會幻雲。

「後來白飛燕說起雲中雙鳳在太湖，一心想先去會一會，卻想搜來這許多財產也要弄個妥當的存放地方，便叫幻雲暫時在衙門安坐幾天。貧尼同白飛燕到了太湖，一打聽才知雲中雙鳳先腳後步離開太湖了。一時不便進謁，卻在四處遊覽之際無意中發現了這葫蘆谷內的山洞。而且探明谷底有一條秘道直通浙江省境的長興縣，中間只隔了一道不十分寬的湖面。由這條秘道到杭州可以省卻百餘里路，兩人一商量，便借這荒谷古洞作為藏寶之所。

「貧尼帶著白飛燕把她歷年得到的寶物統統運來，諸事妥貼兩人再回到杭州。恰巧遇上巡撫的老太太做壽，同幻雲想好一條計策，教幻雲裝作藩台夫人進去拜壽，一進巡撫衙門，白飛燕早已喬裝成丫環模樣，躲在巡撫衙門內。趁人不留意時，便混在幻雲身邊，裝作幻雲帶來的貼身丫環，略施手段，就把那串八寶朝珠盜到手內，一隱身，飛上屋頂，先自出來。幻雲也按照預先計劃，在半路裡飛出轎子，三人會在一處。

「照貧尼意見，想帶著她們回到葫蘆谷，白飛燕卻一心一意要去拜謁千手觀音，幻雲也要陪她一道去。貧尼拗她們不過，先自回到葫蘆谷。不料昨天她們兩人忽然又回來了，一打聽，才知她們兩人都改扮了男子渡過錢塘江，在迎賓老店內出了包小姐李代桃僵的冤事。她們兩人一見包為了她們的事受了委屈，就想法子去救包小姐。還未下手，第二天包小姐自己已脫身出來。

「她們兩人知道這樁事，起因在迎賓老店的店東來錦帆身上，兩人恨他不過，在第二天晚上飛進店內想把來老頭子懲誡一番。不料來老頭正在同鼎鼎大名的甘瘋子還有一男兩女在一桌上喝酒。兩人伏在屋上不敢冒昧下手，等了一會兒，萬不料包小姐也到了，沉住氣留神一聽，才知其中包含著許多曲折。最欣幸的，從桌面上諸人口中聽出兩位女子就是早已渴想的雲中雙鳳，那男的也是太湖有名人物王元超。

「白飛燕這一喜非同小可，同幻雲格外留神細細偷聽，聽得一清二楚才離開客店。又知道席面上的人回太湖的消息，兩人一商量暫先回轉太湖，等候雲中雙鳳到來會過面再定行止。又想到包小姐身上雖然脫身出來，官面上事情還是不了。於是又定了一個主意，兩人分頭去辦。幻雲寫了幾張紙條，兩張交給白飛燕分給縣衙，還有兩張由幻雲當夜回到杭州，飛進藩台及巡撫兩衙門內寄柬留刀，把這般臭官僚給鎮住。然後急急趕回葫蘆谷來等候諸位到來，再正式求見。不料諸位倒先光降草廬，真也算天緣巧合了。」

飛龍師太這樣把先後情形統統說明，紅娘子、包翩翩、雙鳳、癡虎兒等才徹底明瞭。

舜華又問道：「愚姐妹年輕技薄，承蒙白小姐謬采虛聲，實在慚愧之至。但是現在怎的不見白小姐呢？」

飛龍師太笑了一笑說：「貧尼托她辦理一樁要事，不久就回。貧尼同小女本應該立即跟諸位到貴堡，因為這樁事尚未辦妥，只好稍待。今晚貧尼也要出外一趟，去幫白飛燕辦理那事，大約一天便可。後天決計率領她們趨堡候教便了。」說畢，又掉頭向癡虎兒笑道：「老身同尊大人雖未謀面，卻是嫡派同門，論年紀論入門先後，尊大人是我師兄。回去時煩先致意，後天再同尊大人面談一切好了。」

癡虎兒不慣謙讓，只張著嘴連喊：「好，好。」逗得幻雲、翩翩又格格的笑出聲來。紅娘子等知道飛龍師太母女另有要事，坐得工夫也不少了，就一齊立起身來告辭，堅訂後天之約。飛龍師太也不堅留，送出洞來，諸人退出草廬卻不見包翩翩出來。半晌，才見幻雲挽著翩翩的手笑著出來。

翩翩向諸人笑道：「幻雲姐因為她令堂今晚遠出，留她一人在此看守，想留妹子在此陪她一夜可以談談解悶。妹子已經應允，請諸位姊姊先回步吧。回去在甘師伯、黃堡主面前替妹子回稟一聲，後天妹子準邀她們三位到堡便了。」

紅娘子等答應一聲便飛身下崖，復沿舊路回轉堡來。走出葫蘆谷外日影已是過午，彼此一路談著飛龍師太母女的事，不知不覺已走出許多路，距堡後約莫不過幾里遠了，忽見對面一座山崗上有個人像箭也似的飛下山來。眨眨眼那人已經竄出崗間樹林迎上前來，雙鳳早已看清是王元超，兩姊妹情不自禁的相視一笑。

就在這一笑間，王元超已走到前面，眼光向雙鳳姊妹一溜，卻對紅娘子說道：「諸位大清早就來遊山，教我們四處亂找。後來滕老丈一找癡虎兒也沒有了蹤影，卻見堡後那座柵欄門大開，才知道癡虎兒跟著諸位從堡後進山去了，說不定還是癡虎兒的主意哩。」

紅娘子先不答言，朝王元超面上一看，又向雙鳳臉上一掃微微笑道：「承你老遠的迎出來，實在太不過意了。但是呂家兩位妹子究竟不是小孩子，不見得便會丟失的，再說我還替你當心保護著呢。」

這幾句俏皮話把雙鳳臊得抬不起頭來，王元超知道紅娘子這嘴說也說她不過，只好採取不抵抗主義，訕訕的笑道：「姑奶奶又說笑話了！小弟並不是關心諸位丟失，實在因為我師母駕臨堡來，她老人家一到便問呂家兩位妹子，我們一時答不出所以然來，只好推說踏勘葫蘆谷去了。所以我急急溜到堡後，一路探望著迎上前來。」

舜華、瑤華一聽千手觀音已經到來，慌拔步就走。紅娘子也不敢再開玩笑，大家施展陸地飛騰之術，一男三女就像騰雲般趕回去。這一來又苦了癡虎兒，把他一個人丟在後面。他越急越走不快，身子又生得短而闊，一路上山下崗好像滾著一個肉蛋一般，一抬頭紅娘子等早已蹤影全無，其實她們早已到堡了。

在半路飛行時，紅娘子已把遇著飛龍師太母女的事向王元超大概一說，一進後堡一問湖勇們，知道黃九龍、甘瘋子、滕鞏、東方兄弟、雙啞等都在前廳陪著千手觀音談話。各人慌把自己身上的土撣了一撣，整了一整衣冠，解下了兵刃鏢囊，由王元超領著轉到前廳。一進廳門，早見上面居中一把虎皮交椅上，巍然坐著神如秋水，清軼梅花的千手觀音。

只見她穿著一身粗布毛藍衣服，如果不看面上，只看一身裝束，活像一個鄉村窮婆，誰知道是絕無僅有的奇人呢。一見雙鳳等一群人踏進廳門，微一抬頭，一對老而不涸的秀目神光遠注，便覺朗似秋月，湛若春波，卻於一股溫和風光中，略帶嚴肅之氣。紅娘子初見千手觀音就覺此人與眾不同，想不到偌大年紀還保持著這樣清姿秀骨，本擬立即上前拜見，一想應該讓雙鳳先去叩謁。恰好舜華、瑤華已緊趨幾步盈盈下拜，千手觀音微一抬手，姐妹倆雙雙起立分侍左右。

只聽千手觀音朗然說道：「你們到百佛寺去的一節我已知道，此刻從葫蘆谷勘視回來，你們看得怎樣呢？」

舜華垂手稟道：「那地已經甘、黃兩師兄詳細察看過，確實合宜，此刻同范老伯的姑奶奶偶然從堡後閒遊到葫蘆谷，卻不意碰著幾位奇人。」此語一出，座上黃九龍、甘瘋子等都詫異起來，暗想外人怎會進去？忙問呂師妹如何會在那谷裡見著外人呢？

千手觀音也笑說道：「這樣他們才稱為奇人了。」

舜華笑道：「那位奇人同咱們很有淵源，此事說來很長，容我慢慢細稟。此刻范老伯的姑奶奶一同進來，快請進來讓姑奶奶先進見了再說。」邊說邊立起身來。紅娘子嫋嫋婷婷走近前來，花枝招展的拜了下去。

千手觀音忙起立伸手扶住笑道：「姑奶奶不敢當，快請坐下細談。」

千手觀音一起立，大家都也立了起來，范高頭向千手觀音笑道：「你怎同孩子們謙遜起來，以後諸事要請你多多照拂呢。」

千手觀音笑道：「范老英雄有這位孝順的姑奶奶在身邊，也足堪慰娛晚景了。」紅娘子行過禮，一退步立在范高頭椅後。千手觀音笑道：「大家不要因我來了拘束起來，一齊坐下可以談話，連舜華、瑤華也坐下，免得姑奶奶不安。」

千手觀音問滕巽道：「令郎與敝廬癡虎很有一點淵源，聽說也在此地，怎的不見呢？」

王元超慌起立代答道：「滕老丈的世兄，一同到葫蘆谷去的，此刻大約也快回來了。」話猶未畢，癡虎兒已騰的跳進廳來，氣喘吁吁的向紅娘子等一指大喊道：「你們故意開玩笑，仗著本領飛也似的跑回來，累得我跑出一身臭汗。」原來王元超告訴她們千手觀音駕臨，癡虎兒在後面沒有聽到，故而疑心她們同他開玩笑。

這時滕鞏坐在上面，看得自己兒子一進廳大呼大嚷，忙喝道：「虎兒休得無禮！老前輩在此，快來叩見。」癡虎兒睜著兩隻怪眼向上面翻了兩翻，只見當中危坐著一個清秀異常的鄉下婆子，他也沒有留神平日人家的談論，兀自不知道上面坐的是誰。幸而黃九龍過去同他低低說了幾句，他才一吐舌頭忙不迭三腳兩步走上前去，爬在地上老母雞啄米似的叩了一陣響頭，嘴裡叨念道：「我的仙爺爺，你老人家今天才到，快想死我了。」這一陣傻話，把一廳的人幾乎笑得肚痛。

千手觀音卻非常愛他，一伸手把他扶起，周身端詳了一回，向滕鞏笑道：「令郎得天獨厚，宛如一塊無瑕美玉，只要武功沒有走錯路，將來不可限量的。」

滕鞏聽她誇獎自己兒子，心裡這份快活也就不用提哩，忙接口道：「小兒愚蠢異常，倘蒙你老人家不惜教誨，真是他的天大幸運了。」

千手觀音略一謙遜，就掉頭向舜華道：「你不是說葫蘆谷逢著奇人，究竟是誰呢？」舜華就肅然立起身，把飛龍師太母女同白飛燕的事自始至終細細報告一番。

千手觀音等她講畢，微笑道：「原來就是湘魂，想不到她能夠走入正途，照你所說，她們母女三人很有親近咱們的意思。不過白飛燕一個少不更事的女子這樣胡鬧，終非正道！如果想依附我們派下，應先革面洗心，去掉鼠竊行為才好。」舜華等只有唯唯答應著，甘瘋子卻開口道：「師母的訓示果然詞正義嚴，倘然她們已知昨非今是，我們也與人為善，可以不究既往。」

千手觀音道：「人才難得自然應該這樣，不過使她們知道從此就我範圍罷了。」

黃九龍也說道：「現在人才濟濟，日見興旺，葫蘆谷應該早點布置起來。師母要不要去踏勘一番？」

千手觀音道：「這事讓你們師父來主持就是了。倒是海上一般人我已命他們幾個首領造具花名、餉械、船隻、清冊以及幾處水寨島寨山寨的地圖，統統預備完全隨身帶來，交與你們重新安排一下，這樁事一弄清楚就沒有我的事了。至於我住了許多年的雲居山，是近海的一座深幽秀偉的高山，經我布置以後很可作為一個海口寨基，將來不妨派幾個人駐在那邊，可以管理海上群雄遙通聲氣。天下不久大亂，所以你們師父替你們安排一個可進可退的基業。現在支撐住這點根基，你們師父同你大師兄到來，大家再計劃一下然後逐步做去，不愁不成大業。即使退一步說，我等志同道合在此自耕自讀，做個海外扶餘，桃源隱窟，也未始不可呢。」千手觀音說畢，眾人唯唯稱是。

轉瞬過了兩天，紅娘子、雙鳳正盼著飛龍師太母女到來，忽見王元超跑進房來，笑道：「你們盼的人兒來了，師母師兄們已迎出去了，你們快去吧。」雙鳳、紅娘子等大喜，慌忙掠一掠雲鬢整一整衣角，趕到前廳。只見廳前廣坪中男男女女圍著一大堆的人，包翩翩已拜見了千手觀音，給飛龍師太、幻雲、白飛燕一一介紹。

卻見飛龍師太依然灰樸樸的僧裝，肩上扛著一枝黝黑光亮的禪杖，杖頭拴著一個大氈包。幻雲披著一件玄色羽緞風氅，襯著俏生生的桃腮眼芙容臉，益顯得風流絕世，手上也提著一大一小兩個氈包。幻雲身後緊跟著一個裝束特別的黑臉女子，比幻雲還要瘦小一點，一副鵝蛋臉好像貼著黑金似的，從黑中生出光來，兩條長眉斜飛入鬢，一雙鳳目精光奪目。雖然皮膚漆黑，卻掩不住她珊珊秀骨，奕奕英姿，頭上包著一塊杏黃生絹，把頂上烏雲通通遮住，餘絹垂在腦後打了一個燕尾結，另外齊眉勒著一條大紅絲縧，當面絲縧中間壓著一顆光芒四射的大珠子，身上披著猩紅哆囉呢的風氅，露出裡面短襟窄袖緊身銀灰夜行衣，下面套著一雙鹿皮小蠻靴，兩手都提著一個氈包。包翩翩一見紅娘子、雙鳳出來，忙又拉著白飛燕替紅娘子等引見。

她們正想敘談，忽見飛龍師太一回頭，向紅娘子等含笑點頭道：「我們初到貴堡，諸位英雄還未見面，回頭再同姑娘們細談吧。」說罷，紅娘子、雙鳳忙近前替她們各人手上的氈包禪杖代拿過來。

飛龍師太首先搶步到千手觀音面前，合掌叫聲：「師父，你可憐的弟子想不到還能同師父見面。」說畢一臉淒惶，含著兩泡痛淚，就在草地上跪了下去。幻雲、白飛燕看見自己母親跪下，忙也在後面一齊跪下來。

千手觀音驀而聽她叫了一聲師父，又這樣慘慘地跪在地下，想起從前百笏巖的事來，本來也是筠孃的詭計，湘魂也是上她們的當，以後還因此受了終身之辱，想起前情也覺可憐。忙伸手把她攙起，笑說道：「前塵如夢，還提他什麼？濁者自濁，清者自清。你總算有根底有夙慧，能夠跳出火坑。現在苦盡甘來，此後步步都是光明坦步。昨天我聽她們說起你的事非常欣幸，以後彼此都是一家人。大家心同道合，不必稍存客氣。堡中幾個年輕的姑娘，都仰仗你輔導她們哩。」

第卅八章　秘島卻敵

飛龍師太就是當年飛龍島的湘魂，現在與千手觀音重行見面，而且聽得千手觀音這番懇摯的話，大為感動，一齊跟著千手觀音走進廳來，重新各人都見了禮。幻雲、白飛燕卻比眾人矮了一輩，包翩翩也想擠在幻雲一輩裡，眾人卻因她現在還不能算本派的門下，只以客禮相待。可是包翩翩在葫蘆谷同幻雲談了一夜，早已商量好，也想拜在飛龍師太門下，所以眾人讓坐時，她執意坐在白飛燕肩下，跟著幻雲、白飛燕也尊一聲千手觀音為太師父，在黃九龍、王元超面前也叫師伯師叔，眾人因為甘瘋子原是長她一輩，也就居之不疑。

這時大廳內群雄濟濟，依次列坐，好不威嚴肅穆。飛龍師太等眾人坐定，寒暄已畢，然後向幻雲、白飛燕一使眼色，一齊肅然而立，把各人帶來的大小氈包重又提在手中，聚在千手觀音面前恭恭敬敬的又一齊向千手觀音跪下，眾人看她們這樣鄭重，不知為了何事，大家都肅然起立。

唯獨千手觀音並不動身，只微笑道：「你們又有何事呢？」飛龍師太跪在地下朗聲說道：

「徒弟自脫出火坑以後的幾十年情形和兩個徒孫來歷，想已蒙師妹們代為稟白。今天徒弟率著徒孫晉謁，幸蒙師父不棄和眾位同門盛情招待，心裡有說不出的高興和感激。從此非但徒弟有了歸宿，就是兩個徒孫也有了依靠，了卻徒弟一樁心願。這都是師父的恩賜，現在徒弟孫略有一點孝心，想請師父容納。」

千手觀音笑向雙鳳道：「你們過去把你們師姐扶起來，讓她們坐下再說。」雙鳳姐妹奉命慌過去把飛龍師太和幻雲、白飛燕都扶起納在座上。

飛龍師太感謝了幾句，又繼續說道：「徒弟在葫蘆谷隱居多日，打聽得堡中幾位師兄弟規律精嚴，並不擾及平民，但是將來英雄聚會逐漸發展，餉糧一層也不能不預先籌劃。恰巧徒孫白飛燕歷年在惡紳劣宦家中以及滿虜的秘藏財寶倒也搜羅不少，積起來估計不下百數十萬，也可變成巨額的餉款，早幾天業已聚在葫蘆谷內，現在特地隨身帶來悉數奉獻堡中，作為徒孫們孝心貢納之意。

「此外還有一批是徒弟從前在飛龍島時，知道鐵扇黨首領艾天翮夫婦在海底地道內藏有大批寶物，都是他們黨中人詭計多端歷年攫來的精華，價值數目比白徒孫貢納的一批還要多幾倍。前幾天徒弟偶然想起這種不義之財，何妨移作正用？因此徒弟偕同白徒孫悄悄到了飛龍島，費了兩天功夫才從地道內找到這批寶藏。說也湊巧，幸而早到一步，否則這批寶物已落他人手中了。

「因白飛燕徒孫係照徒弟吩咐，先到飛龍島察看地道進出之路同海底有無堵塞情形。因為白徒孫從小煉成異眼可以暗中視物，並且可以透視海底，所以命她同辦此事。不料等到徒弟隨後趕到島中時，正逢著白徒孫在島上同一僧一俗捨死忘生的爭鬥。那一僧一俗本領頗了得，白徒孫全仗輕身功夫閃展騰挪，功夫一久定是不堪設想。徒弟趕上擋住一僧一俗問起原因來，才知那僧裝的名叫天覺，俗裝的叫做尤一鶚，原是艾天翮的徒弟。據他們自稱奉艾天翮遺命保守此島，並且艾天翮死的時候說明島中有秘藏寶物歸他們兩人平分，所以特地趕來尋取；你們不自量力，想來偷盜秘藏，須說著我們兩人不死。

「那時徒弟聽他們口吻支吾得很，即使他們真是艾天翮徒弟，這種不義之財也不能讓他們取去。而且這一僧一俗滿臉邪氣絕不是正路人物，如果這些財寶落在他們手中，越發助他們的凶焰。當時雙方越說越僵，便又反臉爭鬥起來。那天覺僧使的兩柄戒刀倒是寶物，施展開來發出熒熒的光華，功夫也著實不弱，尤一鶚用的還是他們鐵扇黨的老規矩，只用一柄二尺多長的鋼骨折扇，專門用擒拿法取人穴道，也很有點斤兩。那時徒弟解下紫霓劍便同他們周旋起來，白徒孫仗著雙股雌雄劍，遠遠替師弟押陣，藉此略略喘息。

「這樣戰了半天，一僧一俗得不到半點便宜，自知寶物難以到手又急又恨！尤其是俗裝的尤一鶚凶猾狠辣，忽的跳出圈去，一回身右手一揚便接連飛出兩枝袖箭直取徒弟前胸。在徒弟本意原想趕走他們了事，不料他們拚命糾纏施出毒著兒來，說不得只好給點他們厲害瞧瞧。身子一閃避開袖箭，正想揮劍進取。恰好白飛燕徒孫遠遠看得明白，自己也還想過來，一看尤一鶚施出暗箭來正中心懷，慌把雙劍向地上一插，暗從豹皮囊抓了一把烏頭半月飛蜂針，一個箭步竄近丈許遠近，舉手向二人一揚喝聲著！

「徒弟一聽腦後喝聲，便知白飛燕也用暗器，想阻止已是不及，只見天覺僧和尤一鶚同時喊聲不好！叮噹一聲怪響，兩柄雪花似的戒刀掉在地下，捧著胸直蹲下去，那尤一鶚似也受了傷，連竄帶跳沒命的逃走了。徒弟卻責怪徒孫不應該下此毒手，因為她這種烏頭半月飛蜂針是她們祖傳下來最厲害無比的一種暗器，用純鋼打就，小得像繡花針一般，不到半寸長，針尾附著一個很小的半月牙形，也是鋒利無比。成就以後必須把所有飛蜂針倒在貯烏頭毒藥的鐵鍋內煉製三七二十一天，便可應用。打在身上一經逢著血道，針上毒氣便可跟著氣血流行，不到半月這人便廢。如果打著致命穴道，這時毒血攻心難以救藥，而且這種針順風撒去，無論針頭針尾碰在敵人身上都能受傷。

「那時徒弟一看天覺僧蹲在地上動彈不得，慌走近前去替他解開衣服一看，原來胸口同手腕脈上都中了一針，替他一一取下，立時命白徒孫身上帶著的祖傳獨門解藥傾出一點來用唾沫調和替他敷在創口，又舀了一點泉水和上散毒丹藥灌下。沉了半晌，才見天覺僧慢慢活動過來，兀自打不起精神，一聲不響拚命似的，一步一步向島下沙灘邊逃去。徒弟們遠遠一望，原來沙灘停著一葉小舟，只看見天覺僧爬上小舟，立時飛也似的向海面駛去了。

「徒弟們回身一看，兩柄戒刀留在地上，便同寶物一起帶來。白徒孫在大內寶庫中得來的一柄雙股雌雄劍，比戒刀還要高出萬倍，白徒孫因為自己不懂劍術留著無用，特地奉獻兩位呂家師妹，聊表她一片欽慕之忱。那兩柄戒刀，白徒孫愛它趁手，留作自用，徒弟已應允了她，現在一齊請師父過目，好請黃堡主、王師兄等將寶物點收存庫。」說畢把地上聚著的大小氈包一齊解開，那柄雙股雌雄劍同藍熒熒的兩柄戒刀也放在旁邊，頓時光華萬道，熊熊的照射滿廳。

千手觀音向甘瘋子等道：「艾天翮手下徒弟究竟沒有正派的人，明明艾天翮遺言把這批寶藏送與咱們作為他的懺悔，尤一鶚、天覺僧竟想從中取功，先下手為強起來，哪知天網恢恢，偏有她們不謀而同先一步趕到島中，替俺取了來。可見萬事都有定數，不能勉強的。」

千手觀音這番話，眾人明白底蘊的自然知道，只有飛龍師太和包翩翩等聽得不解，經雙鳳向飛龍師太低低說明所以，才恍然大悟。知道這批寶物原是艾天翮遺言送與湖堡的，算不得自己的功勞，不過有尤一鶚從中一搗亂，卻又顯得不為無功了。

當下千手觀音著實獎勵飛龍師太一番，便命甘瘋子、黃九龍、王元超等一一點收，編號存入庫中，待眾人到齊再定辦法。那柄雌雄劍就連鞘賜與雙鳳姐妹，兩柄戒刀，自歸白飛燕佩用。這事料辦清楚，黃九龍便遵命派了東方傑、東方豪、東關雙啞四人由滕鞏率領著，另外撥了二百多湖勇帶往葫蘆谷，斬荊伐木建造房屋作為內堡。一面把柳莊范高頭原住的房屋也修葺一新，備作海上首領來堡的客館。又在堡內布置幾間淨室，預備陸地神仙、錢東平、少室山人等住所，千手觀音、飛龍師太、包翩翩、白飛燕、幻雲等便在雙鳳、紅娘子住的一所院落內憩息。

諸事就緒，不多幾天，陸地神仙率領著龍湫僧、高潛蛟到來，各人都來參見，自然又是一番熱鬧。這時高潛蛟卻與拾蛟卵的高潛蛟不同了，經龍湫僧朝夕指導，非但彬彬有禮，對於武功也已略具門徑，比較癡虎兒尚勝一籌，只是天生的淳樸謹厚之態還是照舊，同王元超、黃九龍久別乍逢，自然格外親熱，眾人也愛他謹厚，都也說得上來。而且據龍湫僧說，師父也愛他，已行過拜師之禮，新近還親自傳授他幾手絕藝。不過據師父說，高潛蛟不宜劍術，輕身功夫也難望到上乘，只可從拳術上下功夫。以後便叫他在堡中跟三師兄五師弟練習練習，幾年下來也可自成一家。

眾人聽他已列牆門，越發親熱起來，便叫他六師弟。這樣，堡中一天比一天熱鬧起來，只等大師兄同海上首領到來，便要舉行聯盟大會。

可是其中卻急壞了一個人，眾人都談天說地非常興高采烈，只有王元超面上一樣有說有笑，肚子裡卻比別人多了一個鬼子。你道為何？原來他自從千佛寺回來，從甘瘋子口中探出自己與雙鳳婚姻一事已是千妥萬妥，師父師母一到，滿望他們老人家對眾人一提便掛燈結彩的舉行大禮。哪知這幾天都忙著大會的事，絕口不提此事。最可恨甘師兄裝聾作啞像沒事人一般，冷眼看雙鳳姐妹整天整夜的陪著幻雲、白飛燕、包翩翩等不是遊湖便是玩山，弄得說不上體己話，看情形大約要在大會以後的了。事不關心，關心則亂，他自己悶在肚裡，誰也不知道他的心事。

有一天晚上，他在師父師母面前侍立了一回，等到他們兩位老人家打坐入定，他悄悄的溜了出來，轉過前廳並不回到自己房中，信步向廳前廣坪中走去。恰好一鉤新月掛在當頭，廣坪上寂無一人。正在舉頭望月癡癡的立著，忽聽出身後蓮步細瑣，一回頭，心頭驀的一跳！原來是瑤華穿著一身便服，一個人悄悄的急步而至，一見王元超回過頭來，也不作聲，玉腕一揚便飛過一件東西來。

王元超嚇了一跳，以為她無緣無故的放出蓮子鏢來，一閃身再呵腰拾起那件東西，一看原來是個紙團，正想開口問她，不料瑤華只微微一笑，一轉身飛也似的跑向廳內去了。這當口又聽得廳側一堵矮牆的月洞內哈哈一陣大笑，湧出許多人來，當頭是甘瘋子，跟著范老丈、黃九龍、癡虎兒等。

王元超一見他們來了，忙把紙團塞在懷內迎上前去。甘瘋子一見他一人在此，向王元超一拍呵呵笑道：「老五，我看你這幾天有點精神恍惚，說話也懶得說，大約有點心事吧。」說罷兩道濃眉一揚向范高頭一擠眼，惹得眾人大笑。王元超無話可答，只好掩飾道：「二師兄不是神仙，怎知小弟有心事哩？」

范高頭也大笑道：「千里姻緣一線牽，萬事都有定數，一毫勉強不得。這其中我同甘兄也沾光不少，可以多痛飲幾場，說不定月下老人還有幾條赤繩，不知繫在哪一位有福郎君哩。」

王元超聽得話中有話，又見黃九龍昂首望天也有所思一般，心裡未免疑惑。卻不敢多問，恐怕自己露出馬腳來。

甘瘋子笑道：「老五，你一個人在此癡想，不知此刻又發生一段美滿姻緣，你還蒙在鼓裡呢。」

王元超急問道：「小弟才從師父房裡出來一忽兒功夫，怎的又生出這檔事呢？又是哪一位呢？」

甘瘋子笑道：「這叫做快的還有快的。你不用急，你的還是你的，絕沒人奪你的。」

范高頭笑道：「我對你實說吧。飛龍師太對於你三師兄非常欽佩，看他沒有家室，想把幻雲匹配與他，卻因輩份差了一輩不敢冒昧出口。哪知你們師母聖明不過，早已看出飛龍師太心事，暗地裡早同你們師父商量妥當，你們三師兄也應該有個好幫手才好。倘然飛龍師太的女兒嫁與你三師兄，她也可安心住在堡中幫助一切。雖然她也算你師母門人，究竟不是正式拜師，無非一句話罷了，何況飛龍師太已上歲數，將來女眷住在堡中也少不了這麼一個人。

「此刻你出來我們進去，你師父師母便把此事向你三師兄說明。你三師兄雖然素不主張娶妻，出於師命也不敢違背，何況幻雲小姐品貌武功都不在雲中雙鳳之下，足可配得上你三師兄，這一來這頭親事便又告成。而且我們師父師母說明，在聯盟大會以後，兩起婚禮同時舉行，這也是你們師兄弟的一番佳話。俺們當然要多擾你們幾罈喜酒的了。」說畢王元超大喜，忙轉身向黃九龍一躬到地道：「小弟實在不知新近發生此事，理應替三師兄道喜。」

黃九龍一面還禮一面皺眉道：「愚兄實在不作此想，自問年紀也比幻雲小姐大了許多，辜負了人家青春。不過師父師母主意愚兄也是明白，無非搜羅人才光大門戶起見，使愚兄不能不仰體上意。我一輩子心都在救世濟人上面，哪有閒情做這等兒女私情的勾當，希望她們將來也要體仰我們志向，做一個巾幗英雄才好哩。」

黃九龍說罷，甘瘋子、范高頭一齊把手拍得山響大讚道：「老三畢竟高人一等，師父把全堡放在他一人肩上，畢竟巨眼識人。玩話是玩話，正經是正經，我們可以說一句，老五也是這樣胸襟，應該不會來個失足千古恨，願兩位跳出美人關頭，步上英雄大道。」

王元超一聽這些話，明白甘瘋子完全對自己說的，不禁劍眉微剔，朗聲說道：「二師兄、范老丈這番金玉良言，自當永遠銘勒，如有違言，當如此月。」

甘瘋子破袖一揚，拇指一豎，大喝一聲道：「好！這才是我的好兄弟，我聽得非常痛快，走！我們一齊步月而行，到湖頭買酒，痛飲一場如何？」

范高頭、黃九龍、王元超齊聲稱好，便挈著癡虎兒迤邐出堡，直出三重碉壘向湖邊行來。走到市梢酒家，撿著一處靠湖水閣坐下，酒家內店東同夥計們本是堡中註過冊，入過湖勇隊伍的，誰不認識這幾位人物，而且知道絕不像別的山寨強賒硬欠，反而大把銀子的犒賞。所以一逢甘瘋子踏進門去，連屁眼裡都笑出來，不待吩咐，撿著好酒好菜流水般送上桌來。眾人一面喝酒，一面憑欄望著湖上的月色，好不瀟灑。

忽見遠遠水面上露出幾道帆影，漸漸的由小而大由隱而顯，浮出三隻張帆的外江船向這面駛來。范高頭遙指道：「這種船式近地少見，定是海上幾位首領得著你們師母的命令，趕來赴會了。」說話未了，一陣鸞鈴響處，一個湖勇在店門口翻身下馬，跑到眾人面前垂手稟道：「奉命請堡主們快回，說有貴客到來。」

黃九龍笑著向甘瘋子道：「海上首領們的船隻未靠岸，何來貴客？少不得我們回去一趟。只是二師兄同范老丈的酒興打斷，未免殺風景了。」甘瘋子破袖一拂已自立起身來。范高頭卻掏出一錠銀子，噹的一聲擲在桌上，呵呵大笑道：「走，明天再來找補酒興便了。」

眾人一陣大笑，便叫湖勇先回，眾人一出酒店邁開大步，一會兒回到堡內。走到後院一看，原來大師兄同少室山人到了，正同陸地神仙、千手觀音談著。

眾人進去彼此寒暄一陣，范高頭等未見過面的自有一番客套。大家依次坐定，只聽錢東平向甘瘋子等說道：「這幾年奉師命遊歷兩廣等處，同眾位師弟疏闊不少，此番得信趕回，得知堡中日見興盛，賢豪畢集，高興之至。便是愚兄在兩廣也結識了許多俊傑，有幾個英豪已經收服了許多人心，屯集了許多兵馬，只待羽翼一豐便要大舉。看情形五六年後天下定必大亂，那時節我們遵著師父的教訓，會合天下的英雄，合力驅除韃子恢復漢室江山。萬一不能如願，弄成一個塗炭生靈無補實際的局面，我們也要見機行事，犯不著玉石俱焚。

「愚兄這番話，因為此刻師父師母早已把天下大勢從先天易數參究過一次，知道五六年後天下必定大亂，但是能否直搗黃龍掃除血腥，還在崛起的英雄能否收服全國人心的根基上，所以我們在這將亂未亂的當口，應該早早培植一個可進可守之基，才是萬全之策。此地太湖在承平之際，自然是一處相宜的地方，可是到了大亂用兵之時，太湖四通八達易進難守，必須另外找一處一夫當關萬夫莫敵的深山陡壑，才可以開闢一個海外扶餘，再不然作個世外桃源也未始不可。」

甘瘋子笑道：「大師兄計慮周密，自然是萬全之道，不過天下事雖是天數，亦在人為。也許滿虜氣數已盡，可以痛飲黃龍呢。」

陸地神仙聽他們師兄弟議論風生，不覺啞言笑道：「汝等且把目前的事安排妥當，人事不能不盡，天命亦不能故違，我早已替你們安排好一個妥當處所了。天下可救則救，不能救，便跳出是非場做個自了漢，這也是古聖賢達則兼善天下，窮則獨善其身的道理。」

錢東平笑道：「師父說早已安排一個好去處，究係何地呢？」

陸地神仙笑道：「那地方我早已同你們說過，便是雲貴兩省交界萬山層疊中的一座莽歇崖，到現在我收服的兩隻靈猿還照舊看守在崖上。那莽歇崖終年人跡不到，而一派鐘靈毓秀之氣，說它是個仙鄉福境也未始不可。我同你們師母等到你們海陸聯盟以後便要隱莽歇崖上，塵世間事付托你們，將來你們還照我的訓諭做去。如果命數難挽，你們師兄弟便可聯袂來崖，同作一個亂世逸民，參究自己性命天人之理，何等快樂！我同你們師母先去幾年，算替你們預先安排，如果你們真個到來，還要樂不思蜀哩！」

陸地神仙這一番話，錢東平頭一個喜容滿臉，少室山人也連連點頭。甘瘋子、黃九龍、王元超卻正在興高采烈上頭並不十分注意，范高頭也是老當益壯，癡虎兒是不識不知，大家只知他們二老要遠遠的離開他們，未免有點悵惘，卻又不敢勸阻。

這天過去，第二天海上幾位首領帶著許多有能耐的頭目果然到來，便由千手觀音發令叫他們在柳莊客館安息。又隔了幾天，葫蘆谷已經開闢竣工，陸地神仙、千手觀音一同率領著門人去到谷內踏勘了一番。看得谷中闢出百十多畝一片大空場，上面搭起蘆棚，預備作會場之用，谷底也蓋起幾十間大小房子，備作守谷湖勇們的駐所。陸地神仙看了很是滿意，回到堡中擇好一個黃道吉日舉行此事，又授范高頭，滕鞏、飛龍師太三人先到谷中布置會場應用的東西，斟酌好儀式執事的單子，一一布置停當，只等吉日到來。

卻說王元超自從得到幻雲匹配三師兄的消息，益發高興異常。晚上偷偷的把懷內瑤華的紙團拿出來一看，原來也是為黃九龍、幻雲的喜信暗暗送遞消息的。看完了紙團，撲的一口把燈吹熄正想上床，忽然窗外梧桐樹上沙沙一陣風響，便驀然一響一個鯉魚打挺下床來。原來功夫到家的人，略微一點風聲也分得出動靜來。因為窗外這陣風由上而下並不是真風，是一個人由樹上跳下的衣角風，連帶著樹葉也微微震動起來。當王元超跳下床悄沒聲息的一個箭步竄到窗口，一矮身探頭向外一看，卻又絕無動靜。

半晌，颼的一道黑影從窗前牆腳直竄上樹頂上去，王元超急回身從枕邊抽出倚天劍，把窗一推隨勢跳出。忽聽樹上有人低聲喊道：「五弟，你上來。」

王元超一聽是黃九龍聲音，一個旱地拔蔥竄上樹梢，只見黃九龍穿著睡衣蹲在枝叉上向他說道：「俺回到房中頭剛著枕，便覺瓦上有人，趿著鞋慌出來上樹一看卻無蹤影，難道我聽錯了麼？照理也沒有這樣大膽的人，自來送死的。」

王元超悄聲道：「小弟聽見的卻不是屋上，是聽出這株梧桐上有人撲下地，隨後又看見一條黑影飛上樹來，隨後的飛影大約是師兄的身影，但是那奸細既然下地，何以又不見呢？」

黃九龍一聽吃了一驚說道：「照你這樣說，今晚定有奸細了，我們快下去搜尋。」

說罷兩人跳下地，黃九龍在先，王元超在後，走下台階向廳旁庫房走去。

這時庫房不比從前，滿貯著奇珍異寶，派了東方傑、東方豪兩弟兄率著幾個得力頭目看管。不過這幾天卻因葫蘆谷內也有他們兩兄弟的執事，到晚上兩人輪流著回一個來駐守，今天晚上卻是東方傑宿在庫房內，幾個頭目睡在門外廊下。黃九龍、王元超剛走進庫房門口還差四五十步遠近，猛然庫房外面火光一閃，一陣芳烈的香味迎面撲來，黃九龍大喝一聲：「好賊子，敢到此地來施詭計。」喝聲未絕，王元超早已右手仗劍，左手掩著鼻子，一個箭步當先搶去。卻見庫門外院子中間，颼，颼，颼，飛起兩條黑影。

王元超兩足一點，竄上牆頭，便見兩條黑影一溜煙似的飛上廳脊。王元超回頭一看黃九龍沒有追來，猜不出是何意思？恐怕奸細逃走，在廳屋上腳步一緊追向前去，直追出將近堡門前面兀自無人阻擋。可恨前兩個賊人腳下也很有功夫，心裡一急大喝一聲，劍光舞成一大圈，用出內功正宗的玉女劍術，人隨劍勢像閃電似的連人帶劍憑空飛起，強向兩條黑影背後刺去。前面逃的兩條黑影似也覺得難以抵擋，喊一聲不好！隨勢一個觔斗翻下地面。

哪知這兩個奸細慌不擇路，跳到下面腳未踏穩，忽聽得身邊巨雷地一聲大喝！猛一吃驚便卜通卜通兩聲巨響，兩人同時一陣麻木，兵器撒手，一齊跌在地下，立時湧出許多人來，眾手齊舉捆個結實，燈籠火把霎時照得裡外通明。王元超跳下屋來一看，原來下面黃九龍、甘瘋子笑嘻嘻的依然赤手空拳的立著，十幾個湖勇們卻兵刃雪亮，看守兩個在地上捆著的奸細。

王元超一看奸細面貌，原來不是別人，卻是在千佛寺見過的艾天翮徒弟，一個是天覺僧，一個是尤一鶚。跳下屋時，被甘瘋子、黃九龍出其不意，一個服侍，一個點了麻醉穴，已同死去差不多了。王元超笑向黃九龍說道：「我正疑惑三師兄怎的沒有追上來，原來預料賊人必逃到此地，暗暗的從下面知會了二師兄在此邀襲個正著。這兩個奸細大約還是為了那批財寶而來的，也可算得利令智昏，憑他們這點能耐也想深入虎口來捋虎鬚，真也太不自量了。」

甘瘋子大笑道：「犯不著為這兩個奸細驚動師父師母，就把他們用蛟筋捆起來軟禁著，天明後請師父發落便了。」

黃九龍道：「我看這兩個人的功夫也到了中乘，卻做出這等下流事來，竟用起熏香把庫門外幾個湖勇熏了過去，大約庫房內的東方傑也著了道兒。如果他們不到後院，也險些著了他們的詭計。依我看他們不但想偷庫中寶物，不定還想行刺我們哩。照我說一劍一個，結果了乾淨，說不定師父師母念著艾天翮臨死的囑托輕輕的放了他們，再到各處去害人哩。」

甘瘋子道：「話雖如是，到底應該稟明師父才是。」於是湖勇把兩個奸細換上了蛟繩，全是捆成餛飩一般。這種蛟繩堅韌異常，專門對付有功夫的人，想用氣功像同平常繩子一般掙斷是辦不到的。湖勇們捆好以後，甘瘋子過去各人踢了一腳尖，兩人立時醒了過來。天覺僧一見自己捆得施展不得，便破口大罵起來，尤一鶚只一味冷笑。黃九龍喝聲扛進牢去！頓時由十幾個湖勇簇擁而去。

這裡黃九龍等走進庫房一看，果然東方傑兀自在床上睡得像西去一般，慌用冷水噴醒他，房內的湖勇們也照樣治醒，個個如夢方覺。東方傑一聽出了岔子，面上訕訕的，心裡卻把兩奸細恨得切骨，恨不得趕到牢內一刀一個，戳個透明窟窿，幸喜一檢點庫門內並未少東西，卻因這一鬧，全堡都已驚動，一個個從睡夢中跳起來，只有千手觀音、陸地神仙沒有出來，只打發一個湖勇知會黃九龍等不必難為奸細，問明有無別情，勸導一番釋放便了。

黃九龍一面起身答應，一面卻對甘瘋子道：「師兄，你看這事怎麼辦？如果隨便一放，難保他們不再來擾惱。尤其是那尤一鶚老奸巨猾，同金陵單天爵、醉菩提和洞庭湖柳摩霄已是一黨，加上艾天翮一般徒弟徒孫正派的很少，難免不與他們合成一氣同我們對敵。如果這樣，想起來實在難以輕放，可是師父的命令又怎敢違背呢？」

這時飛龍師太雖然在葫蘆谷料理一切，幻雲、雙鳳等卻在堡內，此時也聞信趕來，一聽黃九龍因釋放奸細躊躇，不等甘瘋子答話搶著道：「這也不難，遵著太師父的意旨留他們兩條活命，把他們的功夫廢掉，教他們以後不能興風作浪便了。」

她這樣一說，眾人都明白她的主意，是仿照江湖上處治窮凶極惡的法子，用利刃把受刑人的左右足跟後面的兩條總筋挑斷。這兩條筋貫通全身，一經挑斷，就是有天大本領也施展不出來，輕身飛越的功夫越發不能做到了。這刑罰雖弄不死人，卻比砍頭還要狠毒！把一個人活生生的變為廢人，施於有功夫人的身上，一旦把多少年苦練出來的功夫輕輕廢掉，豈不比死還難受？起初這種私刑只江湖上聽得到，後來衙門內捕快也用這種刑罰來對待積案的盜賊，但是也因為這種刑罰主意太毒，恐怕結怨遭忌，也不敢常用。此刻幻雲一說，卻非常合黃九龍心思，連聲贊成。幻雲一聽他在眾人面前大聲讚好，想起自己婚姻，不覺面孔一紅，姍姍的躲在雙鳳背後。紅娘子從旁看得清楚，向雙鳳一推，彼此發出會心的微笑。

卻聽甘瘋子笑向黃九龍道：「你們這一位的主意高是高極了，但是被師父知道也要遭申斥的，明天我自有法子！保管釋放以後不再擾惱便了。」眾人不知他葫蘆裡賣的什麼藥，大家談了一陣也各自散去，依然歸房安寢。

到了第二天，黃九龍到後院向陸地神仙、千手觀音請示處置奸細的辦法。千手觀音道：「依我看這種人到後來終是惡貫滿盈，惡性終難更改，早除滅了他們，百姓少受一點凌辱。」

陸地神仙笑道：「你的話未嘗不是，但是照他們目前的行為還不至於如此，就是叫官府去辦也不至於要他們性命的。如果照放虎歸山來講，他們這點本領也顯不出多少神通來，權饒他們一次初犯，從輕釋放便了。俺也懶得去問他們，你們商酌去辦好了。」

黃九龍應命出來，同甘瘋子、范高頭、王元超等一商量，就聚集男女眾英雄在大廳上依次列坐，喝命湖勇帶奸細所審。廳下湖勇轟雷似的一聲接應，霎時從監牢裡捆上天覺僧、尤一鶚來，眾人一看兩人已折磨得如揉頭獅子一般，四五個彪軀大漢喝一聲：「進去！」便把兩人腳不沾地的直擁到黃九龍面前，兩旁齊喝一聲跪下！天覺僧凶目一瞪，放開破竹般喉嚨大喊道：「山野草寇，休得擅作威福，要殺便殺，羅漢爺皺不皺眉。」

黃九龍一聲道：「虧你也稱佛門弟子，你師父屍骨未寒，便把你師父遺言置諸腦後。你們要知道，你們師父將這批財寶奉獻我們，完全是天良發現的舉動，我們豈希罕這點財寶？無非替他贖罪罷了。至於我們在此的行為是不是山野草寇，外邊自有公論。我們的抱負說與你們聽，也是對牛彈琴。你們既然輕舉妄動被人生擒，只怪你們自己太不量力。

「現在我們要你們兩人性命無非舉手之勞，但是我看你們一身的功夫也是不易，這樣自己輕生未免太不值得！把你們死去師父的面子，也被你們丟盡了。我現在看你師父面上，權饒你們一次初犯，放你們一條生路，如果你們還不知悔，放走以後再來無理取鬧，那時擒住休怨俺們心狠手辣！」說畢便向左右喝一聲：「鬆綁！」

不料天覺僧發了牛性，瞋目大喝道：「老子生有處死有地，誰希罕你們假惺惺的釋放？快快替老子送上西天，再過幾十年老子再同你算賬！」

他這一發牛性卻急壞了旁邊一聲不哼的尤一鶚，慌連連向天覺僧使眼色，叫他不要多嘴，免得送命。無奈天覺僧氣得眼也紅了，哪理會得到這些地方。可是他們兩人這樣情形，上面座上的甘瘋子早已看得一清二楚，胸有成竹破袖一甩，向左右喝一聲：「且慢鬆綁，把兩人直搭出堡外去，俺來替你們送行。」

尤一鶚一聽送行這句話，立時臉色大變，向黃九龍道：「既承你們釋放俺們當然感激，從此絕不再來便了。我們這位師兄生性魯莽，諸位請原諒一點，我來勸他出去便了。」黃九龍一聲冷笑並不答理，一擺手，四五個湖勇喝聲：「走。」把兩人直叉出去了。

甘瘋子倏的立起身向眾人道：「我打發他們去了便來。」

黃九龍會意笑道：「師兄辛苦了。」說畢甘瘋子大踏步走了出去。走到堡外抬頭一看，湖勇們簇擁著天覺僧、尤一鶚立在對面照壁底下。甘瘋子笑嘻嘻過去，伸出蒲團般的巨掌，冷不防先從尤一鶚背後在腰眼裡拍的一掌。

尤一鶚手腳捆住焉能躲閃？猛的機伶伶一個寒噤，已是實胚胚的著了一掌。這一掌不要緊，可把他一身點穴功夫都化得煙消雲散了。這種功夫是內家獨得之秘，陸地神仙門下也只有錢東平、甘瘋子得此秘傳。當時尤一鶚著了這一掌雖然不痛不癢，卻已知道不好，只大喊一聲：「罷了，罷了。」

不料甘瘋子又一轉身，舉起掌來，正待向天覺僧如法炮製，猛一轉念此人無非是個莽夫，也沒有什麼大後患，便笑了一笑道：「便宜你吧！」向湖勇們喝聲：「鬆綁。」便七手八腳的把兩人周身綁束解開，齊聲笑喝道：「快走，快走，下次再來沒有這樣便宜了。」

天覺僧兀自氣咻咻的想破口大罵，忽然一眼看得尤一鶚垂頭喪氣簌簌的掉下淚來，天覺僧連連頓足道：「師弟，你把我們臉丟盡了！想不到你平日何等威風，怎麼到了這兒變成這樣膿包？簡直小孩子般撒起酥來了。我算上你的當，悔不該同你來這一趟。」

尤一鶚一聽天覺僧說出這樣話來，益發羞愧交併，一言不發，一轉身直向碉外走去。天覺僧也不禁不由得跟在後面，走出四重碉堡。甘瘋子暗暗命幾個湖勇監視在兩人後面，自己立在堡外呆了半晌，差去的湖勇回來報道：「那兩人一先一後走到湖邊，那俗家裝束的猛然向湖心便跳，卻因身體軟綿綿的跳得不遠，被後面的和尚夾脊抓住。只見他們兩人抱頭哭了一場，那和尚指著堡內大罵了一陣，才尋著一隻漁舟一齊渡過去了。」

甘瘋子呵呵一陣大笑，正想回身進內，忽見照壁後面急匆匆轉過一人，一身行裝，扛著一柄雨傘，一個包袱，一陣風似的向堡門趕來，後面還跟著許多看守碉堡的湖勇。

甘瘋子看得很詫異，立定身，留神一瞧，不覺咦的一聲，呵呵大笑道：「幸會幸會，真想不到你會駕臨，也不知哪一陣風把你吹到這兒來了？」

那人一見甘瘋子在堡門外，緊趨幾步，一抹滿頭大汗，喘吁吁的說道：「甘老英雄，多日不見小老兒渾想不已，所以特地來湖拜謁，順便看看我那位包姪女。」

原來此人就是蕭山迎賓宿店的店東來錦帆，後面跟著的碉上湖勇看得甘瘋子認識，也就不聲不響地回身看守碉堡去了。當下甘瘋子拉著來老頭兒走進堡內，直領到廳上與眾人相見。

黃九龍等一看來老頭神色慌張無故到來，便覺得其中定有事故。大家寒暄一陣，請他坐下細細一談，才知來錦帆到來果然不出所料，還是杭州撫台將軍等一般官僚用威權逼他到太湖來的。因為榮藩台弄巧成拙，事後覺悟知道上了幻雲母女兩人的當，在他揣測，還以為皇上特旨捉拿飛賊，也許就是她們兩人。杭州官紳們的竊案和自己藩庫內的銀兩還不大要緊，只有特旨著他身上查緝的欽案如何彌縫得過去？只急得他在藩台衙門內廢寢忘餐，坐立不安。哪知有一天晚上又發現了床前留刀寄柬，巡撫衙門內也照樣來了這一手，把幾個大官僚嚇得屁滾尿流。

偏偏福無雙至，禍不單行，沒有幾天功夫，杭州駐防的將軍也奉到八百里加緊密旨，叫他會同榮藩台同巡撫各員辦理此案。榮藩台也同時奉到偃王爺的密札大大訓斥了一頓，如果再不破獲，立刻摘去頂戴，發充軍台效力。

這一來，把榮藩台那條老命生生便要急死，幸而巡撫比他閱歷略勝一籌，又去請到那位蕭山縣太爺來磋商辦法。蕭山縣回來又去請教來錦帆。來錦帆一聽題目越來越大，慌一口回絕。哪知蕭山縣秘密的在巡撫將軍面前把來錦帆三字說了出來，還上了一條絕戶計，說如果要他出力，必須恩威並用。於是巡撫連夜用軍令把來錦帆提過江去，卻用好言撫慰。命他上太湖來探聽幻雲這般人的行動，倘然能夠解獲來省，非但重重厚賞，還立時保舉一個大小前程。一面卻把來老頭家小統統軟禁起來，作為抵押。這一來，來老頭只有硬著頭皮到大湖來了。

「俺明知上面官廳不懷好意，最可恨蕭山那位縣太爺只知自己巴結上司升官發財，把俺一家老小都賣掉了，看來做官的沒有一個好人。可是俺生生葬在裡面如何解脫得來？只有拜求甘老英雄同黃堡主救俺一家，非但俺至死不忘大恩大義，就是俺一家老小也感激不盡的。」來錦帆說罷，眼淚兒簌簌下，突的伏下身爬在地上，向眾人直叩響頭。

甘瘋子呵呵大笑，一伸手把他扶起，納在座上，大笑道：「我的老掌櫃，你這手黃蓋苦肉計似乎用得不大合竅。你如果想俺們替你解這個死結，保你平安無事，或者可以。如果憑官廳一條苦肉計想弄真贓實犯，好讓蕭山縣官升三級，這就夢想了。」

甘瘋子這樣一說，來老頭霎時面色如灰，全身篩糠般直抖起來。恰好這時包翩翩在後院聞來老頭到來，同雙鳳、幻雲、白飛燕、紅娘子等走出廳來，剛走到屏風背後，聽得來老頭、甘瘋子對答的話，明白來老頭的來意。一挺身轉過屏風，走到眾人面前，向來錦帆說道：「姪女在屏後已聽出老叔為難情形，這樁事細究起來都由姪女身上而起。姪女跟老叔上杭州見了官廳一口認住，便沒有老叔的事了。」

包翩翩這番話原來是小孩子天真爛漫的主意，無非看得來老頭愁眉苦臉，一時心有不忍罷了。哪知這番話比打還凶，來老頭益發受不住了。

你道為何？包翩翩並非案中人，頭一次已來了一手李代桃僵，在江湖義氣上講來，只怪來老頭年老洗手的人，怎麼又貪名圖利起來。此刻包翩翩隨意一說，不是明明又挖苦來老頭嗎？來老頭一聽包翩翩的話，簡直難過得答不出話來。

猛然包翩翩面前人影一閃，幻雲、白飛燕立在中間笑向甘瘋子說道：「看來這樁事俺們兩人還得到杭州一趟才行，免得這位老先生從中為難。」

來老頭一聽兩人口吻，急抬頭向她們一看，卻不認識，甘瘋子冷笑一聲道：「我的老掌櫃，你瞧清楚沒有，這位便是內宮欽犯，這位便是榮藩台的假太太。兩位要犯都在你面前，你是此中老手，應該怎樣，你想主意吧！」甘瘋子的口鋒越來越凶，只把來老頭弄得置身無地。

黃九龍、王元超知道自己二師兄素來看不起這種人，來老頭一進門又說出官廳押起家小的一番老調兒，越發不以為善，所以當面挖苦了一陣。

黃九龍看得過意不去，笑道：「這小事一樁，何必焦急？來老丈遠來不易，敝人應該稍盡東道之誼，如果來老丈真個甩開朋友交情專講公事的話，俺們倒不便招待了。好在來老丈退職多年此番也是沒法，我們也要原諒來老丈的苦衷。」

黃九龍剛說到此處，陸地神仙同少室山人飄然出來，眾人一齊離座起立。包翩翩在來老頭耳邊低低說了幾句，來老頭嚇得一身冷汗！一看陸地神仙這樣神儀瑩澈光華照人，真像神仙一般，情不自禁的矮了半截，搗蒜似的叩起頭來。陸地神仙一擺手，王元超便把來老頭從地上扶起代為稟白一番。

陸地神仙回顧少室山人道：「你看這事應該怎樣辦才對？」

少室山人笑道：「這種事江湖上早有例子，也用不著本人出馬，隨便派兩位了事的人跟這位來掌櫃報案去，銷了來掌櫃的差使，來掌櫃脫了這層千斤千係，以後如果還樂意再管閒事的話，那就自討苦吃了，便是這層干係脫卸以後，在來掌櫃自己也要想個退步才好。至於跟去的兩個人如何回來那就不用管，我們自有法子的。我這話，不知道來掌櫃意下如何？」

來錦帆吃了多年江湖飯，豈有不懂這番話的意思，慌恭而敬之同少室山人作了個長揖，然後說道：「承道長訓諭，小老兒感激異常！倘蒙諸位英雄賞個面子，讓俺脫了是非，以後小老兒自有辦法絕不再出來現世，能夠在家中了此餘年，已是諸位的恩賜了。」說畢又叩下頭來。

陸地神仙笑了一笑，向甘瘋子道：「你們酌量派兩個人跟他去便了。」說畢，便同少室山人揚長出廳，自去遊山玩水去了。

第卅九章　仙蹤偕隱

這裡甘瘋子把來老頭拉起來呵呵大笑道：「俺是個有話便說的人，老實對你說，只怪你自己枉活了這些年，竟上了蕭山縣的當。如果換了別的去處，不懂交情不念你年老，來到虎口還有你命在麼？現在這話丟在一邊，既然遠道來此，咱們且痛快喝一場再說。」來老頭這時被眾人說得一顆心七上八落，哪有閒情喝酒？卻又不敢多說。包翩翩、幻雲、白飛燕等人卻暗地同黃九龍商量了一陣，黃九龍卻不讓她們去出頭露臉，把東關雙啞暗地叫來在一邊低低吩咐了一番，雙啞連連點頭，自去準備不提。

等到甘瘋子等款待了來老頭一番酒飯之後，來老頭起身告辭，卻不知跟去到案的究是哪兩位角色？又不便啟問。黃九龍知道他的心意，大聲笑道：「君子一言快馬一鞭，來老丈盡管獨自先回去，俺們派去的人早已動身在杭州城外某客棧恭候老丈了。老丈到了那客棧只管用上刑具解去銷案，其餘的事你就不用管了。咱們本應該多留老丈盤桓幾天，無奈老丈公事在身不便冒昧款留，只好改日再駕臨的了。」

來老頭將信將疑的走出堡來，別了眾人急急趕回杭州來。一到杭州城外，遠遠便見那客棧門口立著兩個短小精悍一身華服的人，一見來老頭走近跟前，兩人雙手一抱，便從手中遞過一張字條，來老頭一看，字條上只寫著「二人便是」四字。

來老頭會意，慌一同走進客棧極力應酬了一下，那二人卻只微笑終不答言。來老頭不知他們是啞巴，還以為是黃九龍的命令，只好先將兩人安置在客棧中，自己急匆匆走進城中，邀了許多精明幹練的捕快備了刑具傢伙趕出城來。先備了一桌豐盛酒肴請東關雙啞大嚼一頓，酒畢，然後抖出刑具來，東關雙啞彼此一笑，伸手就刑，隨隨便便的由來老頭同許多捕快擁進城來。

這一來頓時哄動了滿街的人，都說蕭山有名的老捕快捉了江洋大盜回來了。男男女女扶老攜幼誰也要見識江洋大盜是不是三頭六臂，見識見識老捕頭來老英雄怎樣的人物。及至來老頭簇擁著東關雙啞過去，眾人指指點點露著疑惑的臉色，都說憑這兩個猴精似的人敢做出這樣潑天的事來，這位來老英雄也不過是一個平常老頭。

且不提滿街紛紛議論，單說來老頭這一面走一面卻揑著兩把汗，心裡只卜登卜登的亂跳。冷眼看東關雙啞當先帶著腳銬手鐐叮噹叮噹的一路亂響，兩顆頭博浪鼓似的兩面亂瞧，便像沒事人一般。來老頭心裡明白善者不來，來者不善，回頭到了巡撫衙門不知做出什麼把戲來，自己這層干係怎樣才能平安脫卸？這條老命簡直懸在他們兩人手上。正在這樣心口相問，忽然左邊人堆裡衝出一個人來往來老頭身上一靠，向右邊人堆裡直闖進去，轉眼就不見了蹤跡。

來老頭被這人一衝幾乎跌倒，正想破口大罵，猛覺手上被這人塞進一點東西，抬頭一看卻已不見這人去向。急向手中一看原來是個紙團，慌偷偷扯直紙團一看，只見上面寫著寥寥幾句話。

來老頭不看則已，一看到這幾個字嚇得兩手冰冷，知道堡中另外還派人跟來，如果不照紙條寫著去辦，自己性命定必難保，除出這條路確也沒有第二條路可以保全自己的身家。一跺腳主意打定，向前走去。

這時已是傍晚時分，大家走不到一箭路，猛然馬蹄響處潑剌剌捲到一隊人馬，舉著兩盞氣死風燈，當頭一個軍官捧著令箭大聲吆喝道：「撫台大人有諭，速提要犯聽審！」原來捕快中早已有人到撫衙報信，撫台一聽大盜提到，大喜！慌知會將軍，立時在大堂擺設兩座公案，預備人犯一到，連夜會審，拔了一枝令箭，叫幾個戈什哈飛馬跑來，火速獲解人犯，投案聽審。來老頭恐怕當街決撒，慌向東關雙啞耳邊低低說了幾句，趁勢迎上前去，同馬上幾個戈什哈招呼了一陣，然後一陣風似的簇擁著兩個要犯直趨撫衙。

一進衙門，只見從衙門口直達大堂，親兵番役，刀槍雪亮，火燎燈籠，耀如白晝，密層層擺得風雨不透，好不威武。來老頭一進衙門，先教戈什哈到公案前稟明。自己趁這點工夫，百忙裡三腳兩步向就近雜貨店買了一點東西塞在懷中，急匆匆回到東關雙啞身旁。正聽得大堂口暴雷似的喊了一聲堂威，接著連喝帶要犯上堂，一聲一遞傳下來，直到大門口。

來老頭這時宛如自臨法場一般，慌掏出蕭山縣的密札，帶著幾個夥計跟著兩個戈什哈，擁著東關雙啞，火雜雜搶到大堂口滴水簷前。

來老頭當先走進大堂雙膝跪下，雙手高舉蕭山縣密札，同自己繕就的稟單，口中高聲報道：「蕭山縣退役捕頭來錦帆奉諭捉到欽案大盜兩名，投案繳差。」高唱畢，上面喝一起來，候賞！便有值堂的兵役走下來，把來老頭手中的密札稟單取去，送到公案上，撫台硃筆一動，左右又齊喝一聲帶要犯，這一來便沒有來老頭的事。另有一撥番役忽的趕來，推著東關雙啞直趨公案，不料這一般番役像吃燈草灰般，蜻蜓撼石柱似的休想推動得分毫。東關雙啞相顧一笑，冷不防帶著腳鐐嗆啷嗆啷直到公案前，屹然立定。

這一來，把上面坐著的將軍同撫台大驚失色，幾乎驚得直立起來，勉強拿起驚堂木一拍，喝聲跪下！左右有幾個親兵，恃著有幾斤蠻力，一陣風分兩邊搶過來，冷不防一齊舉腿，分向東關雙啞腿彎橫掃過去。兩個犯人頭也不回，腳跟微一墊動，大腿向後一繃，只聽得拍撻卜通幾聲怪響，兩個親兵宛似肉彈般憑空飛了起來，直滾落到大堂外滴水簷前，跌得筋斷骨折，躺在地上。立時大堂上一陣呼噪，個個嚇得望後倒躲。

來老頭這時已擔著心立在一邊，看兩人的動靜，滿以為就要決撒，哪知跌了兩個親兵，一陣騷動以後，兩犯依然笑嘻嘻的卓立不動。但是上面巡撫將軍兩位大員哪見過這個陣仗，早已嚇得說不出話來，卻只伸著手向來老頭亂招，意思之間，你捉來的大盜別人降不下，還是你來制伏。

不料巡撫那隻手還未放下，東關雙啞掉頭向外一瞧，微一點頭，兩人就在這當口一蹲身一伸腰，咯噔咯噔幾聲怪響，兩人腳鐐手銬便一齊折成幾段掉在公案下面，一伸手從懷中拿出一封信來，順手向公案桌上一丟，拍的齊一跺腳，颼，颼，颼，便像兩隻飛鳥般從人頭上直飛出大堂外去。在甬道上一墊腳，輕身又飛上大堂屋頂，一轉瞬就不見了兩人蹤影。這一番動作何等駭疾，大堂上上下下個個驚得目瞪口呆做聲不得。半晌，那位將軍同巡撫才驚魂還竅，方要呼喊，忽又聽得大堂旁邊撲通一聲巨響，大喊一聲：「痛死我也！」這一來，又把將軍巡撫嚇得泥塑木雕一般。

親兵番役們急向喊處看時，只見大堂角落裡白霧迷漫，一個人在那滿地亂滾。乍著膽去一看，原來是蕭山捕頭來錦帆，不知何時被人用石灰撒瞎了兩眼，痛得滿地亂滾、亂喊。這一來大堂上又騷擾得不成樣子，連追捕逃走要犯幾乎都忘記了。還是跟將軍來的一個守備上堂稟道：「要犯逃走不遠，趕快請撫憲下令，閉城兜拿要緊。」

將軍同巡撫如夢方醒，顫巍巍的掣出一枝令箭，遞與那位守備，結結巴巴的說道：「全仗老……老哥大才，調……調動標……標營去搜查，趕快……趕快，這……是欽犯，非同兒戲。」那守備令箭在手立時長了威風，大踏步走下堂自去調兵，趁此借著搜查為名，又好向商民借題騷擾去了。

這裡大堂上沒有了要犯，當然只有退堂，但是公案桌上還有要犯遺下的一封信，巡撫按定驚魂，同將軍一齊把信拆開來一看，登時又嚇得癱在座上。半晌才你看我我看你，連呼怎好？怎好？

原來信內沒有別話，只寫著「如果再不知趣，立時取爾等首級不貸」。將軍同巡撫彼此腦袋一縮，連爬帶滾退回花廳互商辦法去了。只苦了來老頭，由他夥計扶回蕭山去，自去將息。

蕭山縣得知這個消息，慌來看視，據來老頭自稱：兩犯逃走時候，正想飛身上前捉拿，不料另有埋伏的凶盜用石灰撒瞎了他兩眼，既然眼瞎，此後無法再替公家幫忙了。蕭山縣雖然有點疑惑，也無可奈何，只好放還他去，極力撫慰他一番。從此來錦帆雙目失明，算保全了身家性命。

其實用石灰撒瞎了兩眼雖然是自己動手，卻是按照半路得到的紙團上所寫的計策，咬牙忍痛做的，接下去都是黃九龍、甘瘋子等布置好的計劃。表面上似乎毒辣一點，但是要保全來老頭身家性命也只有這條道兒，否則要犯逃走，官廳仍然要來老頭去捉的。至於官廳方面以後有無別人出來同太湖作對替官廳出力，那又是另一問題了。

且說太湖黃九龍得到東關雙啞回去的報告，已知杭州方面的一切情形，知道一時不會再生枝節，卻也不甚放心，仍舊派了兩個精明頭目到杭州坐探官廳動靜。

這裡卻已到了水陸聯盟的黃道吉日，這天葫蘆谷內群雄聚會，嚴肅異常，一切禮節雖然仿照山寨開大香堂的成規，骨子裡卻有點不同。在谷中幔天席棚內排著好幾層大供桌，上一層設著天地神祇的牌位，中一層第一座牌位便是明室崇禎皇帝，兩旁依次排著許多殉國的忠臣義士，下一層便是本門內家祖師張三手的神位，兩旁依次排列著本門前輩英雄如張松溪、王征南、王百家、單思南以及呂元、呂四娘、張長公等等都在其內。牌位前面供著大牢、少牢、清酌，時饈，然後寶鼎焚香，蓮炬托燭，好不威儀肅穆，神光如在。

大家鴉雀無聲的肅候了一忽兒，猛聽得讚禮的高唱一聲：「排班就位，主祭者升堂。」唱畢，棚前樂聲大作，鐘鼓齊鳴，便聽得環佩鏘鏘，衣冠峨峨，主祭的陸地神仙穿著明代的深服玄裳，峨冠朱履，雍容徐步而來。後面跟著陪祭的少室山人、范高頭、滕鞏和千手觀音、飛龍師太，也一例穿著明代衣冠。最後分著男左女右，男的錢江為首，領著甘瘋子、黃九龍、龍湫僧、王元超、高潛蛟、東方傑、東方豪、東闕雙啞、癡虎兒以及海上首領霍雕等等，女的紅娘子為首，領著呂舜華、呂瑤華、幻雲、白飛燕、包翩翩雁翅般走進棚來依次立定。再由幾位糾儀的把與祭的水流大小頭目都在後邊一層層班班立定，然後鼓聲再發，鐘聲再起。

三通鼓罷，司禮的又高唱起來，按著禮器程序舉行過祭神之禮，一直到讀畢祭文作樂送神以後，主祭的陸地神仙同陪祭的少室山人等轉過身來面南而立。由陸地神仙朗聲宣布水陸聯盟的要旨，與此後在本門下同舟共濟、驅除韃靼、待機而動的一番慷慨陳詞。說到精闢激越之處，個個舉臂大呼聲撼山岳。陸地神仙笑容滿面，微一舉手，便又肅然靜止。

接著司禮的又捧起一卷紙來，寫著本門的規約，從頭到尾的讀了一遍。讀畢，下面春雷似的暴應了一聲遵命！便有幾個精細的湖勇赤著兩條臂膊只披著一件旗子布的背心，火雜雜的抬著一具大盆進來擺在陸地神仙而前，盆內滿貯著金黃豔豔、熱氣騰騰的美酒，盆邊掛著許多椰瓢。又有幾個湖勇左手各捉著一隻喔喔亂啼的白羽冠大雄雞，右手握著明晃晃牛耳尖刀，來到酒盆邊一齊提起白雞，刀光一閃各個了帳，都把雞血滴在酒盆內，然後帶著死雞俯身退出。陸地神仙先自舉手提起那椰瓢向酒盆內舀了一瓢，略一沾唇便放下退後。接著陪祭與祭的眾人各各依次飲畢，這便是歃血為盟的大典。這一幕過去，司禮的便高唱禮成，這才算大典完畢。

接著就在谷內殺牛宰馬，大饗會盟與祭的各路英雄，霎時間滿谷笑語如潮，都是猜拳行令之聲。也有當席舞劍弄槍各獻絕藝的，也有酒酣耳熱曼聲高唱，各個披肝瀝膽，豪氣凌雲。唯有紅娘子等一般女英雄卻與眾不同，悄沒聲的把一席酒筵移到飛龍師太母女棲息的崖上那座古洞內，開懷暢飲起來。

原來這時這座古洞與前不同了，已由飛龍師太、滕鞏兩位老同門趁著布置葫蘆谷時節，乘便把這所洞穴也改造了一下。洞口原有的蓬廬拆去，改建了一座扇形的玉石屏，洞口的藤蔓荊榛都已斬除乾淨，在洞上面一塊鏡面青石上刻著飛龍洞三個大篆字，紀念飛龍師太首先尋著此洞之意。恰巧黃九龍名字中也有龍字，彷彿象徵著湖堡龍興之象。洞口兩旁還設著兩個石鼓，玉石屏後環著洞口叉移植許多蒼松翠柏，真有天仙洞府之概，洞內經雙鳳、白飛燕等也布置得明淨幽雅，可坐可臥。

最奇這樣深奧洞府並不十分黑暗，從前因被珠光寶器交映看不出天然光線，現在發現洞頂石鐘乳，纍纍倒垂之間，卻透射進日光來。起初一看不知從何來？仔細一搜查，才知洞頂玲瓏剔透都是細孔，而且這種細孔直透洞外，日光空氣都可曲折射入，如遇風雨吹不進來，也可算得天巧地設了。紅娘子、雙鳳等早已把這座洞府看成寶貝一般，無事時大家常到此地聚談，今天群雄大會便移席進洞，幾位女英雄興高采烈吃得好不興頭。

正在推杯交盞之間，驀地從洞口跳進一人大笑道：「你們躲在此地高樂，也不看看榜去。此刻聽俺爹說，幾位小姐派到什麼飛龍島、芙蓉島還有什麼山什麼岩去，都是現成的仙府，偏俺沒有這好福氣去開一開眼，只有將來求諸位挈帶挈帶的了。」

紅娘子一看進來的人是癡虎兒，聽他夾七夾八說了一大套摸不著頭腦，其中只有幻雲和雙鳳已知他說的意思，幻雲便向眾人笑道：「前幾天祖師爺同黃堡主和家母等商量好，因為現在水陸英雄在堡中聚在一起不是辦法，頂備在各省要緊所在設立分寨，湖堡算作發號施令的總機關。各處分寨分派主要人物駐守，無事時互通聲氣唇齒相輔，有事時秉承湖堡號令或聚或分步驟如一。這原是一個極好的辦法，此刻想已分派停當張榜出來了，可惜飛龍島這樣好地方，俺也沒福跟去。」說到此處不禁面孔一紅，低下頭去。

紅娘子心中了然，知道她不久同黃堡主結婚，當然不會派到外面，將來雙鳳當然也與王元超在一起，只有自己孤鬼似的不知派往何處。想起自己慘死的丈夫，何等痛心！眼看人家花團錦簇一對對的結婚，自己一個孀婦夾在中間未免老大沒趣，反不如遠遠同老父派到別處去免得觸目傷懷。想到此處一腔心事，哪有心情再吃下酒去？便立起身來推說看榜，同癡虎兒走了出去。席上她這一走，白飛燕、包翩翩好動不好靜，也立了起來一齊出去了。

紅娘子同癡虎兒一齊跳下層崖到了葫蘆谷內，一抬頭便見棚前懸掛著一張黃榜，榜上標著幾處地名同分派出去的主要人名及一般輔佐的名字，開首就寫著：

太湖總堡黃九龍主之，幻雲、東關雙啞為輔

太湖柳莊分堡范高頭主之，紅娘子為輔

太湖葫蘆谷分堡滕鞏主之，子癡虎兒為輔

百笏巖甘瘋子主之，東方傑、東方豪為輔

飛龍島飛龍師太主之，包翩翩、白飛燕為輔

靈巖寺龍湫僧主之，高潛蛟、霍雕為輔

芙蓉島王元超主之，呂舜華、呂瑤華為輔

每一處又寫明統率頭目若幹、嘍卒若干，把海上各路頭目嘍卒分派勻妥，支配於飛龍師太駐守的飛龍島、王元超管轄的象山港、芙蓉島。這芙蓉島原是雙鳳之祖呂元隱居之地，早已布置停停當當，此次千手觀音把這芙蓉島派王元超等駐守原是人地相宜，雙鳳自然格外歡迎。而象山港到雲居山也非常相近，千手觀音如果同陸地神仙遠隱莽歇崖，這雲居山只剩一對老虎同幾個道婆當然也歸雙鳳等管理。

當下紅娘子等看完了榜子，知道自己同老父仍居柳莊，均歸舊主倒也相宜，而且常常可以到堡中同幻雲談天也不寂寞。看完了榜正想轉身，只見雙鳳等也來了，大家看了一陣，心裡都自暗喜。唯有包翩翩、白飛燕覺得這幾天大家熱辣辣的聚在一塊好不興頭，忽然分散似乎依依不捨。

眾人正在榜下紛紛談笑，忽見范高頭同甘瘋子走來，見他們正在看榜，甘瘋子笑道：「你們姐妹雖然暫時分別，每年太湖總堡照例定有一年聚會四次，大家依然可以見面，就是平時也可互相來往。俺的百笏巖與飛龍島更是相近，地道再一打通，就成一家般。」

紅娘子笑問道：「榜上怎的不見大師兄同少室山人的名字呢？」

范高頭道：「他們兩位與眾不同，責任也比別人來得大。大師兄是奉命到兩廣聯絡當地各路英雄待時而動，少室山人是雲遊北方，專門探聽滿廷舉動以及洞庭湖單天爵各人的行為，隨時與太湖總堡通消息，所以他們兩位並不在榜上列名，一半也是機密之意。」范高頭這樣一說，眾人才明白。

紅娘子又笑道：「今天水陸聯盟大會完畢，還有一場聯婚大禮在何日舉行呢？」

甘瘋子大笑道：「這聯婚兩字下得有趣。」此言一出，把在場的雙鳳同幻雲說得面泛朝霞，一齊扭過脖頸遠遠走開了。雖然遠遠走開，卻故意放慢了腳步，拉長了耳朵，想聽甘瘋子究竟說出哪一個日子來。

無奈甘瘋子同范高頭等一味詼諧百出，海闊天空的談講，並沒有那句下文。一賭氣索性走開了，卻不見了幻雲，只剩自己姐妹二人一面走一面喁喁私談。走了幾步正想轉過山角，猛不防山角那面也轉出一人，抬頭一看恰恰是王元超獨自款步走來。一見她們姐妹倆頓時笑容可掬，躬身相迎，雙鳳一見是他面孔一紅，立又不是走又不是，只有斂衽為禮。王元超看她們兩人面上有點訕訕的不好意思，知道剛才看了榜上的緣故，一看四面無人，就低低說道：「三師兄婚禮即在後日舉行。」

在王元超說這句話一語雙關，因為原定兩批婚姻同日舉行，說了三師兄一面，就同說自己一般。不料雙鳳姐妹一聽後日就要結婚，日子這樣緊促，雖然與俗人不同，到底總要預備一點，這樣晴天霹靂突如其來，姐妹未免愣愣的立住，一時說不出話來。

王元超肚內雪亮，慌忙接著說道：「小弟已蒙師父師母明諭，我們舉行婚禮與眾不同，所有習俗繁文縟節一掃而光。到時戎裝佩劍，交拜天地，和本門祖師神位就算了事，儀式非常簡單，我們一切不用預備。而且因為他兩位老人家急於同赴莽歇崖，所有派赴各處的人們也預備在我們婚禮後各歸汛地，就是我們到象山港芙蓉島也應急急前去整理一番，還有撥歸我們管轄的一班海上人物也難從緩，所以我們婚禮非急急提前不可。」雙鳳聽王元超徹底說明，心裡方始貼然，但怕有人撞來不好意思，匆匆立談數語就各自走開。

過了幾日，黃九龍和幻雲，王元超和雙鳳就舉行婚禮，大饗士卒，而且奉著陸地神仙、千手觀音的命令，把庫中許多銀子犒賞水陸嘍卒。雖然婚儀簡單，可是上上下下歡聲載道，全堡都是喜氣洋洋。至於黃九龍、王元超兩批夫妻當然可以用如膠似漆一語表過，種種瑣碎情節無關大體，也可不必多費筆墨。

且說陸地神仙、千手觀音兩位老夫婦看得堡中大事告竣，就將眾人召集重行叮囑一番，就飄然遠赴雲貴交界的莽歇崖雙雙偕隱，參修道術做一對世外仙侶去了。這裡堡中第一批錢東平和少室山人也同諸人分手，各自分途向南北雲遊。然後分派各處的飛龍師太、甘瘋子、龍湫僧、王元超等也一批批的各歸汛地，暗暗培植根基共衛太湖。這樣過了幾年，太湖的威名當然遠聞四海。好在那時清廷正值暮氣深沉，各處盜匪蜂起，一輩官廳只知保全祿位，剝削百姓，哪敢到太湖去捋虎鬚，因此倒也相安無事。

這時候單說高潛蛟在靈巖寺跟著龍湫僧用了多年苦功，早已練成了全身武藝。龍湫僧喜他天性純厚盡心傳授，名雖是師兄弟，其實同師生一般。不過高潛蛟無論如何怎樣用功，對於飛縱跳躍本領和內宗劍術卻限於天賦未能深造，但是對於拳術卻是得心應手，已到了爐火純青的地步。

有一年太湖湖堡召集各處島寨分堡的首領，大家照例聚會討論幾樁大事，高潛蛟當然也在其中。大家久別重逢杯酒聯歡，當然興高采烈！這時包翩翩也從飛龍師太學會了許多驚人功夫，同白飛燕等也在座上，聽眾人談論起各人功夫來，不覺興致勃勃離座而起，一撩衣裙拔出佩劍當筵舞起一套峨嵋劍，端的宛若遊龍翩如驚鴻，倏徐倏疾，忽現忽隱，舞到後來滿廳劍光灼灼，寒風颼颼，座上眾人看她初學能夠如此，已經難能可貴，不禁拍掌稱好！包翩翩就在這一忽兒卓然抱劍立定，面不湧色氣不發喘，笑容可掬的說了一聲獻醜，姍姍的依然入席。

黃九龍笑向高潛蛟道：「六弟這幾年大有功夫，何妨一露身手使我們一開眼界呢？」

高潛蛟笑答道：「小弟這點毫末之技，怎敢班門弄斧？大可不必獻醜了。」

甘瘋子點頭道：「善藏若虛，即此一點，便見六弟功夫定已到家。」

龍湫僧笑道：「彼此都是自己人，你何妨一試？誰還笑話你不成呢。」

高潛蛟兀自一味謙遜，禁不得眾人齊聲催促，沒奈何立起身來，慢慢走到席前，抱拳向席上眾人拱了一拱，笑說道：「小弟後學初進，蒙幾位師兄賞賜了幾手功夫，雖然也練了許多年，恐怕手笨心拙，學得沒有到家。趁此機會斗膽練幾手，請諸位指教指教，也可長點能耐。」說罷，略把前襟向上曳起，退了幾步，便屏息凝神，不徐不疾的練出一套平生最得意的神功化象拳來。

這套神功化象拳，講到初學時的架式只有三十六手，到了神而明之，便可隨心所欲，變化無窮。據說從前漢朝華佗氏五禽戲，是按照虎、鹿、熊、猿、鳥的一舉一動創造的，所以有熊經鳥伸之說，後來少林宗派從五禽戲脫化出來，變為一百七十三手的五拳。怎叫做五拳呢？便是龍拳練精，蛇拳練氣，虎拳練力，豹拳練骨，鶴拳練神五種，這五拳是少林鎮山之寶。但是一代代傳下來，因為龍拳最難練，非從內功入手不可，沒有相當的天才是練不到家的，因此便逐漸失傳，五拳只剩四拳了。

不料陸地神仙是天生奇才，從幼年時便已軟硬兼工，內外並絕，卻把這最難練的龍拳也參悟出來，而且把武當的內功化而為一，獨創出這套神功化象拳。怎叫做化象呢？因為陸地神仙到了晚年，學究天人，神行超跡，悟出少林的五拳雖然很有道理，還嫌拘泥形跡，以為一個人自有萬靈的本領，何必去學禽獸的樣子？華佗熊經鳥伸，無非為下乘說法，如果功夫已臻上乘，自有超於象外之妙，所以名謂神功化象拳。

席上眾人細看高潛蛟練這套拳真有周身夭矯如龍之妙，看他一氣貫串，約莫已練到二百多手以外，一手有一手的精妙，確值得稱奇讚美。席上除五師兄以外，真還看不透高潛蛟這幾年已練到這樣地步，便是五位同門，雖然同一師父，卻各有所長，所學也是因人而施，並不一致，這趟神功化象拳只有龍湫僧練過，卻也料不到高潛蛟今天在眾人面前整套的練來，比平日又高超了不少。可見他平時暗地裡不知怎的苦心揣摩、晝夜苦練。聽得眾人齊聲大讚，自己也覺得光輝異常，慌笑喊道：「吾弟，夠了夠了，快來喝一杯酒休息休息吧。」他這樣一喊，高潛蛟才慢慢的收住招式，依然卓立在原地方，面上笑嘻嘻的向眾人作個連環大揖，然後還席坐下笑說道：「小弟獻醜，務請各位包涵。」

黃九龍執起酒壺向他杯上滿滿斟了一杯，親自拿起酒杯送在他唇邊笑說道：「我們大家都要恭賀一杯，這一杯是我特地敬你的。」高潛蛟推辭不得，直著脖子喝了一杯，大家也舉杯相照。

王元超笑道：「我同六弟在寶幢鐵佛寺初見時，便知六弟姿質不凡，定能造就，今日一看，果然兩眼不瞎。可是話又說回來，沒有四師兄替師父盡心指授也無法這樣猛進的，我們也應該恭敬四師兄一杯才是。」此言一出，大家又連聲道是，各人吃了一杯，舉杯相照。

龍湫僧笑道：「阿彌陀佛罪過罪過，出家人怎能吃這許多葷酒，不如免此一杯吧。」甘瘋子大笑道：「你這酒肉和尚，這樣的門面話誰來信你？快乾了這一杯是正經。」龍湫僧無奈只好勉強陪了一杯。這時滕鞏、范高頭都在座，卻不理會眾人說話，兩人只顧向席前地下指點，眾人看得詫異，一齊伸起頭來跟著兩人的指點看去。

原來高潛蛟練拳過的幾塊二尺見方的地磚上，印著許多清楚的腳印，滕鞏指著腳印道：「高兄功夫真了不得，你們看在地磚上印幾個腳印並不稀奇，難得的腳印並不多。雖然練了二百多手，進退之間還是絲毫不失尺寸，可見平日用功之深。」

飛龍師太道：「這一來，把這留下的腳印不要毀掉。有人要練這手功夫，只要照這腳印去練，比拜師還要事半功倍哩！」

大家一想，各個撫掌稱妙，第一個癡虎兒便嚷著要練。滕鞏笑喝道：「你是貪多無得，百學難精，這是練功夫的大毛病。」

黃九龍笑道：「這幾年虎弟也練得大有可觀，達摩劍同峨嵋劍都有幾層功候，尤其腿上功夫無人及得。」

雙鳳笑問：「腿上功夫如何，可否讓我們開開眼界呢？」

癡虎兒早已心癢難搔，巴不得有人讓他露幾手在眾人面前風光風光。雙鳳這樣一說，早已霍的跳起身來大踏步向門外走去，回頭向眾人一招手道：「是，是，是！且看我的。」眾人大笑，離坐而起走出廳外，且看他怎樣施展。

眾人一到廳外，只見廣坪四周種的松柏桃杏之類都已長大，綠蔭滿枝，樹蔭底下地上釘著整整齊齊的三十餘根柏木樁，只有二尺許露出地面，每一根柏木樁足有碗口粗細，眾人都以為他要跌樁了。哪知他一個箭步竄上第一枝樁上，獨足立定，一足上翹，顯出朝天一炷香的姿勢，卻見腳下的樁，很快的向地下鑽去，一霎時，把上面二尺許長的樁頭，盡沒入土中。

他等到樁頭沒到同地面一樣平，忽然又一跳，跳上第二枝樁上去，卻又換了一個姿勢，只用足尖一點，趁勢一個翻車觔斗，依然兩隻腳尖立在樁頭上。可是經他這一個觔斗翻過來，那二尺長的樁頭，很快的也沒入土中了。他這樣一連跳了七八根柏木樁，每一根樁上必換一個花樣，把七八根樁都沒入土中。

眾人見他這手功夫很是不易，便知是他父親教的先天一炁混元功，非從童子功入手不可，能夠練到這樣實在也不易了。眾人自然齊聲交讚一番，滕鞏樂得嘴都合不攏來。

癡虎兒一聽眾人大讚，正想把其餘的樁木再施展下去，猛見白飛燕在後面一聲嬌喊道：「虎弟稍息，俺也來陪你玩玩。」話到人到，眾人只眼光一晃之間，便見沒入土中的幾根樁上有一個人影像蝴蝶般飛來飛去的飛了幾轉，一根根沒入地面的柏木樁依舊一根根透出土來，依然二尺多長露在地面。

原來白飛燕看得癡虎兒在眾人面前露臉，自己把主意打定，先用自己獨到的輕身功夫在上面飛了一遍。然後在倏來倏往之間伸下玉臂，用鷹爪力把沒入地面的木樁一根根拔了出來，而且拔得不長不短同原來一樣。眾人一見她出奇製勝，慧心獨運，也齊聲道好。

甘瘋子道：「她在飛行之間用出鷹爪力來確是不易，我們有這樣人才將來何愁大事不成？這幾年大師兄偶然回來說起兩廣中已有許多豪傑，暗地收服民心，招軍買馬，屯積糧草，待時而動，而且發動就在眼前。大師兄就在那邊主持帷幄，一到長沙我們就起來響應，現在我們就要一步步預備起來。至於少室山人在這幾年中也探得北方滿廷虛實，其中空虛已極，所慮只在幾個漢大臣死不要臉的還向滿室盡忠，但是漢臣手中大都沒有軍權，也不足慮。現在少室山人從北方回來已到浙東諸暨包村，在他徒弟包立身家中勾留。」

甘瘋子說到此處，包翩翩也接著說道：「姪女昨天接到家兄包立身來信，說是少室師父在寒舍大約要多耽擱幾天。因為敝鄉包村在萬山重疊之中形勢非常，是一個天然寨基。一村都是包姓也有八百多戶，各戶壯丁經先嚴指導拳棒各個都有幾手防身本領。現因為各處山頭都有強盜出沒，公舉家兄為首，設立包村團練公所，倒也部署得法井井有條。家兄所以請少室師父多留幾天，多傳授幾手絕藝，以便保衛鄉村，信內還要姪女回去幫他哩。」

甘瘋子笑道：「你還不知其中實情呢！少室山人留在包村，雖然為的是指導令兄，但還有一樁要緊的事，俺這裡也有信來同俺商量。」

黃九龍等齊聲問道：「他究竟為了何事要同師兄商量呢？」

甘瘋子道：「你們都知道從前師父說過，百拙上人在莽歇崖鑄煉八柄利劍，帶下山來，遊蹤所致，撿著合宜地點分埋起來，以待後世有緣的人。照師父先天易數推算，這八柄劍都應該聚在太湖俺們這幫人手內。照現在算起來，已有四柄劍在我們手上，便是滕老丈的奔雷、凝虎兒的太甲、五師弟的倚天、幻雲弟妹的紫霓。尚有四柄未現，其中一柄貫日劍在洞庭湖柳摩霄手上，三柄尚未出現。」

王元超說道：「三師兄的白虹劍是師父自己鑄的，果然不算。不過弟婦舜華、瑤華分用兩柄合股雌雄劍，也是寶物，也許就是百拙上人八劍之一呢。」

甘瘋子笑道：「你哪裡知道，她們的雌雄劍是宋元以上的古物，劍鐓劍鞘是後人裝飾獻媚朝廷才加添上去的。便是這兩柄劍名也是後人妄造，絕非那劍原名，也絕非百拙上人八劍之一。因為百拙上人所鑄的劍都用細鐵精華煉就，質地略有不同，可以辨得出來。前幾天少室山人從包村差人賚函與我，說是他在浙東一帶遊歷，偶然看到距包村幾十里外紹興山陰所管劍灶村山內，在星月光下透出幾道劍氣，直衝霄漢，定有寶劍埋在山內。也許百拙上人未出現的三柄劍，要在該處出世了。且那劍灶便是戰國時代歐冶子為越王勾踐鑄成干將、莫邪兩劍之所，山川秀麗，間氣所鍾，原是極好的藏寶之所。因此他寫信來同俺商量，教俺派幾位到劍灶村去暗地尋找埋劍之所，以符師父八劍聚會之言。便是俺們幾個人內尚沒有稱手軍器的，也可藉此寶物相得益彰，光大我們門戶，想那劍氣通靈，也是應運而出的。」

這一番話，沒有寶劍的人各個躍躍欲試，頭一個包翩翩搶著說道：「姪女原欲稟明諸位師伯師叔回去看一看家兄，趁此去尋劍也是一舉兩便，就請甘師伯派姪女去吧。」

甘瘋子點頭道：「你去倒也人地相宜，還有哪一位願去？」

高潛蛟想起劍灶村是生長的故里，先人墳墓多年沒有祭掃，自從那年誤打誤撞出去打獵碰著四明山掘蛟的一檔事，不期時遇著王、黃兩位師兄學成一身本領。屈指一算，整整在外混了七八個年頭，何妨趁此機會回去一趟，看看父母墳墓。

主意打定，便挺身出來，向甘瘋子說道：「小弟原是劍灶村的人，平日時時刻刻想回去看一看祖宗墳墓，因為自己正在用功頭上，不敢因此分心，現在既有這個機會，可否派小弟同去尋找一番？萬一找著了寶劍，在小弟自己卻用不著這樣好劍。像小弟一知半解的劍術，也委屈了這寶物，所以小弟心中並未想到。萬一被小弟得到，決計拿回來，送與咱們門下劍術高明的幾位，這一層小弟可以預先聲明的。」

甘瘋子知道他是心口如一的人，便說道：「一物一生，各有前緣，絲毫勉強不得。你說的不願意得此寶物，現在談不到。既然你要去看看先人墳墓，倒是正理，準定派你們兩位去便了。不過你們兩位對於劍氣恐怕看不出來，就是看得出劍氣，而不知劍氣從何處透出，怎樣挖掘出來，也是枉然！少室山人雖然懂得，一人也難下手。現在這樣辦，你們兩位先分途進行，包姪女回到包府，聽少室山人指揮行事。六師弟回去權且隱身下來，隨後俺親自跟蹤你們前往，來指導你們挖掘法子好了。」當下議定，高潛蛟同包翩翩便動身赴包村和劍灶村去了。

第四十章　隱身戲敵

諸位總還記得本書第一回所說紹興劍灶村吳壯猷中舉的時候，有個管家長工高司務，從吳壯猷進秀才時已經到了他家，在吳家低首下聲的做了兩年長工。這個高司務，誰也知道便是高潛蛟了。但是像高潛蛟一身本領從太湖出來，原奉著甘瘋子、黃九龍等命令來到劍灶村尋覓百拙上人的寶劍，乘便也看看自己父親的墳墓，怎會在這家做起長工來，而且做了兩年多呢？這其中又包含著許多曲折在裡面，不過作者在此先點明一事，然後再從上一章接寫下去，使讀者們可以回憶一下，便能一氣貫串。

閒話少說，且講高潛蛟、包翩翩在太湖一起動身時，甘瘋子叮囑高潛蛟道：「包姪女雖係武藝在身，究是女流，就煩你送她到了包村，再回劍灶村去。」高潛蛟答應下來，兩人便邁步起程。不日渡過錢塘江，走入蕭山地界。包翩翩想起來錦帆來，同高潛蛟一商量，兩人便向迎賓客棧走去。包翩翩原是在迎賓客棧住過，依稀認得路徑，沒有多時便已找到。

一進那條胡同，便見客棧大門兩旁還像從前一般寫著迎賓老店四個大字。高潛蛟領著包翩翩昂然直入，櫃上迎出人來，高潛蛟一問起來店東，那幾人一齊搖頭歎息道：「來店東早已故去了！」原來這店也換了東家，現在已不是來家買賣了。包翩翩想不到自己在飛龍島學了幾年武藝，來世叔竟已作古，想是兩眼瞎後心裡又悔又悶，活活悔死了。想起前情，不免盈盈欲淚，一看日色還早，兩人便又轉身出來上路。

正走之間，猛聽得鸞鈴交響，對面官道上塵起處，潑喇喇跑來幾匹高頭大馬。馬上為首一個大漢斜頂著范陽氈笠，披著敞襟玄緞夾袍，眉如漆帚，目似鷹膽，一臉黑麻罩著一層膩滋滋的油光，後面幾個也是凶眉臉的人物，一路放開轡頭，橫衝直撞的衝來。高潛蛟、包翩翩一側身便讓在道旁。那馬上為首的大漢一領絲韁，向兩人身前跑過的當口，忽然咦的一聲，目不轉睛的向包翩翩直瞧，跑出幾丈開外，兀自聽著馬上一般凶漢，打著江湖黑話，說了幾句無禮的話。

包翩翩雖然不懂黑話，可是神色之間豈有看不出之理，早已心頭怒發，恨不得趕上前去給他們一個厲害嚐嚐。但是高潛蛟謹慎小心，極力阻住，對她說道：「這種狗也似的人，我們何必與他們一般見識，誤了我們行程？」包翩翩經他一勸，也就置之度外。

兩人又走了一程，已來到曹娥江岸，恰是個熱鬧市鎮，距諸暨包村卻還有百餘里路程。兩人一看天色已晚，就在市梢一家宿店，揀了兩間乾淨房子，憩息下來。這家宿店房屋只兩進，店東唯有龍鍾老叟，兩幼孫供侍應。高潛蛟、包翩翩分住在對面兩間屋內，中間一間是個過堂，並無門戶。高潛蛟囑包翩翩在店守候，自己到鎮上買點食物回來充饑。無奈包翩翩童心未退，定要陪高潛蛟一同出去，到縣市上遊覽一番，高潛蛟拗她不過，便把隨身包裹擱在房內，拽好房門，叮囑了店東幾句話，兩人一齊出店，向鎮上款款走去。

一到鎮上，業已燈火齊明，兩旁酒樓商店，排得密層層地，來往行人也是不少。高潛蛟隨意買了些饃饃和肉物之類，正想轉身回店，猛見街上一群酒醉漢子，敞著胸脯，劃著之字步，唱著村歌，一路胡嚷，衝近前來。為首一個醉漢，一眼看見包翩翩，驀地咦的一聲，瞪著一雙鷹眼，立住腿直瞧，後面兩三個漢子，鬼頭鬼腦的一齊湊在那漢子左右，嘴裡胡說八道的說出不中聽的話來。

包翩翩起先並不理會，忽見醉漢中頭一個便是路上碰見的馬上麻臉漢子，這時又做出這種情景來，頓時柳眉倒豎，杏眼圓睜，便要發作。高潛蛟一看情形不對勁，慌忙一手提著食物，一手向前一攔，口內笑道：「妹子，我們回去吧。」包翩翩明白他的意思，是阻止她不要同這般無賴爭氣，心裡一想，忍住氣一低頭也不答言，跟在後面便走。

哪知那般醉漢兀該倒楣，一撮鳥嘴一聲呼哨竟跟了上來，跟在後面兀自評論頭足，啾唧不已。這時非但包翩翩萬分忍受不住，便是謹厚老成的高潛蛟也覺這般醉漢鬧得太不像話，但是抬頭一看已到了宿店門口，那老店東已在門口顫微微的迎上前來，高潛蛟趁勢一拉包翩翩緊趨幾步，步進店門。卻聽得背後老店東向那般醉漢趕著大爺二爺一陣亂叫，接著就往裡讓，那般醉漢竟大模大樣的直擺進來。

這一來高潛蛟眉頭一皺，暗地先向包翩翩一瞧，只見她鐵青著臉，小鼻管裡不住的冷笑。高潛蛟肚裡暗說，今天非糟不可！事情已擠兌到這地步，只可看事做事，慌向包翩翩一笑道：「包妹隨我來。」說罷走進過堂，又一步跨進對面包翩翩屋內，先把手上東西向桌上一放，回頭一看包翩翩已跟了進來，便悄悄說道：「賢妹且安坐在此，充一充饑再說，萬一這般無賴來討死，自有愚兄打發他們。」一語未畢，就聽得院內腳步雜遝，那般醉漢已一路胡嚷著進來了。

老店東趕著一個醉漢叫馮爺，哀求似的說道：「貴人不踏賤地，今天難得馮爺們光降，且請到老漢店堂內坐吧，待老漢奉獻一杯茶水。」就聽得庭心拍撻一聲，似乎一個無賴打了一個飛腳，卻有一個粗粗聲氣的醉漢高聲喝道：「誰愛喝你的苦水？俺們奉著老方丈的命，說你欠著寺裡房租，已拖欠了幾個月下來，老說沒有買賣進門。現在俺們親眼看見一對狗男女鑽進門來，還有何說？」

老店東沒命的哀求道：「馮爺明鑒，兩位客人才進門，還沒看到銀的顏色是白的還是黑的，教老漢怎樣拿得出來呢？請諸位爺台上覆老當家，寬許老漢一天，明天好歹奉納上去，求諸位可憐老漢這個吧。」老店東一面說，一面全身瑟瑟抖個不住。

哪知這般無賴醉漢之意不在錢，滿不聽他這一套，哈哈大笑道：「你真是死心眼兒的老頭兒，那間屋子裡的小娘們有的是銀子。叫她出來，俺們替你向她多要些宿費，不是這個結兒解了麼？」老店東聽他說到女客身上去，頓時恍然大悟，明白這般無賴是借題發揮，並不是真來要房租。心裡暗想，這般人無法無天，什麼事都做得出來。時候已經不早，萬一有個三長兩短如何是好？這樣一轉念，比向他要房租還著急幾倍，慌忙懇情賠揖，說了無數好話，想把這般凶煞敷衍出去。哪知有幾個醉漢絆住了老店東，有幾個就想邁步往過堂內直闖。這當口忽聽得堂內一聲冷笑，人影一閃，階上便現出一個嬌小玲瓏的包翩翩來。

原來老店東在院子向一般無賴哀求的情形和哀求的話，句句都被高潛蛟、包翩翩聽在耳內。那幾個無賴一進院子說出一對狗男女的時候，早已把包翩翩氣得火星直冒，禁不住謹慎小心的高潛蛟極力攔住，等到此刻幾個無賴想往內直闖時，包翩翩咻的一個箭步竄出屋去。高潛蛟慌跟蹤出來，卻已見包翩翩立在階上一手叉腰，一手指著院子內幾個無賴嬌聲嬌氣的喝道：「你們這般混帳東西，俺姑娘在路上早已瞧出你們不是好東西！像你們這般狗也似的人，俺姑娘也犯不著理你們，不想你們瞎了眼的混帳東西膽敢尋上門來討死！現在姑娘在此，你們敢怎樣？」

這一番痛罵在包翩翩自己想來以為詞嚴義正，無以復加，哪知道這般醉漢平日本是無事生非，打降訛財的混混兒，這幾句不痛不癢的話，連面皮也不會紅一紅的。何況眼前立著水蔥似的人兒，黃鶯似的聲兒，包翩翩越罵得厲害，他們越聽越高興！個個斜甩著賊眼，涎著鬼臉，越一步步湊近前來。

只有其中為頭一個，老店東叫他馮大爺的這個人，綽號叫做馮鐵頭，是曹娥鎮上出名的一個惡霸，江湖上結納了幾個亡命之徒，鎮上也有不少狐群狗黨。不但懂得幾手拳腳，尤其是頭上練過幾年油錘貫頂，能夠把一塊磨盤大石攢上天去掉下來，用頭迎個正著，嗀托一聲，石塊粉碎，頭皮一點不傷。有許多無賴都被他這顆硬頭降伏，因此都稱他為馮鐵頭。

鎮上一提起馮鐵頭三字，個個嚇得大氣不敢出，而且馮鐵頭新近又得了一個靠山，越發凶焰十丈，看見頭面略整的女子，就要惹起是非來。白天同幾個無賴騎著幾匹馬，到蕭山去遊玩，半路上碰著包翩翩，原已垂涎欲滴，不料回到鎮上，又被撞見，跟到寓所來。這時包翩翩一挺身出來侃侃的痛罵了幾句，馮鐵頭心裡也犯了一陣怙惙，暗想平常女子哪有這個氣派？但是仔細一打量，嬌滴滴小鳥似的一個人兒，瘦怯怯嫩藕似的臂，俏生生水紅菱似的小腳兒，背後立著的漢子也是憨頭憨腦的一個鄉下人兒，也未見得有多大神通。像這樣的外來雛兒還不是就口的饅頭，難道被她三言兩語就嚇住了不成？

這樣心裡一轉，便兩手一攔眾人，仰天打了一個哈哈，凶睛一瞪，一邁步走近台階兒，狂笑一聲道：「我的小姑娘，你也不打聽打聽曹娥鎮上馮鐵頭的大名兒。依我說，你趕快趁風收帆，叫你背後的傻哥兒脖子一縮，夾著屁股滾得遠遠兒。你乖乖的陪大爺喝杯酒唱個小調兒，大爺一高興，也許賞個千兒八百，」下面的字還未說出，猛聽得包翩翩背後焦雷價一聲大喝：

「狂奴休得無禮，看掌。」話到人到掌也到，只聽得劈拍一聲脆響，馮鐵頭的左頰上早已結結實實著了一掌。

這一掌又把馮鐵頭打得一個發昏，鐵塔似的一個身子突，突，突往後直攢過去。身後正有一個紅眼歪鼻的同黨首當其衝，被他身子一撞，啊呀一聲，往後便倒。不料後面還有一個晦氣的老店東，正急得像熱鍋上螞蟻當口，冷不防被紅眼漢子一個後仰，卜通一聲，壓個正著。

兩人一倒，那馮鐵頭便扎手舞腳的壓在他們兩人上面，頓時像糞蛆一般，糾結了一堆。階下還有四五個無賴，一看頭兒吃了這個大虧，愣頭愣腦的大喊一聲，直奔高潛蛟來。這時包翩翩正想出口悶氣，不待高潛蛟出手，早已雙足微點，跳下台階喝一聲：「來得好！」玉臂一分，兩個無賴早已向左右直跌出去。

迎面一個，看得風頭不對，正想轉身跑掉，包翩翩何等迅捷，金蓮起處，正踢在那個屁股上，拍的一聲，把他整個人像氣球般踢得憑空飛上屋簷。巧不過破屋簷上正有一個晾東西的鐵鉤宕在外面，他跌上屋簷，又骨碌碌滾下來，嗤的一聲，衣服裂開，恰恰被那具掛鉤鉤住，整個身子就懸空橫掛在屋簷口，只嚇得他魂靈兒直冒，沒命的喊「我的媽呀！」

兩個平跌出去的無賴，大約也跌得不輕，伏在地上，只有哼哼的份兒了。唯有那馮鐵頭，冷不防吃了一掌，雖然打得金星亂迸，恰喜跌在人堆上，掙扎起來，把頭像博浪鼓似的一陣亂搖，猛一抬頭，凶睛一瞪大喊道：「暗箭算人，算得了什麼？今天馮大爺同你沒有完。」說罷，居然拍的一跺腳，使了個旗鼓，指著高潛蛟喊道：「小子，你來，你來。」包翩翩聞聲一回頭，猛見馮鐵頭這副怪相，幾乎要笑出聲來。

你道為何？因為這時馮鐵頭半邊面孔黑裡泛紫，腫得像豬尿泡一般。大約這一掌打得他半邊麻木，自己兀自不覺得，還要擺個紙老虎，惹得包翩翩又好氣又好笑，就要趕過去收拾他。卻已被高潛蛟搶在先頭，立在馮鐵頭面前笑嘻嘻的說道：「你且看看你們幾個同夥是什麼光景？依我說你趁早不要現世，還不如乖乖的把你同夥扶回家去休養休養，比什麼都強。」

原來馮鐵頭真個被一拳打昏了，鬧了半天，連屋簷掛著一個、地下躺著兩個，還有被他壓在底下的幾個，直到此刻被高潛蛟一提，才用一隻沒有打壞的眼四面探了一下。這一下看清，立時心裡卜通一跳，急得冷汗直流，知道今天碰到硬角兒扎手貨了。最難受的，自己兀自擺著一個紙老虎的架子，無論如何也不好意思收回來。而且平日馮鐵頭的威名鎮上誰不知道？這樣出去，以後只好遮著臉走路了。馮鐵頭這時心裡那份難受也就不用提哩，而且他四面一弄清楚，半邊腫的臉也同時又熱又痛起來了，痛得他眼淚都要掉下來。

高潛蛟看他這副怪相，忍不住笑道：「還想什麼心事？快替我滾吧。」不料這一句話，卻把馮鐵頭平日的凶野性子又撩上來，心裡一橫喝一聲：「不是你死，就是我活！」猛的把頭一扎兩足一墊勁，瘋牛似地向高潛蛟胸前撞來。這一手原是他的看家本領，以為手腳不如人家，這顆頭也許可以保全一點面子，趁人家不防當口，抽冷子一下扎去，也許得手。

哪知他主意雖妙，禁不住人家是個大行家，說時遲那時快，一顆鐵頭還沒有到人家胸口，卻被高潛蛟微一側身，一轉身左臂一舒，隨勢一圈，正把這顆鐵頭夾在脅下，右手駢起兩指略微運了一點內勁在他頭頂上輕輕敲了那麼兩下，馮鐵頭殺豬般的喊了起來！

高潛蛟笑道：「原來鐵頭也不過如此。」邊說邊又彈了一下。

這一下馮鐵頭可真受不住了，只覺自己頭頂迸裂似的滿眼金星直冒，而且項頸夾在人家脅下，宛如一柄大鐵鉗把他鉗住漸漸往裡收縮，氣都吸不過來，眼看就要送命。嚇得他沒命的求饒道：「我的祖宗，我的老祖宗，你手下超生吧，俺們也不敢了。」

高潛蛟一眼看得老店東和兩個醉漢兀自在地上喘著氣亂滾，好容易掙扎起來，一看四面情形，又嚇得一齊跪在地下向高潛蛟、包翩翩亂拜，替馮鐵頭等求情。照包翩翩意思還要懲治一下，高潛蛟卻不願做得忒狠，一鬆手卜通一聲，馮鐵頭一個狗吃屎跌在地下，忍著痛滿面含羞的爬起來便往外跑。

高潛蛟笑喝道：「站住！」

馮鐵頭已是驚弓之鳥，這一喝又嚇得他一哆嗦，慌立定身轉過來。高潛蛟笑道：「虧你做一個狐群狗黨的頭兒，自己得著命就想一溜了事，難道你不要夥計們嗎？」馮鐵頭沒法又回過身來，同那個沒有跌壞的同伴把地下躺著的傷漢一人一個扶了起來。抬頭一瞧屋簷上掛著的一個，卻你看我我看你沒有法想。

包翩翩看了這種膿包相，禁不住冷笑一聲，一聳身便飛上屋簷，再一俯身輕舒玉臂，就把掛著的漢子用兩指鉗住衣領脫出鉤來，隨手向庭心一撩。這一撩，眾人大驚，高潛蛟不慌不忙一邁步舉手一托，便輕輕托住放在地上。老店東慌跑過去扶住那漢子，已是奄頭搭腦，面如白紙，這樣三人扶著一個，活似看病似的扶了出來。老店東好容易把這般凶漢扶出門外，又向馮鐵頭講了許多好話，賠了許多不是，然後哭喪著臉，回到院子內，一見高潛蛟、包翩翩便捶胸頓足大哭起來。

這一來倒把他們二人吃了一驚，不知他為了何事這樣傷心。高潛蛟再三問他，他遂說道：「客官們哪知道這曹娥鎮上的事？這般凶煞今天雖然吃了客官們的虧，怎肯甘休？況且這般凶煞新近還得撐腰子的人，此刻回去必定弄出事來。客官們強煞是個孤身漢子，俗語說得好，強龍不鬥地頭蛇！客官們不如趕快動身，遠離這是非之地。老漢已是望七的人，死在他們的手上也不算什麼。」說罷又抽抽噎噎的哭了起來。

包翩翩一跺腳喝道：「老人家休得驚慌！既然如此，俺們倒要多耽擱幾天，會一會這曹娥鎮上的人物了。萬事有俺們替你作主，絕不教你吃虧便了。」

高潛蛟問道：「你且不要哭啼，這般人究竟是何路數？替他們撐腰子的人究竟是誰，有多大勢力？你且講來俺們自有辦法，絕不教你為難便了。」

老店東抹著眼淚哭道：「客官們哪裡知道，我們這曹娥鎮從南到北也有三四里路長，鎮上少說也有五六百戶人家。在鎮的南梢，靠著曹娥江岸有一個極大的寺宇，叫做華嚴寺。據古老傳說還是南宋時代敕建的，寺內有三百多間瓦房，一百多位僧人。自從三年前來了三位大有來歷的和尚到了華嚴寺內，不到一個月光景就做了寺內方丈。

「據人傳說這和尚是江寧單軍門的好友，本省的大官也常同他來往，因此勢力煊赫。鎮上商民誰也要當他佛爺看待，有幾戶官紳還時常到他寺裡去同他稱兄道弟，巴結上司般巴結他，因此這和尚就做了曹娥鎮上的天字第一號人物。還有人說這位方丈一身好功夫，寺內二百多位僧人現在也都換了他的親信黨羽，都有幾手拳棒功夫。每待更靜夜深，江邊一般漁戶，常看到三山五岳的人物像飛鳥一般飛進廟去，也不知廟中幹什麼事。但是這位方丈面長面短，我們也沒有見過，只聽人傳說，這位方丈並不是好路道，鎮上許多惡霸流氓，像馮鐵頭等便投入寺內做了他們走狗。

「自從這位方丈到來，距鎮四五十里以外，時常聽說官紳人家的小姐和民間有姿色的少婦，無緣無故會把人丟失，隱隱約約聽到是這寺裡做的把戲，因為在鎮北頭也有一家宿店，也是寺裡的房屋。去年冬天，有一家路過的富商帶著一家少眷，因為江中風雪太大，就帶著家眷到那宿店住了一宵，不知怎的，住了一宵，就把那富商千嬌百媚的一位姨太太丟失了！那富商人生地不熟，雖然在地面官府上遞了一張稟帖也弄得毫無結果，只有認了啞巴虧，垂頭喪氣的回去了。但是鎮上一般多嘴的人都悄悄傳說是馮鐵頭做的引線，被寺裡的僧人做了手腳去了。」老店東說到此處，猛然一個寒噤，用手一掩嘴唇，回頭向後一看，好像背後有人似的嚇得哆嗦起來。

高潛蛟、包翩翩正聽得有點意思，忽然看他做出這副神情出來不知為了何事？包翩翩忍不住問道：「怎又不說下去呢？」

老店東顫巍巍的說道：「客官們哪裡知道，今天老漢也是不得已盡情說了出來，只要客官們無事，老漢這個年紀死在他們手上也不足惜的了。」高潛蛟知道話中有話，越發催著他快說。

老店東一跺腳，唉的一聲先歎了口氣，忽然說道：「是非都為多開口，我也管不了許多了。那富商丟姨太太的一檔事，鎮上人便疑心到華嚴寺裡的和尚。哪知頭一天多嘴的人說了幾句，是晚這人就被人殺死拋入江中去了。從此以後，鎮上的人再也不敢提起這事，看見馮鐵頭等也越發敬如鬼神了。」

高潛蛟、包翩翩聽到此處，一齊口中哦了一聲道：「原來如此。這樣我們倒真要多耽擱幾天了。」

老店東一聽這話頓時急得滿頭大汗，連連哀求道：「客官們前程萬里，何苦為了別人的事惹火燒身？再說老漢這條老命雖不值錢，還有兩個小孫兒在面前教我怎放得下呢。」說罷竟抽抽噎噎的又哭了起來。

包翩翩不作聲，一轉身進房去拿出一錠元寶來，約莫也有五十兩重，立時遞與老店東道：「你有了這些銀子，也可以帶著你兩個孫子到別地方生活去。你如果害怕的話，你先暗暗逃走，讓我們在這兒住幾天便了。」

老店東手上捧著爭光耀目的元寶，幾乎疑惑在做夢，半晌做聲不得，猛然喜極而跪，撲通跪在地上，朝著包翩翩老母雞啄米似的叩了無數響頭，手捧著元寶立起身來，顫巍巍的說道：「老漢活了這大年紀，想不到世界上竟有兩位這樣的好人。老漢本是諸暨包村人，因老漢故去的妻房是此地人才入贅在此的。哪知到了現在非但老妻早已去世，連兒子媳婦都一病身亡，只剩下老漢同兩個幼孫在此苦度光陰了。」

包翩翩一聽他是包村人，笑道：「你還想回包村嗎？」

老店東道：「說起來老漢在包村也有村支親族，在包村最有名的包立身還是老漢的近房侄子哩。」

包翩翩啊呀一聲，慌向老漢福了福道：「這樣說起來真是一家人了，姪女就是立身的妹子呀！」老店東又驚又喜，立刻把兩個孫子叫出來，命他們叩見包翩翩。

這時高潛蛟笑道：「現在時已不早，既然你們是一家人，越發好辦了。依我之見，老丈也不必立刻逃避，有我們在此不必害怕。現在我們這樣辦，今晚三更時分我一人到華嚴寺內去探一個落實來，如果那方丈確是害人的凶物，我們就見機行事把他除掉，以免一方受害。如果沒有這回事，我們依然走我們的，包老丈準定同我們一塊兒走好了。橫豎明天就可分曉，也無非多耽擱了一晚的功夫罷了。」

包翩翩道：「好，我們準定如此。不過到了晚上，我也同你到寺裡去看一看。」高潛蛟點頭應允。

於是老店東在包翩翩房內點起燈火，又到街上買了飯米小菜回來整治好了端進房來。高潛蛟也把桌上饃饃熟食攤開來，老店東同他兩個孫兒一起吃，老店東兀自不肯坐下，包翩翩道：「現在是一家人了，你又是我的長輩，何必如此？快坐下來，我們還要談正事哩。」於是三人和兩個小孩吃過了飯收拾好桌面，包翩翩、高潛蛟依然拉著老店東坐在房內細問那華嚴寺的情形。

正談得高興，高潛蛟猛聽得屋瓦上微微的一聲響，倏的一抬身卟的一口把燈吹滅，包翩翩也把包裹內一柄寶劍抽出來，卻回身在包店東耳邊悄悄囑咐道：「你不要害怕，盡管在此坐著不要作聲。」包店東不知為了何事，只嚇得全身發抖起來。

這一忽兒工夫，高潛蛟已赤手空拳飄身出房，在過堂暗處，一矮身向對面屋上一看，便見一人渾身純青，背上插著亮晶晶的一把鋼刀，狸貓似的伏在瓦脊上。一忽兒又見哧的一聲，從這邊屋上又跳過去一個人，也是一身青，手上卻提著一把鬼頭刀，過去同那伏在對面瓦脊上的人，附耳不知說了什麼話。

這時包翩翩已出來，一見屋上有人，忍不住霍的一個箭步，竄至院內，抬頭喝道：「何方小輩，敢來辱惱，快快滾下來領死！」喝聲未絕，猛聽得屋上巨雷似的喝一聲：「看老爺的法寶！」便見哧哧兩聲，兩道白光向包翩翩面上射來。

包翩翩劍交左手，身如旋風般一轉，右手一起，奇巧地把兩支鋼鏢一齊綽在手內。鋼鏢接住，黑影一閃，屋上人早已跳下一人來，舉刀就剁。包翩翩一轉身，隨勢劍交右手，向上一橫逼住來刀，喝聲：「賊子通名，姑娘劍下不死無名之鬼！」

來人哈哈一笑道：「成親時節通名未晚。」翩翩大怒，玉臂一翻，一個順手推舟直向來人脖子抹去。那人一退步，運刀如風，便同包翩翩大戰起來。

高潛蛟看清包翩翩交手的人功夫頗也不弱，卻因注意著屋上還埋伏著一個人，不便過去幫助，正想竄上屋去先把那人制住再說。哪知心裡剛一動念，屋簷口刀光一閃，哧的飛下一人來便舉刀夾攻包翩翩起來。高潛蛟大怒，一跺腳從過堂中直竄院子內，一矮身雙拳一擺就向最後飛下的人攻去。那人覺得腦後風聲，霍地一回身，一看灰樸樸的一個村漢竟憑著赤手空拳打將人來，以為這人定是急得命都不顧了。

那賊人看出便宜，把一柄雁翎刀一挺，一邁步便向高潛蛟分心刺來。高潛蛟哈哈一笑並不後退，待刀臨切近，霍地一閃身，刀便落空，刀光向左脅外過去，就在這一刀刺空，賊人身子望前一俯之際，高潛蛟駢起兩指，向賊人腰後只一點，就聽得噹的一聲響，單刀落地，賊人一個狗吃屎，跌在地下便起不來了。

在這風馳電掣的一剎間，那邊使鬼頭刀的賊人，原非包翩翩敵手，一看同夥遭擒，格外心驚膽顫！不待高潛蛟近前，慌不迭虛掩一刀，飛上屋簷逃走。包翩翩一縱身上屋便追，高潛蛟恐怕她一人有失，也跟蹤跳上。兩人一上屋脊，賊人已不知去向。四面一看，這所宿店因為在市鎮盡頭，同別家的屋頂並不連接，而且一面是江兩面是荒野荒田，就是靠市鎮一面，也在三四丈外才有房屋。高潛蛟道：「咱們人地生疏，還是不追為是。」

包翩翩一想，在市鎮提刀追人也不是辦法，說了一句便宜這個賊子！也就一同跳下屋來。一看地下躺著的賊，兀自像死去一般，高潛蛟道：「這賊子被我點了暈穴，一時不會醒轉，我們且回房看一看包老丈，他們一老兩小早已嚇得半死了。」包翩翩一笑，先自跳進中堂，還未進室先高叫道：「兩位小弟弟不要怕，賊人已被我們趕跑了。」

包翩翩這樣一喊，房內卻靜悄悄的無人答應，包翩翩、高潛蛟都以為他們嚇得做聲不得。兩人一邁步走進房內，猛的一股血腥氣味衝入鼻管。包翩翩喊聲不好！卻因房中燈火先已吹滅，一時看不出所以然來。高潛蛟一抬頭又見床後的一重後窗卻已開著，吹進野風來，可是巧逢著這天晚上無月無星，窗外也是黑漆漆的透不進光來。高潛蛟慌三腳兩步在四面尋摸火種，卻不料腳下被一件東西一絆，幾乎直跌出去，忙俯身一摸著毛茸茸的鬍子，而且還沾了一手濕咻咻的東西。

高潛蛟吃了一驚，明知出了事，卻不料包翩翩也驚喊道：「不好了，他們被賊人害死了！他們一老兩小都殺死在地上了。」包翩翩驚喊之際，高潛蛟已尋著火種，把桌上一盞油燈和一枝紅蠟一齊點明，便見地下赫然倒著一個老店東兩個孫兒。老店東喉上還插著血汙的一柄牛耳尖刀，兩個小孫子身上也是一人一個血窟窿，兀自汩汩的流出血水來，流了一地。

這一番慘狀，高潛蛟、包翩翩雖然見多識廣一身本領，也是傷心怵目不忍再看。包翩翩掩面哭道：「這三人還是我的本族，卻不料都被我一人害了。萬事都從我身上起，我雖不殺伯仁，伯仁由我而死。」說罷又咬牙頓足道：「我不殺盡這般賊子替死者報仇，誓不回家。」

高潛蛟雙眉緊皺，歎了一口氣道：「老的老，小的小，同賊人有何仇恨，竟忍心下這樣毒手，世界上還有好人過的日子麼？但是兩個賊人一擒一逃，並不見第三個賊人，到房內行凶的又是哪一個呢？」

包翩翩含淚向後窗一指道：「來的賊人定不止一個，俺們地理不熟一時大意，沒有顧到這窗外，卻生生把這一老兩小性命送掉了。」包翩翩猛然想起院子裡還躺著一個賊人，柳眉一豎，倒提寶劍便向房外走去。高潛蛟慌忙把桌上燭台拿在手中，也跟出門外。

一見包翩翩正舉劍向地下賊人刺去，高潛蛟心裡一急大喊道：「包妹且饅，愚兄還要審問他哩！」包翩翩猛一轉念也自覺悟，便收住劍，一俯身把賊人提進中堂來。高潛蛟先把手上燭台放在中堂破桌上，再從房內尋了一根粗繩，把地下躺著的賊人反剪二臂，連手帶腳一齊捆縛停當，捆縛之際無意中把賊人頭上包巾拂下，卻露出一個受過戒的光頭來，細看這賊人面目，獐頭鼠目，顴骨猴形，一派奸凶之相。

這時包翩翩也把院子裡賊人掉的那一柄雁翎刀拿進堂來，指著賊人道：「看他這副賊相，定是華嚴寺內的凶僧，逃走的一個，當然也是賊禿無疑的了。」

高潛蛟笑道：「且待我來問他一個仔細。」說罷一蹲身，隨手向賊人脅下一點。

那賊人猛的手腳一動，哎呀一聲，睜開一雙鼠目骨碌碌四面亂瞧。

高潛蛟喝道：「做了出家人還不安本分，膽敢黃夜持刀行凶，諒你有多大能耐也想來此搗亂！現既被擒，快從實招來，到此何為，何人所使，你們同黨共有幾人，殺死此地店東老小的是誰？快快招來我們或可放一線之恩，饒你一條狗命。如有半字虛言，立時叫你身首異處。」

高潛蛟喝畢，包翩翩早已舉起鋼刀架在賊和尚脖上。

那賊禿一看自己已被人綁在地上，房內一股血腥味兒直衝出來，肚內明白，同夥殺了店東逃走，自己難逃公道，兀自硬著頭皮喊道：「老子坐不改姓行不改名，小猢猻朦朧僧便是！要殺便殺，不必多言。」

高潛蛟冷笑一聲道：「像你這種三分不像人，七分不像鬼的無名小卒，也配口出狂言，真也太不自量了。」一面說一面平舒兩指，向賊禿寸關尺的脈上一鉗，那賊禿頓時痛得腕臂欲折冷汗直流。咬著牙忍了一回，無奈手腕上愈掐愈緊，全身筋絡都痙攣起來，比死還難受萬分。

實在吃不消了，直著脖子大喊道：「我招了，我招。」

高潛蛟手指一鬆，喝道：「快講！」那賊禿痛得全身麻木，半晌才說道：「俺們到此係奉華嚴寺的方丈所差，說是此地有一男一女兩個過路客商，男的叫俺們當場刺死了，女的捆進寺去待方丈自己發落。俺們也不知道你們同俺們方丈有何怨仇，原是馮鐵頭到寺來報告的，便是俺們到此，也是馮鐵頭做的引線。」

包翩翩一跺腳道：「這樣說來，從後窗掩進來殺死一老兩小的，定是那萬惡的馮鐵頭。被俺拿住時定把他碎屍萬段，才洩俺心頭之恨。」不料包翩翩心裡一恨，一跺腳，那小猢猻朦朧僧可受不住了，原來包翩翩手上一柄雁翎刀還點在朦朧僧脖子上，而且刀鋒正對咽喉，包翩翩心裡一恨身子一動，那刀鋒何等快利，自然而然的刺進小猢猻脖子裡去了。小猢猻大喊一聲饒命！包翩翩才覺得，慌把刀提開，小猢猻咽喉上已刺進一寸多深，嗤嗤的直冒鮮血。

高潛蛟怕他立時就死，慌一俯身提著賊禿耳朵喝道：「你們方丈是誰？快說。」小猢猻朦朧僧業已兩眼上翻，堪堪待死，被高潛蛟一提耳朵一撼身子，有氣無力的說了一句「醉菩提」。這三個字的聲音卻不從口裡出來，是從脖子下發出來的，而且聲音小得像蚊蟲一般。說出了這三字以後，四肢兩拳，喉頭又嗡嗡的一聲，便真個死去了。

高潛蛟知道包翩翩無意中手上一動，刀鋒深入刺破喉嚨，自然難活了。但是小猢猻臨死說出方丈是醉菩提，不覺呵呵大笑道：「踏破鐵鞋無覓處，得來全不費功夫。想當年俺奉三師兄五師兄的命，帶著太湖號旗到靈巖寺尋得四師兄，經過赤城山被醉菩提狹路相逢受他凌辱。幸而三師兄、五師兄隨後趕來，否則俺真要不堪設想了。不想經過這許多年，這賊禿驢又在這曹娥鎮上胡作非為，既然這樣，我們倒要會他一會。可惜這位老店東已死，沒有做嚮導的人。但是他說過那華嚴寺在市南梢盡頭，也容易找得到的。現在我們且把這幾具屍首料理停當再說。」

包翩翩道：「我們沒有掘土的傢伙，一時怎能把這幾具屍首埋起來呢？」

高潛蛟一想，確實有點為難，如果用兵器起磚掘土，就在院內埋藏，這一耽擱，天已快亮，也不用到華嚴寺去了，兩人因此左思右想，實在想不出妙法來。兩人正在中堂商量之際，忽聽對面屋上有人大喝道：「深更半夜謀財害命，該當何罪？」喝聲未絕，颼的跳下一個人來。

高潛蛟、包翩翩大驚，一齊竄出堂外看時，只見一個虬髯大漢，左臂夾著一人，向他們呵呵大笑道：「你們商量的好主意，俺都聽明白了。」

兩人仔細一瞧俱各喜出望外，原來甘瘋子到了。他脅下夾著的人也不是別人，正是從後廳掩進來刺死老店東祖孫的馮鐵頭，高潛蛟、包翩翩慌躬身為禮笑問道：「二師兄怎的知道俺們在此，又把這賊徒拿住呢？」甘瘋子一笑先不答言，左臂一鬆，馮鐵頭撲通跌在地上。高潛蛟、包翩翩俯身看時，馮鐵頭已七竅流血死在地上了。

甘瘋子笑道：「這樣膿包，也來現世。」便向高潛蛟、包翩翩說道：「你們走後我也隨後動身，一路慢慢行來。今天到了此地天色已晚，先在鎮上一家酒店喝了幾杯，沿路貪看江邊夜景向這面市梢走來。我也不知道你們還勾留此地，無非想找一處乾淨宿店罷了。不料我看得江岸幾隻漁船燈火熒熒，一家老老小小都在船頭傳杯交盞吃得非常快樂，一股酒香兀的撲上岸來，引得我饞涎欲滴。我不管好歹，掏出一錠銀子鐺的擲進漁船，便跳下船去作個不速之客。

「不料這家漁船上一個老頭子也是杯中同志，且個性豪爽非凡，趕開子女竟同俺在船頭上痛飲起來。幾杯入肚，那老頭子滿腹牢騷便開了話匣，把鎮上華嚴寺醉菩提怎長怎短講與我聽。我一想醉菩提怎也在此，想是單天爵那面沒有他存身之地了，否則另有歹主意也未可知。當時我只聽那漁翁信口開河，直吃到三更時分，那漁翁醉得仰天合地，一頭鑽進艙中竟自呼呼大睡。俺覺得也非常有趣，便又掏出十幾兩碎銀送與漁翁的子女們，縱身跳上岸來。不料月黑星稀竟走差了路，不知怎的繞到這屋後來了。

「猛見屋後竹園內跳出一個人來，俺一看神情不對，隨手一撩便把他夾在脅下。正想問他，忽又聽得屋中有兵器相擊聲音，便夾著人從竹園內縱上屋來，正看到你們兩人追失了賊人跳下屋去。俺一見你們還逗留在此，便知其中另有文章了，且不下來聽你們講些什麼。萬不料你們因為醉菩提而且累及了此地店東，再不料你們殺了人，我也無意中把這人生生夾死了。」說罷呵呵大笑不止。

於是三人走進中堂，包翩翩從房內搬出幾張破椅子來彼此坐下，高潛蛟便把馮鐵頭見了包翩翩起的禍因怎長怎短說了一遍。又說到幾具屍首沒有法想，預備到華嚴寺會會醉菩提的話也說個仔細。甘瘋子略一思索，猛的一抬身說道：「好，我們一塊兒上華嚴寺去。你們既然動了手，又逃走了一個徒黨，醉菩提一肚壞水定不甘休！準定我同你們去走一趟。此地幾具屍首我有法子，你們且把隨身行李收拾俐落，在屋上等俺便了。」說罷從懷內取出一瓶藥粉來，用指甲挑了一點，分彈在房內屋外幾具屍首上。

包翩翩吃驚道：「甘師伯用的是化骨丹麼，但是……」

甘瘋子道：「我知道你的意思，在你以為用化骨丹對待好人似乎慘一點，其實不然。一個人死了以後總要化為塵土的，好人與壞人的分別不在一具臭皮囊，完全在靈魂上。其中道理玄妙得很，你們還不到領悟的時候。」

甘瘋子這樣一說，包翩翩自然不敢多說。但是在這說話之間，包翩翩、高潛蛟一看地上幾具屍首已漸漸縮小，縮得像初生小孩子一般，最奇衣服並不變化，活似蟬蛻一般鋪在地上。包翩翩用劍一挑衣服，輕如無物，一會兒連縮成小孩般的形體也模糊難辨了，最後地上毛髮全無，只剩了一灘黃水，到房內一看也一般無二，同時化掉。

甘瘋子拾起一柄雁翎刀，把幾具化掉屍首上面的衣服挑在一起，再用火燒得一縷不剩。然後把化骨丹塞在懷內，笑向高潛蛟道：「我從來不用這些東西。最近飛龍師太親自製煉了十幾瓶送到堡中。我看得此物也有用處，便帶一瓶在身上，不想來到此地就用著它了。」

包翩翩笑道：「原來是我們師父的東西。甘師伯不知道，這化骨丹也不是飛龍師父的，原是白飛燕從北京大內中偷出來的。據白飛燕自己說還有許多奇怪的藥物，連製造秘法的書都一齊拿來。據她說皇宮內苑的嬪妃和太監無惡不作，常用這東西殺人的，所以姪女一見就認識。」

高潛蛟笑道：「我正奇怪，這種東西我還是第一次看到，怎的你能一見就叫得出名呢？原來其中有這些曲折，這就無怪其然了。」

甘瘋子笑道：「時已不早，我們快走吧。」說罷，先自一縱，飛上屋面，高潛蛟也飛身而上。只有包翩翩立在房門口對著房內愣愣的出了一回神，暗暗的掉下幾點眼淚，才走出中堂跳上屋來。

三人施展夜行飛騰之術，向鎮南華嚴寺奔去，一忽兒到了南頭市梢，只見江面矗立著一座十三層的高塔，塔前便是巍峨大殿。大殿四周飛樓傑閣，一層層的建築得輝煌異常，塔後又包圍著幾百間大小屋宇。從外面打量這所華嚴寺雖比不上天台靈巖寺的崇煥偉大，卻與寶幢鐵佛寺相仿，且比鐵佛寺裝飾得金碧華麗。大約醉菩提花言巧語，從遠近官紳處捐募重修的了。

甘瘋子等三人縱上華嚴寺圍牆，向內一看，正見大殿內燈燭輝煌，耀如白晝，擁出許多人來，因為相距太遠看不清面目。只見許多光頭中有十幾個短衣紮袖青布包頭的人，同已死的朦朧僧一般裝束，卻見這十幾個人背上都插著明晃晃的兵刃，火雜雜向山門外走出。

高潛蛟低聲道：「這般人定是得著逃回去禿驢的報告，又仗著人多趕到宿店去打回頭陣的。」

甘瘋子道：「讓他們去撲一個空，我們不要被他們望見，就此直搗巢穴，找醉菩提去。」說畢甘瘋子領頭，三人又回身跳落牆外，鷺行鶴伏的沿著圍牆走了一箭路，約莫已到大殿後面，復又一齊跳上牆頭，低頭一看，下面一片漆黑，甘瘋子眼光一攏用神細看，才分辨出大殿後面還套著兩層殿宇，後面房屋都被殿屋遮低，所以看不出燈光來。甘瘋子一伏身哧的飛上殿脊，高、包二人也跟蹤飛入，又躍過幾層屋脊才見下面高高低低的僧寮內一顆顆燈光像繁星般從門窗內映射出來，一道曲折的走廊都掛著一盞盞明角風燈。

猛聽走廊盡頭托、托、托、鐺、鐺，鐺敲著更鑼，一聲一聲的從大殿面前敲過來。甘瘋子道：「俺們不如飛上走廊跟敲更的進去，便可得著醉菩提所在。」不料甘瘋子還未動身，又見走廊內火炬通明人聲雜遝，從外一擁走進許多人來。高潛蛟遠望過去，頭一個身軀偉壯高視闊步的和尚便是醉菩提，後面跟著無數光頭都是面目猙獰之輩。

甘瘋子、包翩翩未曾見過醉菩提，經高潛蛟暗地一通知，三人悄悄飛上廊頂，一伏著身，暗聽下面人聲漸走漸近，只聽醉菩提高聲說道：「想不到那兩個外路雛兒竟也有幾手，連朧僧也跌翻在他們手內。偏俺今晚有貴客到來，否則俺也要跟他們去看看那兩個東西究竟是何路道。」

後面有人搶著說道：「你老人家請安，割雞焉用牛刀，就是他們鐵打的金剛也禁不住俺們人多手眾，何況去的十幾位師兄都是俺們寺裡數一數二的，保管手到擒來，朦朧僧定也一塊兒回來的了。」下邊的人一面說一面向內走了進去。

上面甘瘋子等三人也亦步亦趨跟著進去，只見下面一般人，長廊走盡，醉菩提忽然叫他們立住吩咐道：「今天來的這位貴客非同小可，我們有許多機密要事商量，你們不聽呼喚不要進來。你們去叮囑今夜上班的當心一二，他們回來時在二殿內休息，等我出來主張便了。」

他吩咐畢，一般禿驢個個諾諾連聲向後退了出來。忽又聽醉菩提回身說道：「你們叫一個人來，吩咐廚房預備好上等酒肴，快送進俺的靜室來。」下面又是喳喳的幾聲，卻見醉菩提大袖一揚走進一重月洞門內去了。

第四一章　寶劍化龍

甘瘋子知道高潛蛟輕身功夫差一點，權且伏在廊上，等下面一般禿驢分頭散盡，才拉著高包二人向前飛行從長廊盡頭跳上月洞門牆上。向內一看，原來門內是個花圃，居然也有幾迭假山幾株古柏頗為清幽。從假山後面露出幾道燈來，隱隱從屋內發出笑聲。

甘瘋子首先跳下，越過假山向高、包二人一招手，二人跟蹤而下。只見假山後面又顯出幾楹微微的樓房，樓上樓下燈光通明，樓前階下鵠立著兩個佩刀的青年和尚，樓上中間的窗戶齊開，看出醉菩提正同一個道家裝束的對坐談話。

甘瘋子眉頭一皺計上心來，拉著高潛蛟附耳數語，便一撩衣襟，兩足微點，便像青煙似的直上樓頂。這一手不要說階前立著的兩個和尚白瞪著眼看不出來，便是包翩翩自以為輕身功好，很有幾層功候，此刻一看甘瘋子從百步以外斜飛上樓，比鳥還疾比棉花還輕，真可說來無蹤去無影，實在有點望塵莫及。高潛蛟慌暗暗知會了包翩翩，兩人便一左一右借著樹木的遮蔽慢慢溜到樓屋兩邊。

包翩翩也竄上屋去，高潛蛟卻不敢直上樓簷，恐怕有點動靜被人察覺，先縱上了一株同樓側接近的古柏，縱了上去狸貓似的蹲在樹上靜觀樓中動靜。

這時下面幾個香火和尚搬進一桌酒菜來，送到樓上又退出去了，樓上高談闊論的吃起酒來。樓下兩個青年和尚蹲在台階上，卻像石獅子一般一邊一個竟抱頭打起磕睡來了。高潛蛟向上一望，卻看不見甘瘋子、包翩翩的動作，心想我何不如是如是。於是輕輕溜下樹來轉到正面樓下，躡足走上台階，冷不防兩手一分向兩個青年和尚腰下一人點了一下，這一來兩個青年和尚依然紋風不動的蹲著，卻一時半時醒不了的。高潛蛟把兩人點了睡穴正想進屋去，驀覺身後有人。

一回頭卻是包翩翩，只聽她悄悄說道：「甘師伯在樓上已看清楚樓中道裝的不是別人，正是洞庭君柳摩霄。且已聽得他們兩人講的話與俺們很有關係，特地叫俺下來知會一聲。甘師伯另有主意，叫俺們兩人把一僧一道引到寺外便沒有俺們的事了。」

高潛蛟笑道：「他這是什麼主意？」

包翩翩笑道：「甘師伯定有妙計在胸，把他們引出來只我一人就夠用了，你先在外邊等我吧。」

高潛蛟一想，這樣我不是白來一趟？一轉念忽又向包翩翩耳邊匆匆一說，包翩翩連連點頭，高潛蛟便獨自退到月洞門口，一縱身出外去了。

這裡包翩翩一翻手從身後掣出寶劍，先向睡得死人一般的兩個青年和尚開刀，只略略一揮，便掉下兩個光頭來。包翩翩一俯身拾起了一個腦袋走下台階，猛的一縱身跳上窗口隨手把腦袋向席上扔去，嬌聲喝道：「賊禿驢賊妖道，請你們吃個新鮮菜兒。」這一來，樓中立時章法大亂。

你想醉菩提正同柳摩霄紅燭高燒杯酒聯歡，做夢也想不到窗外扔進一個鮮血淋淋的人頭來，而且奇巧把人頭扔在席中間一碗紅燒魚翅上面，殼通一聲血汁湯汁飛濺兩人滿頭滿臉，兩人都是老奸巨猾也嚇得直跳起來，慌一口把燭吹滅。向外一看，只見窗外一個嬌小玲瓏的女子身影一晃兩晃，已向外飛去。醉菩提這時面上真有點掛不住，大吼一聲，提起一枝禪杖跳出窗外，再跳落樓下平地飛也似的直向月洞門奔去。

不料那女子兀自立在牆上向醉菩提一招手道：「賊禿，死在面前還敢追來？」

醉菩提一聽此言猛的愣神一看，還猜不出這女子是何路道，卻聽背後一人喝道：「何處女寇膽敢來此討死？快通上名來，俺劍下不死無名之輩。」

包翩翩借著月洞門口幾盞風燈的光映到醉菩提背後一個人的臉上，只見這人一張長長的削瓜臉，兩道眼光倒也閃閃有神，穿著一身道裝頂著一具黃梁道冠，便知是洞庭柳摩霄。卻見他身上並未帶著軍器，還信口開河的說著劍下不死無名之輩的話，不覺暗自好笑，便也高聲嬌喝道：「諒你們這點毫末之光也敢口出狂言，你家姑娘既然敢單身到此，豈懼你們這些狐群狗黨？有本事盡管施展出來，姑娘可要少陪了。」說畢一轉身兩臂一張，一個白鶴掠雲勢便向前面長廊飛去。

醉菩提有了柳摩霄在身旁膽子頓壯，一振鑌鐵禪杖飛身而上急急追來。柳摩霄自然也一同追趕，幸而包翩翩飛行功夫很是不弱，換了高潛蛟真還被他們追過頭去誘不出寺去了。這樣長廊上一逃兩追早已驚起全寺眾僧，各個抄起傢伙，上屋的上屋搬梯的搬梯，立時喊聲震地火把耀天。恰好包翩翩已逃到山門圍牆上，一翻身便跳落寺外。

腳方立定牆上已立著柳摩霄，大喝道：「賤婢還不束手就擒，等待何時？」

包翩翩一聲不響拔腳就跑，向江邊奔去，謹照甘瘋子預囑計劃，背著寺鎮直向南頭大道上奔去，回頭一看，後面柳摩霄飛也似的趕來，最後醉菩提領著一般禿驢吶喊而來。

包翩翩腳步一緊，箭也似的又飛行了一箭路程。抬頭一看，前面一座不十分高的山嶺，嶺腳密雜雜的一片樹林，知道甘瘋子囑咐的地點就是此地了。便奔到林下霍的轉身立定，略自一按心神舉目向前觀看。

柳摩霄身法果是不凡，兩隻長袖宛如一隻長翅膀的怪鳥轉瞬飛到眼前，相離丈許遠近現出身來，用手一指呵呵大笑道：「賤婢，你還逃向何處？你以為逃入深林俺便不追了？哈哈，你也不想想這是什麼地方，你就是上天入地俺今天也要擒住你才罷手。你如知趣的乖乖束手就擒，道爺不為已甚，念你年輕無知可以替你向寺內方丈討個情饒你死罪。否則，哼，哼，道爺可就要動手了。」

包翩翩喝道：「休得胡言，看姑娘寶劍取你首級！」話到人到劍到，頓時劍光霍霍一個猿猴獻果的招數向柳摩霄咽喉刺去。

柳摩霄喝聲：「來得好！」慌一退步，反手向背後掣劍，不好了！背後坐臥不離的一柄貫日劍竟不知在何時丟失只剩一具空鞘了。柳摩霄這一驚非同小可！自己成名全仗「倚天」、「貫日」兩口寶劍，那口「倚天」劍在太湖被甘瘋子擊落，只剩一口「貫日」劍行坐不離帶在身邊，明明記得在寺內樓上吃酒並未摘下來，難道跳出樓窗時掉落不成？

他正在驚得神魂出竅心亂如麻，可是對面包翩翩的一口寶劍豈容他胡思亂想，在他一愣神當口，包翩翩趁勢一縱身呼呼一聲怪響，劍光像月闌一般向柳摩霄頂上繞去，這一手疾似雷電，換一個真還送了性命！

幸而柳摩霄也是數一數二的人物，一看劍招太快一時已來不及封閉，自己又是赤手空拳，只好一矮身在地上一滾滾出一丈許遠，才逃了命。雖是如此，在他矮身之際，只聽哧的一聲，頂上一具黃梁木道冠已連著髮根削去，若劍鋒略低幾分便會把他的天靈蓋揭去。這一下把柳摩霄嚇得一身冷汗！一時又恨又急又羞又怒，登時野性勃發，一跺腳大吼一聲凶神般趕將近來。

包翩翩看他來勢甚猛，但見他依然赤手空拳也不懼他，卻把一柄劍使得光華閃閃遍體梨花。哪知這次交手柳摩霄卻使出看家本領了，頭一次因為看得包翩翩是個小女子有何能耐，滿不放在心上，不料一疏忽便吃了大虧。此時怒氣上沖惡膽橫生，恨不得一口便把敵人吞下肚去，雙掌一分竟自鑽入一片劍光之中。

包翩翩同他走了幾個照面，已覺得柳摩霄確非無名之輩。自己仗著一口寶劍同他赤手空拳周旋，非但沾不到便宜，而且掌風颯颯來勢非輕，竟是著著都是煞手。如果被他一掌打上，立時送命！不得不處處留神。無奈柳摩霄畢竟棋高一著，兩掌翻飛愈來愈急，愈戰愈勇，實在難以招架。而且醉菩提也領著許多禿驢趕到，如果戀戰下去決難討好！慌覓著一個破綻，奮勇向後一躍，逃入樹林。

柳摩霄豈肯讓他逃走，一個箭步竄入林內，卻已不見包翩翩的蹤跡，正向四面搜尋，忽然嗤嗤幾聲怪響，柳摩霄大喊一聲不好！慌不迭掩面逃出林外。不料腳下慌忙又因黑夜還掩著面，正與趕進樹林的醉菩提撞個滿懷，到底柳摩霄功夫高深，把醉菩提撞得直跌出林外去。眾人慌把醉菩提扶起，向柳摩霄問道：「道爺這樣匆匆出來，端的為了何事？」

柳摩霄依然掩著面一手亂搖道：「我們快回去，此地逗留不得。」

醉菩提聞言吃了一驚，慌從別人手上奪過一個火把去到柳摩霄跟前，把他掩面的手一拉用火一照，頓時個個齊聲怪叫起來。

你道為何？原來柳摩霄一張削瓜臉上霎時長出了無數綠毛，足有兩寸多長，而且滿面一縷縷的血水順著綠毛直掛下來。醉菩提驚得怪喊道：「柳兄為何弄得這副模樣？」

柳摩霄連連跺腳道：「快走，快走，回寺再說！」

醉菩提這時心驚膽落，慌不迭拉著柳摩霄拔腿便跑，眾人自然一窩蜂跟了回去。不料正奔到寺門前，只見那邊如飛的搶過一窩人來，醉菩提一看，正是自己派去捉人的那般手下。一問所以，只見那為首幾個喘吁吁的說道：「我們奉命到了包老頭兒店內，跳進牆去四面一搜一個人影不見，只見房內外地上幾灘臭黃水，院子內又有焚化過的一堆衣服灰，不知何故？我們人既搜尋不著，想是畏罪逃走一時沒法再找，只好回來。萬不料一出店門，猛見一條黑影竄入咱們人叢內，只見他兩臂一分便跌倒了幾個，被他奪過一把刀去又刺死了一位師兄。俺們正想圍住他，卻見他哈哈一笑，冷不防把奪去的刀向人叢中一扔。俺們一見亮閃閃的參刀脫手飛來只好閃躲一下，這一閃避便被闖出圍去，連縱帶跳逃得不知去向。俺們無法，只好暫時先回來報告。」

醉菩提一聽這些話又是一驚，一跺腳恨恨的說道：「鬧了半天吃足了虧，連賊人姓名來蹤去跡都沒有弄明白，將來這個仇如何報法？再說這事傳揚出去，我們還能在此站腳嗎？」

眾人被他說得你看我我看你，做聲不得。柳摩霄本已舉步進了山門，一聽這話慌又回身向醉菩提道：「你且不要性急，我已知來人路道，且到裡面我自有主意。」

醉菩提一聽這話便不作聲，領著眾人進了寺內。先派了一撥人再到包老頭兒店外連夜把殺死的幾具屍首掩埋起來，免得被人看破。吩咐以後，才進後院靜室來看柳摩霄。

只見他自己動手已把面上綠毛拔淨，敷上隨身帶來的藥散。細看桌上拔下的綠毛原來一根根都是碧綠的松針，也不知怎樣會長在柳摩霄面上去的，不禁咄咄呼怪。柳摩霄冷笑一聲道：「太湖賊子欺人太甚，我誓必洗此恥辱。」

醉菩提吃了一驚，問道：「難道今晚來的賊人和包老頭兒店中的事，都是太湖幫做的手腳嗎？」

柳摩霄恨恨道：「誰說不是？連我一柄貫日劍也被他們偷去了。」

醉菩提慌向他背後一看，果然只剩了一個空鞘了。越發嚇得直冒冷氣，悄悄的說道：「這一來，我們的蹤跡又被他們知道，此地千辛萬苦打成的基業又要成了畫餅了。」

柳摩霄霍的一抬身喝道：「休長他人志氣，滅自己威風！一不做二不休，俺從此聘請四海能人同他們決一雌雄，如果勝不了他們，俺誓不為人了。」

醉菩提想了一想又說道：「太湖幾個賊子俺們差不多知道，今晚來的那女賊似乎不是太湖中人，道兄何以見得定是太湖的人呢？」

柳摩霄歎了一口氣道：「俺自闖江湖以來何曾見過敵手？萬不料在太湖遇著內家宗派的甘瘋子，把俺一柄倚天劍奪去還不難受，生生把俺一世英名喪在甘瘋子手上。那時如果沒有甘賊在場，讓他黃九龍凶狠也不放在俺心上。這幾年來，俺臥薪嚐膽全在甘賊一人身上。最近已探得陸地神仙夫婦雙雙遠隱修道，不預世事，太湖的事全是甘賊等主持，只要把甘賊除掉，餘不足懼了。

「萬不料我們時時探訪他們，他們也時時暗探著我們，即是今晚的事，你想現身的一個小女賊也沒有什麼大能耐，而且明明在我們眼前，怎會身外化身偷走我背上的貫日劍？再說能夠在我背上神不知鬼不覺的偷去，此人功夫定是高我一籌，你這樣一想便可明白，來者不止女賊一人，除出太湖內家宗派的人也沒這樣大能耐。

「這還不算為證，我在樹林與那女賊戰時，早已看出女賊雖也有點功夫，絕非我的敵手，所以大膽追進林去。哪知萬惡的凶賊預先埋伏在松林上面，運用內功把摘下的松針當作梅花針的暗器向俺面上射來。幸而俺見機得快退出林來，否則兩眼要保不住了。你想能夠把松針當作暗器使用這是何等功夫？俺料定這般人必是太湖賊類，也許甘老賊隱身其中。因俺洞庭與太湖表面上已算和解，老賊何等奸猾，所以不敢露面出頭實在暗中取巧了。」

醉菩提兩手一指光頭亂點道：「柳兄明鑒如神，一定所料非虛。這樣說來，我們討論的那樁事定也被他們竊聽去了。現在師兄兩柄寶劍都已失去，一時沒有趁手兵刃，這樣越發不容稍緩了。」

柳摩霄兩眼一轉徐徐說道：「我自有道理，明天我立即回洞庭去布置一下，你這兒暫時可以相安無事，我料他們還沒有窺破寺裡秘密。一半他們也是路過此地，誤打誤撞的被他們撞著罷了，好歹等俺回來再定行止。」於是兩人商量妥當，第二天柳摩霄便空身回湖南去了。

現在再說當晚包翩翩跳進林內當口，一回頭見柳摩霄追進林來，慌不迭又向樹林深密處所鑽了進去，沒有走得幾步遠猛聽得背後有人啊呀一聲！回頭一看，卻見柳摩霄抱著頭飛也似的竄出林去，又聽林外一陣鼓噪，火光亂晃，竟落荒的逃走了。包翩翩不解，翻身又走出林來，看見那般凶僧遠遠一簇火光向華嚴寺退去了。

包翩翩正愣愣的癡想，猛聽得半空哈哈一聲狂笑，從松林頂上飛下一個人來，一見卻是甘瘋子，而且手上還拿著欺霜賽雪的一柄寶劍，一見包翩翩的面便跺腳大笑道：「痛快，痛快，今晚這手買賣做得利市十倍，活活的把那牛鼻子氣死了。」

包翩翩笑問道：「姪女正在不解這般僧道為何追得這般迅速哩？」

甘瘋子笑著把手上的寶劍一舉道：「百拙上人的八劍，又是一柄來了。」

包翩翩驚訝道：「這柄劍大約是柳摩霄碩果僅存的一柄貫日劍了，但不知師伯用何手段取得這樣輕巧？」

甘瘋子道：「我叫你們誘他們出外，主意便在這柄劍上。一僧一道跳出樓窗追你時節，俺便在柳摩霄身後，乘他縱下地去俺便輕輕巧巧的取到手中了。劍既到手，俺便從寺後繞道到這林內等候你們到來。明知你戰他不過，特地在林上等候。卻也不便現身，隨手拔了一把松針當作暗器，且請牛鼻子吃點小苦頭叫他知難而退。話雖如是，柳摩霄兄多識廣，定然推測是我們這一派人幹的了。」兩人正在談論，驀見遠遠一條黑影如飛而至，近前一看原來是高潛蛟，彼此見面一說俱各大笑。

包翩翩道：「我們本來去探寺內劣跡的，這一來卻離了題。」

甘瘋子笑道：「且不管這些小節目，俺已聽得醉菩提、柳摩霄兩人談論與俺們此番出來大有關係。原來他們也不知從何探得消息，也知道劍灶村劍氣衝霄，兩人商量想去搜尋，現在牛鼻子又把自己的貫日劍丟失，越發要急於搜掘了。這一來正不知鹿死誰手，我們應該捷足先登為是，免得被他們占了先去。但是從何處著手，寶劍究竟埋藏何處？此刻我也沒把握，必須會著少室山人才有下落，不如我們三人就此動身先到包村再說。」當下三人商量停當連夜動身，渡過曹娥江向諸暨縣進發。

不日到了包村，會著少室山人和包立身。甘瘋子等一見包立身長得魁梧奇偉，英武異常，包村設立的團練也井井有條布置得法，尤喜地勢峻險萬山叢迭，天生的一座山寨基業。這時包翩翩回到家中，兄妹見面自有一番親熱，卻又指揮村丁殷殷招待甘瘋子、高潛蛟、少室山人等。

大家聚談了好幾日，甘瘋子已從少室山人口中打聽出劍灶村劍氣雖然發現了幾次，照少室山人推測距離寶劍出世日子還遠，但是必須有人在劍灶村守候才好，萬一被柳摩霄預先得去又要費許多手腳。因此兩人商量了一陣，決計先命高潛蛟裝作鄉農回鄉去隱身守候，又一面授他察看劍氣搜尋藏劍所在的方法，又叫他隨時暗暗地通知包村和太湖，以便到了相當時期，由甘瘋子或少室山人親自到來幫他搜掘寶劍。計議停當，高潛蛟便要領命動身回自己鄉去。

這當口，正值年根歲迫，連天降起大雪來。在包翩翩兄妹主意殷勤款留高潛蛟，叫他在包村過了年去，禁不住高潛蛟動了鄉思，眼看故鄉沒有多遠，想起父母墳墓多年沒有祭掃，便決計別了眾人冒著風雪回劍灶村來了，他歸心如箭恨不得一腳就到故鄉。這天他離開包村，不管風雪載途，連夜飛也似的到了紹興城外尚未天亮，卻因官道上漫天無際的大雪，雪光映得像天上罩下了一層月光一般。

他忽然看見江邊沙灘下埋著一枝撐船用的長竹篙，岸旁卻沒有船隻，只遠遠江心內飄著幾扇烏篷。想是夜來雪大風急，江闊浪高壞了一隻過路船，所以篷也飄了篙也丟了，也許江內還葬送了幾條命，但是他拾起這枝長篙卻得了一個雪地飛行的主意，他常看到甘瘋子等在雪上飛行可以不著痕跡，他有了這枝篙卻也一樣飛行無痕了。你道他這個笨主意如何使法？

他拿起那枝長篙，四面一看，一個人影都沒有，便照著官路一條雪道用篙一點，把整個身子平空向前飛了過去足有五六丈，那枝長篙依然在手中。再一點又照樣飛越五六丈，這樣別開生面的踏雪無痕，哪消多少功夫早已到了自己故鄉了。

在下寫到這，要請讀者們回想一想本書第一章開首所說高司務失蹤了七、八年，冷不防在一年冬天大雪的清晨在他一間破屋子裡出現了。同時紹興城外到劍灶村的一條官道上發現了怪腳印，沸沸揚揚傳到劍灶村當一樁奇事講，這一個悶葫蘆一直到此才看破，讀者們到此也可以明白是這樣一回事了。

現在首尾交代明白，在下仍可以接著第一章所說高司務回到家鄉便隱身在本村，吳壯猷進秀才直到他中舉，高司務高潛蛟在吳家足有兩個年頭。這兩年高潛蛟不惜隱身廝養，讀者當然也明白他完全為了尋找寶劍的原故，也是少室山人、甘瘋子叫他這樣做的。高潛蛟在吳家做了兩年長工一點沒有露出痕跡，吳家上上下下沒有一個不讚揚他。他卻暗地裡按照少室山人和甘瘋子囑咐的秘法，劍灶村周圍的山內尋了個遍，到了晚上又時時到神劍劍氣沖出來的地點。無奈寶劍是個神物，找了兩年依然沒有頭緒。

直到吳壯猷中舉開賀這一天晚上彗星出現，眾人正留神天上的彗星，卻不料高潛蛟另有所見，無意中在吳家後園一座枯井內看出一道細如白絲的煙縷遊走出來，在井欄邊略一蜿蜒便直上天空散作一片白雲，由濃而淡由淡而滅，一霎時便已無蹤。高潛蛟大喜，知道尋了兩年的寶劍原來近在咫尺。最喜既然在此枯井中不愁外人瞧見，柳摩霄、醉菩提這般人也萬難搜尋到此。便想著要設法通知包村少室山人和太湖甘瘋子，以便一同挖掘古井中的寶劍。

哪知就在這天晚上，白天喬裝過路郎中的一個賊人越牆而進，幸而高潛蛟早有預備，來了個以逸待勞把那賊人捉弄得昏天黑地。最巧甘瘋子又在這當口來找高潛蛟，從梧桐樹上跳下來把賊人嚇得屁滾尿流，連爬帶滾，撲出牆外。

後來高潛蛟介紹甘瘋子給吳壯猷見面，大家坐下喝酒細細一談，吳壯猷是甘瘋子的年姪。

這一席話，直應古人說的「與君一夕話，勝讀十年書」了。你想在下筆也寫禿了，墨也寫枯了，他們三人對喝對談最多不過談了個通宵達旦，可是在下這部《虎嘯龍吟》寫了兩個年頭，足足有五六十萬字，這個大圈子也算兜得可以了。

閒話少說，還有一點餘波待在下寫了出來。且說那晚高潛蛟把他一生經歷連帶甘瘋子等幾位師兄前前後後的事以及自己隱姓埋名的目的一一說明以後，吳壯猷才統體明白，自己懊悔有眼不識英雄，幸而平日對待這位高司務並沒有拿出少爺身分了，否則何以為情？想到此地慌慌立起身來，必恭必敬的朝高潛蛟拜了下去，口內還說：「這兩年委曲人才，罪過之至，務乞海涵。」

高潛蛟慌忙把他扶起笑道：「我的少爺，這是我自己願意如此。再說我是個打獵的苦小子出身，替你府上做個長工也不辱沒了我的身分。何況我們這一類人絲毫無世俗之見，敬的是忠臣孝子，做的是除暴安良，虛偽的禮節何必去計較短長呢？」

甘瘋子這時酒也喝得有八成光景，那鐔狀元紅也裝入他一人肚內去了，卻拍著手呵呵笑道：「老年姪，你是中了舉想一路飛黃騰達的人，今天碰著我們這種人在你定有一種奇妙的念頭，以為古人書上說的武俠郭解之流便是我輩，其實此中大有分別。果然劍仙俠客處處都有今古相同，但是其中派別甚多，也有邪正之分。比如今晚你們捉住的過路郎中，你們以為他到你府上來偷一點財寶的，其實他並不是為財寶來的，無非替柳摩霄做手腳罷了。」

高潛蛟哦的一聲道：「原來如此，師兄何以見得是柳摩霄的黨羽呢？」

甘瘋子道：「你在此兩年兀自找不著寶劍所在，那柳摩霄何嘗不派他黨羽在此地四處找尋呢？說也湊巧，今天我從包村少室山人那邊到此是從山路走來的，將走到此地村口的金雞山頂，猛見從這屋子後園內沖上一道白氣，同時西南角上又發現一顆彗星，好像這道白氣同那彗星遙遙相應似的。本來彗星是兵象劍氣也是一種兵氣，本有吸引之力，可是山下一般居民個個鼓噪，指點著彗星胡說亂道，誰也沒有留神那股劍氣。

「獨有一個過路郎中一個人立在山崗上對著此地屋子呆呆出神，俺一看他便覺有異，暗暗從他身後走去，卻聽他喃喃自語道：『柳道爺法眼真高，果然在吳家屋內，今晚我先去探他一探再說。』我一聽到這話越發瞧料十二分了，故意同他開個玩笑，冷不防口中唱著歌一步三搖的往他身前走去。他驟然看見我這副怪模樣驚疑不定，慌慌的竄入樹林逃走了。我料他今晚一定到來，他越牆而進時我早已在他身後，見他本領有限知道你克制得住，便在樹上看你們玩把戲。本來想擒住他問個詳細，轉念讓他報與柳摩霄知道俺也不懼怕他們。」

又向吳壯猷說道：「現在寶劍既在府上枯井，說不得要叨擾府上幾天，未知老姪台肯俯允否？」

吳壯猷慌笑道：「年伯說哪裡話來，像年伯這樣英雄請也請不到，不要說幾天，恨不得終身長侍年伯求教一點學問，才對心思呢。年伯不嫌委屈務請多逗留幾天，而且小姪還有一樁心事要請年伯玉成才好。」

甘瘋子道：「有何心事呢？」

吳壯猷笑了一笑道：「上天兵象已見不久劫數將到，像小姪讀幾句死書有何用處？何況老父遠在雲南。這種時局第一要全身遠害才能夠保家衛村，所以小姪一聽到兩位今晚所說便存了一個冒昧念頭，想拜在高先生門下學一點防身本領，未知兩位肯收留這個不成材的弟子否？」

甘瘋子呵呵大笑道：「好一個有見識的青年！有志者事竟成，待我們寶劍到手，我準教我們六弟留著教你便了。」

高潛蛟慌說道：「師兄這話還得斟酌的，像小弟這點本領怎能收徒？況且上面幾位師兄尚且不敢擅自收徒，何況小弟呢？」

甘瘋子笑道：「你只知其一不知其二。我們不願收徒，完全是得不到接替薪傳的人才。至於隨便教人家幾手防身本領，或者人家已有根底從旁再指點一點訣竅，這樣的徒弟可以說不計其數，但是照我們的宗派講起來，便算是正式收徒。譬如你雖一樣拜在師父門下卻沒有得到師父多少真傳，便算不得一派相傳的弟子。但是你所學一身內家拳派，卻大可以物色幾個好子弟傳授他們。因為你的拳法除出我們一派的幾個人以外，可算天下獨門拳法，如果能夠光大門庭，你就可為這派拳術之祖，於我們面上也有光輝。我們這位年姪雖然是個手無縛雞之力的文人，卻生得骨肉停勻，英姿挺偉，很可以練習這派拳法，也許還青出於藍而勝於藍矣。」

說罷大笑不止。

高潛蛟被這位師兄獨斷獨行的一說倒弄得開口不得，偏逢著吳壯猷是個玲瓏剔透的少年，一聽甘瘋子說他大可練武頓時心喜翻倒！一想擇日不如撞日，不要錯過這個機會，遂立起身向高潛蛟納頭便拜，一迭聲叫起老師來。高潛蛟被他突然的一來真有點擺布不開，只有把手亂搖連說慢慢商量，哪知吳壯猷早已在地上禮數周祥八拜而起。

甘瘋子哈哈大笑道：「兩年長工一夕變為老師，奇談，奇談。」

高潛蛟也想得好笑起來，吳壯猷卻正色道：「我們現在師生名份已定，此刻草草行禮，明天稟明家慈，趁眾親友在此，還要整頓酒席請老師同師伯寬飲幾杯，舍間上上下下也可從此改了稱呼。」

甘瘋子道：「這也是應該的事，但是我們這樣長談竟忘記天亮了。你們看外面梧桐樹上已透出曉色來了，依我說老姪台可以安息了，我同六弟就在這椅上略一打坐便可以度此一宵。」

吳壯猷笑道：「真也奇怪，往常略睡得晚一點便覺精神不濟，今晚通宵長談反覺神旺氣足毫無倦意。古人說人逢喜事精神爽真一點不錯，今天小姪真暢快極了。但是小姪此刻想到那個偷兒，照師伯說是來探看寶劍出沒處所，何以看見幾百吊錢就偷走呢？」

甘瘋子笑道：「這就叫偷無空手，總脫不了偷行徑而已。也許故意這樣做作，掩人耳目的，總言之這人是柳摩霄部下可以斷定了。依我揣想，柳摩霄如果知道我們已在此保守，越發大隊人馬齊來，而且此番到來仇深似海怨結如山，定必一死相拚。也許邀集狐群狗黨來同我們一決雌雄！此事非兒戲。我們這位年姪是個斯文一脈的人，此地又是書香世第安分鄉村，萬一因為我們被那般亡命驚擾一下或者出點亂子，叫我們如何過得去。

高潛蛟聽他這樣一說，仔細一想果然危險之至！不禁眉頭打結，在房中來回大踱焦急起來。

吳壯猷原也聽他們說過洞庭湖幫與太湖幫結仇的始末，萬一有點風吹草動遭了池魚之殃，如何是好？一時真有點提心吊膽，卻又不敢露在面上。哪知甘瘋子早已把他們兩人心思猜透，用手一指兩人呵呵大笑道：「你們兩人不用杞人憂天，俺早已算定了，不過時已緊急，我得連夜動身到包村去邀少室山人、包翩翩到此。第一步趕緊把寶劍掘出了此心願，第二步使洞庭幫知道寶劍已由我們取去，用激將法子使柳摩霄一般人盡管到太湖明戰交鋒。

「橫豎這口怨毒遲早要決裂的，何妨指定日期，大家各顯武藝比較一下，拚個強存弱亡。我料柳摩霄不比沒志氣的寇盜，這幾年他處心積慮也不只一天，他定贊成的。可是時機緊急，柳摩霄聞信定即洶洶而至，我們應該趕快下手才是。所以事不宜遲，我得立刻上包村去，明天早晨可回轉。老年姪不必驚慌，只管安心高臥。有甘瘋子在此，絕不叫他們動你府上一草一木。」說罷破袖一揚，也不等高潛蛟開口，竟微微一笑立起身來說聲：「我去也。」話音未絕人已穿出窗外，梧桐樹上颯颯一陣風響，兩人趕到天井中已沒有了甘瘋子的蹤跡。

吳壯猷這一宵忽驚、忽喜、忽奇、忽憂，彷彿做夢一般。兩人回到屋內你看我我看你的半晌說不出話來。在高潛蛟心內，雖信得過自己師兄主張絕不會錯，可是吳府世代忠厚人家哪經過這種陣仗，自己同吳府已有深厚感情，萬一有點閃差如何對得住人？他這樣一轉念所以也愣愣的發起愁來了。

還是吳壯猷壯膽說道：「師父，你老人家且莫發愁，弟子想甘師伯智勇兼具必有妙計。現在弟子就陪師父在此安息幾個時辰，等到天亮再作道理便了。」

高潛蛟搖手道：「我一宵不睡毫無關係，今天想不到帶累你熬了整宵，你是經不起的，快去養養神。明天起來老太太那邊且不要提起，免得她老人家擔驚。好歹等俺師兄到了再說，索性把今晚的事也瞞過。此刻我把桌上殘肴盤碟收拾乾淨，你只管睡你的。」說畢又連連催吳壯猷去安睡，吳壯猷被他催得沒法，只好走進裡間房內，胡亂睡在床上。

其實他心裡七上八下的何嘗能夠安睡片刻？卻聽得房外高潛蛟來往蹀躞，把桌上東西一一歸了進去。一忽兒村雞報曉，天也亮了，便一骨碌跳下床來。一出房門便見高潛蛟在他房門外一把太師椅上，閉目盤膝坐在上面。吳壯猷心內明白，知道高潛蛟恐他害怕，特地擋在房門保護著他，暗暗欽佩這位師父，真是忠心俠膽始終如一。他以為高潛蛟睡熟了，想躡著腳步從椅子邊溜出房門，不料他一舉步，高潛蛟便張目道：「時候還早呢，再睡一會兒養養神吧。」

正說著，忽聽前院大門外蓬蓬叩門聲響，看大門的幾個人都已起來迷迷糊糊的說著話，呀的一聲似乎已開了門同外面人答話。高潛蛟側耳一聽，猛的跳下椅說道：「了不得，他們腳步真快，他們已來了。」一面說著，匆匆端好椅子拔步向書房外走去。吳壯猷兀自摸不清頭路慌也跟了出去，走到大門相近，已見高潛蛟陪著一群人進來。

頭一個便是甘瘋子，並著走的還有一個體貌清癯羽士裝束的人，後面緊隨著一位丰姿綽約面目姣好的少女，少女身後又有四個彪形大漢，雖是鄉農裝束卻看得出異樣來。其中有個扛著一個長長的大蒲包似乎兵刃之類，心裡未免突的一跳，暗想事情真有點凶險。擋不住中間的少女容光照人一團喜氣，又禁不住自己眼光向那少女從上到下看個仔細，恰好那少女一雙秀目秋水為神也是直射過來，慌一低頭，趕近幾步向甘瘋子兜頭一揖。

甘瘋子呵呵大笑道：「我們來得這樣快，定然出你意料之外，其實這百餘里路，在我們看起來不過四五里遠，將來你也能如此的，現在我替你引見引見。」

說著便替少室山人、包翩翩一一介紹，彼此又是一番寒暄。甘瘋子又向四個彪形大漢一指道：「這四位是包村有名的好漢，包小姐特地帶來保護府上的。」

吳壯猷慌連聲道謝。少室山人回頭向四個大漢道：「你們就在這廳上坐著，回頭吳府上自有管家們招待你們。」四漢喏喏連聲便退向廳下去了。

這裡高潛蛟、吳壯猷把甘瘋子等迎入書房，高潛蛟回身出來依然行著高司務的職務，指揮下人們供應茶水糕點。吳壯猷百忙裡又進去向母親妹子匆匆一述所以，他的妹子娟娟一聽外邊來了這樣的一位女客，喜得拉著母親趕向外廳來迎接包翩翩。吳壯猷翻身來到書房向甘瘋子說明家母舍妹迎接包小姐的話，翩翩一聽，慌立起身來笑道：「理應拜見伯母。」便舉步出房同女眷們到上房互敘寒暄去了。

這時大清早來了這幾位奇特的貴客，有紅髯公似的甘瘋子，飄飄欲仙的少室山人，丰姿絕世的包翩翩，還有廳上虎豹似的四個壯士，把吳家上上下下和幾家親友看得莫名其妙。便是吳壯猷的母親妹子也只有略知大概，對於高司務的變化還蒙在鼓中。等到包翩翩一進內房，同吳壯猷妹子娟娟說得投機，私下裡拉在娟娟閨房內兩人細細一談，經包翩翩說明所以，才又驚又喜明白一切。

再說書房內甘瘋子向吳壯猷說道：「昨天晚上我們提議的辦法我同這位少室道長商酌妥當，今晚三更時分我們便在尊府後花園挖掘寶劍。那時也不用勞動尊位們，我們帶來的四位壯士便足夠用，只要預備一點掘土的傢伙好了。」

吳壯猷應道：「傢伙現成，遵命辦理便了。」

說話之間，高潛蛟已指揮下人們擺上一桌精緻的早餐，另外還給甘瘋子又備了幾壺美酒。吳壯猷笑道：「師父怎的又自己勞動起來？」

高潛蛟笑道：「你不用管，暫時掩人耳目，免得他們失驚道怪反而不妙。」

甘瘋子、少室山人都笑道：「這樣辦是對的。」於是主客入座。

席上甘瘋子道：「我們已經定下計策，寶劍到手以後，你這位高老師同包小姐率領著四個壯士依然在此保護你府上內外，我們便在今晚動身回太湖去調度一切。」

說畢甘瘋子又在破袖內抽出一卷紙來，遞給吳壯猷道：「這是個招貼，請你派幾個妥當的人在兩頭村口和金雞山分貼起來，使洞庭幫的人們一看招貼便知怨有頭債有主，不致在此生事了。」

高潛蛟接過招貼一看，張張寫著一樣的話，只寥寥十個字「劍已化龍去，有膽入湖來」。高潛蛟知道這兩句話暗含著此地寶劍已由太湖黃九龍取去，不服的只管到太湖去。明明是顧全自己調虎離山的計策，不覺向甘瘋子道：「師伯深慮周密，真使小姪佩服。」

甘瘋子道：「話雖如是，難保洞庭幫一般亡命之徒無理取鬧，所以仍舊使我們六弟同包侄等在此保護，比較放心一點。」

吳壯猷連連道謝，便起身外出，選了幾個精明的下人叮囑一番，叫他們立時把招貼分頭貼起來，一面又送走了幾批親眷。然後到上房同他妹子娟娟暗暗說了詳細情形，叫她好好看待包小姐。娟娟微微一笑道：「妹子理會得，妹子同包家小姐恰好年齡相同。人家文武全才，妹子實在羨慕得很，恨不得常留作個閨中良伴才好哩。」

這幾句正中吳壯猷的心思，卻又不便再說，慌調轉口風托付妹子叫廚房安排內外兩桌豐盛酒席，寬待甘瘋子、少室山人、包翩翩等，一舉兩便又算拜師的酒饌，另外又備了一桌供應四個包村壯士。娟娟連聲答應自去提調。

這裡吳壯猷又到書房內來陪甘瘋子等，大家談了半晌已到中午，內外擺設盛筵，吳壯猷提起精神來應酬甘瘋子等。內裡娟娟也同包翩翩談得十分投機，相見恨晚。

正在內外歡聚當口，猛聽得大門外一片木魚聲敲得震天價響，木魚聲中又夾著一片吆喝的聲音。眾人聽得詫異，吳壯猷正想指揮下人出去看個明白，忽見一個工人捧著一隻右手哭喪著臉跑到席前說道：「此刻不知哪裡跑來一個邪僧，硬在我家門內坐在地上把木魚敲個不休，口口聲聲的要我家化個大緣。我們向他好好的說叫他離開此地，不料這個賊禿驢凶眉凶目的全然不睬。我一時性起推了他一下，哪知賊禿驢有邪法，身子鐵鑄似的休想動得分毫！不知怎的，我推了他一下一霎時這隻手臂腫了起來，痛得要命，慌跑進來通知少爺替俺們作主。」他一面說一面那隻右臂格外粗了起來，腫得像吊桶般，只痛得他忍不住哼出聲來。

吳壯猷大驚，少室山人笑道：「不礙事，我先替你治一治便好了。」說罷走下席來，笑嘻嘻把那工人一隻右臂托在左手上，舉起右手，只用兩個指頭在工人右臂上從上到下捏了幾下，隨手在工人背上拍了一下說：「好了。」

說也奇怪，工人低頭一看果覺痛腫全消，自己把右手掄了幾下，同好時一樣了。

甘瘋子笑道：「哪裡來的野禿驢到此撒野？待我出去懲治他一下。」

少室山人慌攔住道：「你不能出去，這賊禿早不來晚不來，偏在這時來辱惱，也許是洞庭幫的人，看見了招貼先來探聽動靜的。現在我們寶劍還未真個到手，你如出去一露臉，今晚便要生出是非來了，不如請高兄依然裝著吳宅工人出去把他趕走便了。」

高潛蛟便立起身來，好在他依然穿著平常做長工的衣服倒不用喬裝，少室山人又在高潛蛟耳邊低低囑咐了幾句，高潛蛟唯唯答應，便向席上人笑道：「諸位慢慢吃酒，小弟去去便來。」

吳壯猷一時好奇，也想跟去見識見識自己老師怎樣打發凶僧，卻礙著自己是主人不便離席。恰好內房也得知消息，屏內一陣鶯聲嚦嚦，包翩翩已走了出來打聽情形，少室山人一述所以。

包翩翩年輕好勝，而且娟娟一同出來躲在廳屏後，包翩翩便要自告奮勇在娟娟面前賣露能耐。少室山人卻明白門外凶僧能夠借力打人是少林鐵布衫的功夫，包翩翩不是凶僧敵手，便極力阻止，一揮手道：「高潛蛟快去，你們如果要看看他怎樣打發，不妨暗暗去偷看一下。」

這一句話使得席上的吳壯猷、屏後的娟娟都躍躍欲試，偏是包翩翩活潑得緊，跑進去一把拉住娟娟便闖了出來，席上的人只好起身為禮，娟娟略一斂衽便被包翩翩拉出去了。甘瘋子向吳壯猷道：「我們兩人用不著主人勸酒早已自斟自飲，老姪台何妨也去看個稀罕兒呢，你老師的真功夫也可趁此見識見識。」

吳壯猷大喜，立起身來告了罪，也向大門口走來。

這時高潛蛟已邁開大步走出大門外面，一見吳宅許多工人和門外台階上看熱鬧的村中老幼圍得水泄不通。吳宅工人們一看高司務出來，便七嘴八舌向他訴說，高潛蛟只含笑點頭分開眾人，見那凶僧是一個披髮頭陀，閉目盤膝坐門檻內擋著進出路口，面前擺著斗大的一個鐵木魚，兀自敲得怪響。仔細一打量，那凶僧生得豹頭環眼，獸鼻鳶肩，束一道日月銀箍，披一領灰布密行棉衲，坐在地上便像半截黑塔一般。那木魚似乎是生鐵鑄的，約莫也有幾百斤重，被他敲得烏光發亮，手上拿著一根鐵錘，分量也是不小。

高潛蛟肚內暗想，這賊禿面生得很，也許不是醉菩提一路，不如好言遣去再說。便走近一步向那凶僧言道：「喂，大師父，你雲遊四海吃的是十方，到我們這小村來募化一點也不算稀罕。但是你老人家大清早硬坐在人家大門口擋路，又恃著一點小功夫傷了俺們夥計，這可不是佛門弟子的行為了。

「你不要看輕了這小山村，俗語說得好，強龍不壓地頭蛇，依我說不要耽誤你的功夫，如果要募化一點殘羹冷飯，俺便去勻一點出來結個善緣，你就和和氣氣吃完上路，到別處官宦人家募化去比什麼都強。喂，老師父，你說俺這話對不對？」

第四二章　巧計擒賊

高潛蛟這樣一說，自以為軟硬兼全可以打發他了。哪知凶僧一聽這些話，猛一張目射出兩道凶光，向高潛蛟周身上下一打量，呵呵大笑道：「撿日不如撞日，走千家不如走一家，衝著你這幾句話，洒家在這門內募化定了。誰稀罕你這殘羹冷飯！你也做不了主，快去通知你家主人出來，洒家特地到此要同這吳家結個大善緣。什麼叫強龍，什麼叫地頭蛇，俺們出家人一概不懂！如果這門內有地頭蛇的話，洒家倒要看看這條蛇能吃人不能吃人。」說罷一陣冷笑，又閉著眼敲起木魚來。

原來這凶僧雖然眼光厲害，卻看不透高潛蛟，因為高潛蛟兀自穿著一身灰樸樸的工人衣服，雖然長得雄偉，卻又天生成一副忠實面目，凶僧哪裡瞧得出來？但是高潛蛟被這凶僧冷言冷語的搶白了一頓，不禁有點氣惱，也是一聲冷笑道：「聽你這口氣有點成心，我倒要問你個明白，你特地上這兒來，究竟要募化的是什麼呢？再說你寶剎在哪裡？法名叫什麼？你對我說得明白，我也可以替你向上面去回。死敲那木魚當得什麼呢？」

那凶僧突然凶睛一瞪，大聲道：「你問我嗎？好，洒家非別人，就是湖南岳麓寺摩訶僧。千里迢迢專程到此。也不募化吳家黃的金白的銀，也不募化稀罕的寶物，只募化吳家後園一口枯井，而且募化的是今天的枯井，到了明天就不稀罕了。現在對你實話實說，你快去通知你家主人便了。」凶僧這樣一說，門外的高潛蛟、門內竊聽的包翩翩、吳娟娟、吳壯猷齊吃了一驚，暗想少室山人所料非虛，果然這凶僧道路不對。

在場的吳家工人和門外擠著看熱鬧的老老少少卻以為和尚瘋了，天下哪有募化枯井的出家人。台階下幾個鄉農忍不住笑喝道：「你這和尚不是成心搗亂嗎？出家人募化一口枯井有什麼用處，難道你能扛著一口枯井回湖南去麼？」

眾人你一言我一語說了一陣，凶僧全然不睬，格外使勁的把木魚敲得震天響。這時高潛蛟已萬分忍耐不住，暗自運用功勁，只一舉步一伸臂把凶僧衣領提住，下面左手一托，喝一聲：「出去！」

那凶僧始終把高潛蛟當作吳家下人，沒有防備他陡然來了這一手，經高潛蛟一提一托，禁不住整個身子像肉彈般從眾人頭上向門外空地上拋去。看熱鬧的眾人也不防高司務做出這手把戲來，大家詫異喊了一聲啊呀！慌又回過頭去看那凶僧跌壞沒有。

不料凶僧真不含糊，被高司務從門內拋到門外足有好幾丈遠，落下來卻依然好好立在地上。而且一落地，地上好像有彈簧似的，颼的又從空場上飛進門內來，笑嘻嘻的立在高司務高潛蛟面前。

當時他飛回來時，眾人一低頭又是一聲：「啊呀！」這聲啊呀卻表示出替高司務擔心的神氣來了。卻見凶僧立在他面前仔細看了又看，猛的大笑道：「原來你也有點玩藝兒，洒家倒失敬了，衝著你把募化的事先擱在一邊，咱們先請教你幾手。來，來，來，外面有的是空場。」說罷一哈腰拾起斗大的鐵木魚，一邁步向門外走去。眾人看他凶煞似的出來，早已波分浪裂的向兩旁閃避，讓他大搖大擺的走下台階立在空場上，放下木魚和那棒槌向門內招手道：「來，來，來，是好漢用不著藏頭露尾。」

一語未畢，門內一聲嬌喝道：「野禿驢休得稱能，俺來也。」眾人一聽不是高司務的聲音，卻見門內飛出一朵彩霞般的人來，落到空場現出身來，卻是個絲鬟紅顏，錦衣繡帶的少女。

這一來非但眾人眼花錯亂，連耀武揚威的摩訶僧也愕然不解。原來高潛蛟同摩訶僧問答之間，門內竊聽的包翩翩早已柳眉直豎，玉牙咬碎。等到高潛蛟出手一拋摩訶僧依然飛回，說了幾句不中聽的話在門外大吹大擂起來。高潛蛟卻涵養功深依然慢吞吞的不動聲色，但是裡邊這位包小姐萬分忍耐不住，一半是氣傲志高，一半是初生之犢不畏虎，因此一鼓作氣一聲嬌喊飛了出來。

這時門外空場上一個凶煞似的莽頭陀，一個嬌小玲瓏的少女，眼看就要龍爭虎鬥起來。但這樣奇事，劍灶村可算是開天闢地的第一遭，頓時轟動了全村，呼的一聲老老少少把吳家門口圍成一把栲栳大圈。最奇的眾人兀自不認識吳家有這麼一位小姐，兩隻眼睛都釘在場中兩人身上，嘴上又胡說八道的亂猜一陣。

正在這眾人嘁嘁喳喳當口，猛見門內又跳出一人，急急分開眾人擠入場中高聲說道：「包小姐金枝玉葉，犯不上同這種人動手，再說割雞焉用牛刀，還是讓高某來打發他。」包翩翩尚未答言，那摩訶僧大笑道：「便是你們兩人齊來何足懼哉？且住，既然明戰交鋒分個高下，且通上你們的姓名來。」

高潛蛟笑道：「我是吳家的長工，人家叫我一聲高司務就是我的名字了。至於這位小姐不是此地人，偶然在吳家作客，人家是大家小姐，絕沒有向你報名的道理。現在諸事休提，你吃的是十方，我吃一家管一家，咱們平日無怨少仇，今天你無理取鬧不由我不出來多事。現在咱們這樣辦，我是鄉下老憨，無非略知一點怯拳棒，當然不是你的敵手，但是不見高下不死心。再說咱們這山鄉僻村難得見著你這樣高人，替你接接招也可以偷幾手高招兒。」

摩訶僧用手一指喝道：「你既然出來替你主人擔當，應該有個著落的話，這樣廢話說他則甚？譬如交手以後你輸了怎樣？」

高潛蛟大笑道：「這還用說麼，我輸了當然任憑你向吳家募化那口枯井便了。如果你輸了呢？」

摩訶僧道：「如果你贏得了我，俺非但不向吳家募化，從此不進劍灶村一步。」

高潛蛟高聲喝道：「好，在場的眾位都是見證。」

膽小的卻又低聲喊著；「高司務，你要小心啊！」

這時摩訶僧卻把腰間一條布條解下，脫下了外面一領棉衲，露出短衣，隨手把脫下衣服放在地上木魚邊，微一退步凶睛一瞪，單掌當胸現出少林派交手的規矩來。高潛蛟恐怕包翩翩爭先下場，慌也把衣襟曳起，卻不吐露內家拳派的招式，只隨意雙手一拱道聲：「請。」

這一個請字方出口，猛聽得霹靂般一聲大吼，摩訶僧一個箭步早已揮動蒲扇般的鐵掌如雨點般斫將進來。高潛蛟看他來勢甚猛掌帶風聲，知道不能輕敵，又預知他有鐵布衫的功夫，默運內勁，看關定勢，隨勢對解，只一味同他游鬥，並不進攻。轉瞬之間兩人你來我往，已走了一百多招，並未分出勝負來。看的人哪懂得這些功夫，只看得眼花繚亂口張氣促，個個都替高司務捏一把冷汗。

獨有包翩翩立在一旁，冷眼看那凶僧愈戰愈勇，擒拿點斫著著都向要害，確也厲害非凡，不禁暗自喊聲慚愧！幸而沒有出頭，萬一稍微疏神失敗在凶僧手上，以後如何見人？卻又替高潛蛟著急，雖看得高潛蛟尚能應付，卻是保守的多，進攻的少，如何勝得人家？一時卻又不便幫助他，心裡比交手的人還用神，兩隻杏眼直勾勾釘在四條臂膊上。

這當口，猛見摩訶僧霍的向後一縱丈許遠，他兩臂一振，全身骨節格格一陣山響，兩隻出火似的凶睛突出，像雞卵般大門雞似的釘住高潛蛟，卻一味蓄勢窺機並不逼近身去。高潛蛟明白他是默運內勁，預備用毒著兒，想一發制人。又轉念這禿驢功夫不弱，在少林派中定是一等的角兒，如果這樣鬥下去一時不易制勝，非用絕招不能制住他，不覺存了個誘敵法子。故意一聲斷喝大踏步趕將近去，左手一晃他眼神，右掌一吐便是一個單撞掌的招式，向摩訶僧左肩穴推去。

摩訶僧大喜，以為這一下便可置他死命，喝聲：「來得好！」雙肩一錯，兩臂齊伸，想用陰陽手鎖住來掌，下面便同時抬起腿來向致命所在踢去。哪知高潛蛟一晃一推都是虛招，等他肩頭一動霍的一側身，步法一變便已轉到摩訶僧身後。摩訶僧吃了一驚，慌一退步轉身迎敵，哪知高潛蛟邁開流水步法，一個身如風車似的繞著他亂轉。一轉瞬間，摩訶僧身不由己的跟著高潛蛟的身子轉了許多圈子，倏忽之間只覺眼光錯亂，四面八方都是高潛蛟的身影，摩訶僧大驚！猛然悟出敵人走的是八卦方位，使的是內家八卦拳，一轉念間又轉了幾圈。

摩訶僧心中一急，驀地心中一聲怒吼，兩足一跺，凌空直上，半空身子一橫一個飛鷹掠食的招勢，猛向高潛蛟當頭撲下，這一下高潛蛟也暗暗吃驚，想不到這禿驢居然急中生智，能夠脫出八卦拳的牢籠，慌一矮身使了一個烏龍掃地，用腿平掃過去。摩訶僧真也可以，身正立定，只足尖一點向後縱出丈許遠。高潛蛟性起，喝一聲禿賊休走！話到掌到，又向摩訶僧斫去，摩訶僧也自怒火十丈鐵臂一揮，兩人又打在一起。

這一次兩人都使出全身本領，拚個你死我活。無奈高潛蛟的確不凡，使出內家絕藝，一個身子宛同棉花一般，使出來的掌勁卻又似泰山一般，讓他摩訶僧識得厲害，使盡鐵布衫的功夫也沾不到半點便宜，眼看漸漸氣喘吁吁精疲力盡，就要失敗，忽然人圈裡一聲吆喝，嗤的一道白光斜刺裡向高潛蛟身後射去。

說時遲，那時快，白光離高潛蛟身子還有尺許光景，忽然噹的一聲響，白光消失，卻見一支錚光耀眼的鋼鏢插在土內，鏢尾還繫著短短的一條白綢子。這時高潛蛟被這聲響一驚早已跳出圈外，卻見包翩翩已飛身跳出圈外搜尋放鏢的人去了。

摩訶僧趁此抓起棉衲木魚，指著高潛蛟喝道：「時已不早，權讓你多活一刻，晚上再取你狗命。」說罷頭也不回擠出人叢去了。高潛蛟心裡記掛著包翩翩，又覺凶僧另有黨羽事情叵測，只好讓摩訶僧借著機會逃去。

這時圍住的人們一陣搗亂又紛紛議論起來，也有抓住高潛蛟打聽凶僧路道的，也有問他哪裡學來這手好拳腳。高潛蛟哪有心情理會，三言兩語遣開眾人，撿起地上的那支飛鏢急匆匆來尋包翩翩。卻見吳家一個工人近前來說道：「裡面那位道爺請你回去有要事要商量，包小姐也已進內去了。」高潛蛟聽得包翩翩並沒追人，放了心，便匆匆進門。

回到客廳，一看廳上甘瘋子、少室道長、包翩翩、吳壯猷正在談論凶僧的事，高潛蛟進去笑道：「小弟無能，竟被他輕易跑掉了。」

甘瘋子道：「這事且不提，倒是今晚有點麻煩了。」

少室山人接口道：「這凶僧果然不出我所料，是柳摩霄派遣來的，來的且不止一人，可惜沒有看清楚暗地發鏢的是誰。」

包翩翩道：「眼看那賊頭陀不濟了，卻不妨飛出這支鏢來救了他。當時我看高師叔無暇顧及背後，慌隨手發了一彈把鏢打落，接著跳出人圈去找發鏢的人，可恨這些看熱鬧的人像掐了頭的蒼蠅般亂起哄。那賊子趁勢一混亂，便找不著他蹤影。」

高潛蛟慌向包翩翩謝道：「原來包小姐暗助一臂，否則真有點難以兼顧，但是那凶僧臨走說了一句晚上再來或者是真的，今晚我們要當心才好。第一不要耽誤我們取劍的事，第二不要使吳宅擔驚。」

少室山人笑道：「你不用擔憂，我同你師兄已商量妥當了。而且在摩訶僧走的當口，已暗派包村的幾位壯士暗暗跟蹤去了，不久定有回報。且看他們來了多少黨羽再細細計較。」高潛蛟唯唯答應著，卻用眼打量吳壯猷，見他面上雖極力矜持著，卻遮不住驚慌的神色。本來一個文弱書生哪經過這種陣仗，在門口看得高潛蛟同摩訶僧龍爭虎鬥已是驚心動魄，一聽晚上尚有凶險的事情，哪得不擔憂受怕，何況內裡有年高的老太太，嬌滴滴的妹子呢。高潛蛟看他這樣神色也是捏把汗，一時又想不出萬全之計，不禁也眉頭打結起來。

甘瘋子同少室山人看得暗暗好笑，卻說道：「六弟你且把手上鏢拿來我看。」高潛蛟因心中有事，真個把手上揑著的飛鏢都忘記了，一聽甘瘋子問他，慌把一支鏢送過去。甘瘋子一看鏢尾一條綢子上寫著天覺兩字，呵呵大笑道：「原來他也來了，怪不得不敢露面呢。」

少室山人、包翩翩、高潛蛟聞聲都一齊湊近去一看，才知道這飛鏢是艾天翮大徒弟天覺僧的。少室山人道：「這樣看來，同流合汙一齊同我們幹上了。也好，來得越多越好，索性一網打盡他們來個總算賬。」

說猶未畢，兩個包村來的壯士跑得滿頭大汗，走進廳來報告道：「我們四人分散開來盯那凶僧的梢，卻見他飛也似的跑到金雞山背後一所山神廟前，早有兩個和尚等著他，其中一個瘦猴似的也同摩訶僧一樣裝束，也是個披髮帶箍的頭陀，卻比摩訶僧還要長得凶相。摩訶僧一見他們便大聲嚷道：『好他娘的晦氣，洒家真不信吳家工人有這樣好功夫，如果沒有天覺師兄給他一鏢，真還有點招架不住。』

「那光頭的大笑道：『你還信他是工人哩，他這一路身法拳法我從旁看得清楚，明明是內家宗派，不是太湖的賊子是誰？那旁邊立著的少女卻不知是誰？如果沒有她來一彈保管吃著我的鏢，不死也得個透明窟窿！姑且讓他們多活幾刻，一忽兒柳道爺、單將軍們到來，再同他們算賬。讓他們再鐵打的身子，也禁不住咱們人多。』

「那猴兒精似的頭陀也笑說道：『照今天情形甘瘋子等並不露面，也許真個已取了寶劍走了，留這一男一女替吳家壯膽便了。回頭不管他怎樣，先拿這兩個狗男女出氣。』」

這人喘吁吁的報告到此處，包翩翩忍不住喝道：「休得胡說！誰教你把罵人的話也一五一十說了出來？」

少室山人笑道：「他照樣說給我們聽何必怪他，你且說下去以後還說什麼呢？」

那個包村壯士給包翩翩一喝，嚇得結結巴巴說不出話來。想了半天才說道：「以後那個光頭的又說道：『可惜今天俺師兄尤一鶚沒有來，否則今晚也讓他出口氣稍洩飛龍島之恨！』猴兒精的頭陀問道：『令師弟聽說從飛龍島回來就出家做道士入山隱去，可是真的？』光頭的歎口氣道：『我這位師弟心高氣傲精明強幹，一生不曾吃過虧，自從受了那甘瘋子的凌辱便賭氣獨自走得不知去向。有人說他在峨嵋隱身修練，不知是真是假？也許特地去練成絕技雪此大辱，也未可知。』三人說到此處便一齊走進廟內，以後就探不出情形來，便轉身回來了。可是我們還有兩位兄弟私下計議，從水路迎上去，探一探賊頭陀口中說的人有無到來再來報告。」

少室山人道：「這樣很好，你們且去休息休息，今晚要撒網捉大魚哩。」兩人一笑退出。

甘瘋子呵呵大笑道：「今晚倒好耍了，想不到在此地同他們清算總賬，最奇艾天翮、柳摩霄、單天爵三個魔頭的黨羽都合在一起，而且單天爵自己也來了。他們報說還有一個猴兒似的頭陀，我猜不是別人，定是到太湖做奸細的飛頭陀。只是摩訶僧三字卻沒有聽到過，這禿驢是湖南人，也是洞庭幫無疑的了。」

少室山人笑道：「我早已聽到單天爵這幾年在江寧因為靠山已倒，自己私通鹽梟勒索民財種種劣跡，被一位御史狠狠的參了一本便倒了下來。幸而仗著錢可通神保全了性命，只落得革職永不敘用的處分。大約一肚皮的惡氣沒處發洩，也要同我們拚命了。這種人留在世上總是禍根，如果不來則已，來則保管他有來路無去路。」

包翩翩、高潛蛟齊聲問道：「聽你兩位口氣好像成竹在胸，已布下了天羅地網似的，何妨說出來讓我們也痛快痛快，讓吳少爺也可以放心。」甘瘋子同少室山人相視一笑只說：「少停，便對你們說，此刻天機不可洩露。」

吳壯猷也弄得莫名其妙卻又不便多問，包翩翩最心急，忍不住說道：「兩位師伯功夫高深自然不懼他們。但是古人說得好，『投鼠忌器』，萬一今天晚上一般亡命之徒成群而來，我們僅僅四人，連帶了四個湊數也只八人，顧前顧不得後。內裡那位老伯母還有我新交的娟娟妹子是受不住驚嚇的，略有閃差，把那般亡命碎屍萬段也抵不過來。」

包翩翩這幾句不客氣的話，正是高潛蛟想說不敢說的。吳壯猷非但不敢說，而且不敢露在面上的。現在包翩翩和盤托出，兩人好像喝了兩杯透骨沁口的甘露，這一份痛快難於形容，直瞪著眼睛等著甘瘋子、少室山人回答出怎樣的話來。

哪知少室山人朝甘瘋子微微一笑道：「如何？偏是他的心急。」說了這句笑向包翩翩道：「你所慮的難道我們想不到麼？你要知道，今晚的局面是尚智不尚力，無論時間匆促萬萬來不及向太湖調人，就是調得人來，如果在吳府上能槍對槍刀對刀大戰一場，你想想吳府上弄成怎樣結果？連一村的安分鄉農也要嚇得屁滾尿流，以為我們在此造反哩！柳摩霄等一心奪寶劍報前仇，他們當然不顧一切，可是我們豈能胡亂來？所以我們要想個萬全之策，只有智取不能力敵了。這樣一說，你們就明白了。」

包翩翩等一聽這些話，肚裡暗想道：「明白是明白，但是你們究竟用的怎樣一條妙計，依然沒有說出來呀。」他們肚裡這樣叨念卻不便說出來，你看我我看你，依然是個悶葫蘆。

這當兒甘瘋子大笑而起，向包翩翩、高潛蛟一招手道：「你們跟我來。」兩人不知何事，跟他到了書房內，甘瘋子便把預定計劃悄悄說了一番，又吩咐他們兩人照預定計劃分頭進行不得有誤，兩人唯唯應著一同又走了出來。吳壯猷一看高潛蛟面有喜色，尤其是包翩翩活潑潑喜孜孜的轉向屏風向內房去了。

高潛蛟走到吳壯猷面前笑道：「請你萬安，師兄們已定下極妙的計策，用不著動刀執杖驚動府上，此刻因為機密起見不能同你細說，請你原諒我們。」又囑咐他道：「今晚到內房同老太太小姐一房去睡，免得在此擔驚。上上下下的人也早早熄燈睡覺，關嚴門戶不要出來偷看。內房便由包翩翩在屋上巡護，外面由我查察。其餘都是少室道長、甘師兄和四個包村壯士的事了。現在我要去預備應用的東西，暫時少陪。」說罷出廳去了。

吳壯猷雖然還疑惑不定，但是相信這位老師是靠得住的，而且也明白他們恐怕洩露機密所以堅不說明，也就略寬愁懷得便回到內房。老太太諸事不知還蒙在鼓中，又問了一句：「聽說門前來了野和尚被高司務趕走了，可是有這事？」吳壯猷一看老太太全然不知，明白妹子娟娟不許下人聲張沒有給母親知道，也就含糊著答應了一句便來尋他妹子。

一到娟娟閨房外面，包小姐正在房內同他妹子談得好不興頭，一見吳壯猷到來，兩人起立相迎。娟娟笑著問道：「妹子平日早說過咱們高司務不是平常人，今天果然真人露相了。那一位道長同甘年伯聽說還要了得，便是這位包姐姐也是巾幗英雄，今天真是難得，蒙諸位英雄下降，妹子斗膽要拜這位姐姐做師父，卻被包姐姐推卸，答應將來替妹子介紹一位了得的女師父。此刻我們敘年庚，包姐姐長我一歲，我們已結拜為乾姐妹了。」

吳壯猷聽得口上連聲道好，肚裡暗暗詫異，她明明知道今晚凶險得緊，怎麼一點不驚慌，卻從容不迫的結拜姐妹起來。這時包翩翩笑道：「令妹對我們行徑已略知大概，便是今晚的事她也略知一二，一到上燈當口，兩位同伯母合住一房，早點熄燈閉戶，由愚妹在屋上看，守保管沒事。令妹雖是瑣瑣裙釵，眼光見識勝人十倍。將來倘能得一明師傳授武藝，比愚妹定強十倍哩。」吳壯猷謙遜一番退了出來，仍回到前廳來，卻不見了甘瘋子、少室山人。一問下人們，說是由高司務領著從夾巷同到後園去了。

原來大廳旁邊有一道夾巷也可以通到，不必經過上房，吳壯猷匆匆趕到後園。卻見園門緊閉，從門縫裡覷著少室山人，領著高潛蛟和兩個包村壯士在一株槐樹底下圍著一口枯井，東指西點不知說些什麼，甘瘋子卻遠遠的跳在對面牆頭上，背著身，觀看圍外一座土山的樹木。半响，甘瘋子飛身下來，向少室山人不知說了什麼話，少室山人向牆外土山腳根密雜雜的竹林抬頭一望，連連點頭；便見高潛蛟指揮兩個包村壯士，拔出腰刀，跟著甘瘋子一齊跳出牆外去了。

吳壯猷吃了一驚，不知他們拔刀跳出牆去為了何事？再看園內少室山人獨自一人不住的向四面牆腳打量，一忽兒在井欄周圍一步一步的繞個圈子，嘴上喃喃自語，不知說的什麼。又從南到北，從東到西，活似丈量這塊園地似的，來回又走了幾遭，驀地在牆腳邊拾了一枝枯竹竿在地上橫七豎八的劃出各樣線條來。而且看他凝神注意，一面探著步，慢慢的走一走，便在地上劃一道痕跡；不多工夫，把滿園土地上劃成曲曲折折若連若斷的花紋，把園外張望的吳壯猷看得莫名其妙。再向園內地上的花紋仔細一看，似乎遍地畫的痕線，有點像是經書內太極九宮之像；再一看卻又花樣繁多，愈看愈糊塗起來，究不知少室山人搗的什麼鬼，在地上畫了這些有什麼用意。

此時卻聽牆外竹林內，丁丁之聲大作，又夾著一陣陣克哧克哧之聲。原來牆外那座土山和山腳的竹林都是吳家的產業，吳壯猷聽得伐竹的聲音，兀自以為家中工人在那兒採竹竿用，一時也不在意，只留神看那少室山人再搗出什麼把戲來，卻見他丟掉了手上竹竿，不在地上畫花樣了。只見他拽起了道袍把長袖向上一挽，騎馬勢蹲在井邊，兩手扶住井口欄圈，只一撼，便見井欄下四面泥土都拱了起來，再一換手，一手把住井口一手托住井欄，輕輕喝聲，便把約有千斤重的一個石井欄掀了起來擱在一旁。

這一來，把吳壯猷嚇得吐出舌頭，半晌縮不進去，這樣神力如果不是親眼目擊，說出去誰也不會相信的。吳壯猷一面驚奇，一面呵著腰，益張眼貼在門縫上越發要觀個究竟。不料夾巷盡頭處一陣腳步聲響，一個工人引著兩個包村壯士奔近前來。這兩個壯士便是分途向水路去偵探消息的，這時想起已探得消息回來報告了。

吳壯猷一看他們到來，只好直起腰讓他們叩門。一忽兒少室山人咿呀的開門出來，一見吳壯猷，向他微笑道：「我們無端驚擾反客為主，實在太顯得不對了，此刻吳兄親眼見著我們這種舉動越發驚疑莫測。其實本應早早告訴足下，無非防著走漏風聲。好在一到晚上吳兄自可明白，只有諸事請海涵的了。」說罷呵呵大笑。

吳壯猷一聽心裡突的一跳，暗想聽他口氣明明知道我在門外偷看，我一聲不響他怎會知道的呢？這種人實在神妙不測。我們這種書生真是坐井觀天，不知天下之大。

這樣一轉念，正想措詞回話，卻已見他向兩個壯士問道：「你們探得消息沒有？」

只聽兩壯士答道：「俺們向水路走出村口五六里路，迎著一隻外江飛沙紅船，船內坐著三個異樣裝束的人，一個是長面道士，一個是魁梧老和尚，還有一個卻是肥頭肥腦黑鬍倒捲衣裳華麗的官紳。另外三個舟子，一張風帆，兩支飛櫓，箭也似的順水駛來。俺們一看那船有異，翻身又跟蹤回到村來，見那隻船在村外，船上三個人一齊躍上岸，也不帶從人，也不進村，逕從村到一條山路，匆匆走上去了。俺們一打聽本村的人，敢情那條山路直通金雞山頂，想到那破廟裡與那同黨會做一路去了。」

少室山人點頭道：「好，你們兩人且進園去，跳出對面那座矮牆，幫他們砍竹。」兩個壯士答應了一聲便奔進園去，後面立著一個工人正看得莫名奇妙，吳壯猷知趣，慌舉手一揮叫那工人出去，復吩咐道：「外面有人打聽咱們家裡情形，誰也不准漏一點口風，你快去知會他們。」那工人答應著退出。

少室山人笑道：「吳兄天分真高，將來也是我道中人，但是尊紀們可以放心，早已由高潛蛟預先叮囑過了，現在請吳兄同進園去，看我們做點把戲如何？」

吳壯猷巴不得有這一聲，兩人相將入園，卻已見高潛蛟、甘瘋子同幾個壯士扛著一大捆青竹竿一個個跳進牆來。甘瘋子一個人便肩兩大捆，怕不有七八支長竹竿。竹梢上竹枝竹葉都已削得精光。

甘瘋子放下肩上竹竿，細看地上劃的紋路連連點頭，笑向少室山人道：「這玩意兒除去我們大師兄就要算你了。我雖粗知半解，其中正奇生克之理總有點弄不上來。今天用著這玩意兒，妙在一半是虛一半是實，讓他鬼靈精的柳摩霄也逃不出俺們掌握。此刻據那後來的兩人報告，照形狀推測，長臉的是柳牛鼻子，僧裝的是醉菩提了，那官紳裝束的人恐怕就是革職的單天爵。」

少室山人道：「我也是這樣猜想，他們既到，勢在必行，我們早點預備好，免得臨時慌促。」說罷，在地上一捆的青竹竿抽出一支來，用手量定了尺寸，向高潛蛟低低說了一番話，便同甘瘋子、吳壯猷一齊走出園來，只留高潛蛟和四個壯士在園內不知做什麼把戲出來。

三人回到廳上，吳壯猷重又洗盞烹泉，分敬香茶。正這樣談著，猛然吳家一個工人匆匆引進一個英武大漢背著一個包袱，一身急裝，滿臉泥土，一見少室山人、甘瘋子，倒了便拜。甘瘋子急問道：「咦，你怎樣來的？怎又知道我們在此呢？」

那人拜罷起來，恭聲答道：「姪徒奉九龍師叔的命，特地先到包村，問明此處地點便即趕來。」說罷從懷內掏出一封信來，送與甘瘋子。

少室山人便指給吳壯猷道：「這是敝徒東方傑，才從太湖來。」兩人慌互相見禮，寒暄一番。

一面甘瘋子便把信箋取出來同少室山人並肩觀看，原來黃九龍信內寫著，如果寶劍到手，急速邀集本派人馬一齊回太湖商量要事。因為最近接到大師兄錢東平從兩廣來的密札，寫明兩廣各路英雄已召集了十幾萬人馬，不時興師義舉向北發動，從兩廣到長江一路水旱英雄都密謀響應。所有計劃都是錢東平運籌帷幄，所以通知太湖人馬早為預備，兩廣人馬一到長江便可崛起等話。

甘瘋子同少室山人看畢相視點頭，卻把手上的信一團，丟入口中消滅痕跡了，卻向東方傑笑道：「你來得正好，今晚這裡還有一幕把戲，此事一了，明日我們便一齊回湖便了。」東方傑慌問何事，少室山人略述所以，東方傑喜不自勝笑道：「徒弟長久沒有發利市了，想不到今天誤打誤撞，到了此地又遇著這般惡魔。今番擒住他們捆到湖堡，正可預備著作祭旗的牲禮。」

他這樣一說少室山人慌視之以目，東方傑會意便不敢作聲了。這時吳壯猷坐在一邊聽著他們的話，看著他們的舉動，真應了一句俗話丈二和尚摸不著頭腦。卻在這時已到正午，裡邊吳娟娟指揮廚娘整治好一桌精緻酒筵送出廳來，另外弄了幾樣可口小菜，自已陪包翩翩杯酒談心。

吳壯猷在廳上，一見酒饌到來，忙指揮工人們在廳上調桌抹椅，肅客入席，一面叫人到後園請高師父入席。不一時高潛蛟進廳來，扛著一個烏油油四尺多長的一個扁長匣子放在地下，先和東方傑寒暄幾句，後向甘瘋子少室山人笑道：「小弟已遵命布置妥貼，在井底掘了四尺多深便發現了一個鐵匣子，卻是精鐵打就，四面毫無開閉之處。也不知當年怎樣鑄就的，其中想是那話兒了。」

少室山人、甘瘋子都離席下來蹲在地上，用指在匣邊扣了幾下，錚錚然發出一種金石之音，其聲清越，餘音悠遠，許久方止。甘瘋子向吳壯猷道：「這就叫『匣劍作龍吟』了。」

吳壯猷這才知道匣內就是寶劍，忙也俯身細看，只見那匣子在井底埋了這許多年，一點沒有水鏽痕跡，依然烏油油的耀目爭光。

少室山人道：「這個匣子也非凡鐵所鑄，定是百煉精鋼。」

吳壯猷道：「這樣天衣無縫的鐵匣，如果擊破撬開，未免可惜。」

甘瘋子笑道：「這是當年百拙上人的巧思，八劍鑄成之後定是看爐內尚有餘鐵，特地鑄成此匣留給後人。儘把這匣子再入爐熔化，也可鑄成一柄上上的刀劍哩，就是把它撬破也沒有關係的。現在事不宜遲，我們先設法取出寶劍來大家賞鑒賞鑒。這一席酒便可作為慶賀寶劍的喜酒，正合古人說的『看劍引杯長』的那句話了。」

少室山人笑了一笑，從腰間摸出一件東西來，眾人看時，卻是六寸長亮晶晶白森森的一柄匕首，非金非石不知什麼東西鑄成的。

少室山人舉著那柄匕首，笑著對眾人道：「我這柄匕首不是誇口，比那匣中寶劍還寶貴哩。不論精鋼寶玉，切斫如腐。最奇的如果把它浸在清潔的山泉內，過了一晝夜卻又軟化如棉，可以隨意捏成各種物件，原是唐猊犀麟一類異獸的角做成的，還是二十年前在崑崙山上得的，今天正用著它來開這匣子了。」

眾人稱奇不止，少室山人便拿著匕首在匣子一頭上劃了幾劃。說也奇怪，那匣子一經匕首畫上，便如紙糊一般，在一頭上裁下一塊正方形的鐵板來，這塊鐵板一裁下便見匣中水銀似一道寒光，閃閃的射將出來，獨有吳壯猷還覺著一股冷氣，中體欲噤。高潛蛟把匣子那邊一掀，便似兩泓秋水般流將出來。

少室山人和甘瘋子每人一柄拿在手中，卻俯身再向匣內一望，口中咦的一聲道：「只有兩劍，八劍尚缺其一，又向何處物色呢？」

少室山人笑道：「不必多慮，八柄已來了七柄。劍是靈物同氣相感，不怕那柄不來。」說罷把兩柄劍並放在席上。

眾人細看時，只見兩柄劍長短參差都沒有劍鞘配著。一柄脊高鍔細，自鐔至鋒通體純鋼鑄就，拙樸無華，不過二尺多長，近鐔處鐫著「守拙」兩字。一把通體二尺八寸長，平脊闊鋒，光可鑒髮，劍鐔鏤就極細花紋，隱隱篆著「瓊光」兩字。

甘瘋子笑道：「你們且評一評兩劍高下。」

高潛蛟道：「同一冶爐鑄就，同是一人所製，如何分得出優劣來？」

少室山人笑道：「這倒不然，譬如一龍九子子子不同。一個胞內的弟兄尚且性質各別，何況一爐冶出的寶劍？依我看，這兩柄劍斬金截鐵果然同一犀利，但是在我們手上運展起來長不如短，『瓊光』不如『守拙』。『瓊光劍』鋒芒外露，剛多柔少，『守拙劍』英華內潛，爐火純青。諸位不信，只要留神兩劍散發出來的光華便各自不同。『瓊光』略微帶一點閃藍之光，『守拙』卻同爛銀一般毫無雜色，即此可以辨別爐中功候。」

說罷又把兩劍遠遠分開，指著「守拙」劍說道：「你們仔細看，一經分開，兩劍的光采便分明不同了。」

甘瘋子拍手大笑道：「道兄高明所見甚是，但是今晚我們兩人倒是試試看，借重這兩劍哩。」

少室山人笑道：「我細看這兩柄劍尚未飲過人血，也沒有經人施展過，便同新出爐的一般。照理新出爐的劍要飽飲人血的，我卻希望今晚不要流血才好。」

眾人笑了一陣，依然把兩柄劍放在席前，大家就座暢飲起來。飲至半酣，包翩翩在內室聞得寶劍出土，慌三腳兩步跑到前廳來。瞥見東方傑在座略一詢問，便把兩柄劍捧住細細鑒賞一番。卻聽甘瘋子道：「今天一過申刻，諸位都照預定計劃各司其事。」又一指東方傑道：「加上你幫助他們兩人作個遊擊巡迴的職務，園內的事你們不用顧慮，由我們兩人指揮包村四勇行事便了。」叮囑畢，高潛蛟、包翩翩、東方傑唯唯答應。

大家吃完了飯，正預備各自休息休息養養精神，晚上好對付單天爵、柳摩霄那般人。忽聽大門外面一陣喧嘩，吳家工人引進兩個白髮農夫來向吳壯猷和眾人唱個禮喏顫抖抖的說道：「啟稟少爺得知，金雞山山神廟內來了一般不三不四的人，其中也有紳士也有道士也有帶髮的頭陀，也有光頭的和尚，都是凶眉凶目的人物。據那紳士說，是來遊山帶看地穴風水的，他們帶著行廚，就在山神廟內高飲起來。一忽兒一個猴子似的頭陀帶著一個外路船上人，進村子打聽得此地沒有酒買，便挨家瞎闖，要強買一罈好陳酒和幾隻肥雞。

「村裡人看他們不三不四，便沒有好氣應付他，有幾個還知道上半天給高司務打走的惡頭陀也是一幫人，越發不睬他們。那頭陀討了沒趣，咬著牙惡狠狠的回山神廟去了。因此村子裡幾個年長的私自商議了一下，教俺倆來通知少爺一聲，如果那般人真不是好路道，在俺村子裡逗留著做出一點歹事來，便請少爺命高司務留神一點。萬一有事俺們鳴鑼為號，全村壯丁齊心出來幫著高司務捆住他們，送向縣裡去。也教他們知道，俺們劍灶村不是好欺侮的。」說罷垂著手，靜等吳壯猷回話。

這時廳上席散人未散，高潛蛟正在吳壯猷身旁，便接過來朗聲說道：「難得諸位鄉親齊心，如果那廝們真個做出手腳來，只聽俺們這裡一有舉動，諸位也不用真個上陣打仗，只要齊聲吶喊著助一助膽氣便好了。倘然那廝們沒有事，諸位也不要去惹他們，免得生出是非來。」

吳壯猷也說道：「這樣最好，兩位老鄉長且吃杯水酒，坐坐去。」那兩老者慌拱手作揖的告辭而去。

這裡大家又談了一陣，劍灶村風俗淳樸，猶有古人守望相助之義，如果有人組織一個團練公所，也不亞於包村哩。大家談了一陣便各自散去。包翩翩回內宅，甘瘋子、少室山人、東方傑回到書房盤膝打坐調息養神。只吳壯猷滿腹狐疑，一心記掛著後園的把戲，趁此甘瘋子等不在跟前，死命拉著高潛蛟，左一個師父右一個師父，非要引他到後園去看個明白才安心。

高潛蛟被他弄得沒法，只得同他到後園來。一進園門，便見四個包村壯士在門口蹲的蹲坐的坐，各人腰間掛著綠鯊皮的刀鞘，插著刃薄背寬的朴刀，一見高潛蛟都笑嘻嘻的站起來。高潛蛟道：「諸位辛苦，用過午飯沒有！」眾人齊應道：「已吃過了。」

這時吳壯猷兩隻眼珠早已骨碌碌的向園中察看，只見遍地插著二三尺的青竹竿，竿端一律斜削成槍鋒似的銳利，滿園一望森森然刀山一般，竟一步也難插足。從竹竿縫內進去，望那口井依然好好的安上石井欄，看不出掏掘過的樣子，再一細看，卻見槍林似的竹竿內，東南西北四方都有幾十支較長的竹竿對列著，便像一重重門戶似的，其餘也沒有異樣的地方了。

吳壯猷拉著高潛蛟悄悄問道：「有這樣銳利的竹竿遍地插著，如果有人想從牆外跳進來，足未著地，早已肚裂腸穿死在竹槍尖上了。」

高潛蛟搖頭道：「不是這個意思，有能耐的人，真是刀山也一樣可以跳下來行所無事。這是少室道長高深獨得之秘，不要說我是個一竅不通的人，便是學問深博武藝驚人的高手，對於這種巧侔造化的神技也是難測高深的。我聽過俺師兄們研究此道叫做遁甲八陣圖，漢朝諸葛武侯在四川瞿塘急湍奔流的中間留下幾堆石子，一直到現在兀自屹立中流，不受奔流衝蕩。據說一到風雨晦暝的當口，那幾堆石子間風雲蓊起，雷電交轟，真有千軍萬馬之勢。便是風清日朗的日子，早晚也有煙雲出沒，倏忽變幻之奇，這就是武侯遺留的八陣圖，人人所知道的。但是據俺師父陸地神仙說來，當年諸葛武侯的八陣圖，還沒有學完全哩。」

吳壯猷聽得出神，慌問道：「難道這園內插著的竹竿，也就是八陣圖嗎？」

高潛蛟笑道：「怎麼不是？你看看這許多青竹竿毫不為奇，倘然把你擺在裡邊，包你左旋右轉弄得頭昏腦脹，轉一年也出不來。我也不知其中有何奧妙，只聽他們說過，其中主門有八，一重門占著一個字，叫做休、生、傷、杜、景、死、驚、開，這八個字，每一個字都有極妙的作用和變化。擺陣圖的人必定要預先齋戒沐浴，按四時、化五行、合三才、布九宮，算得停停當當，還要參用六丁遁甲，算定生克奇門，然後方能下手設陣。」

吳壯猷不信道：「照師父這樣說，不是倉卒之間所能擺設。何以少室道長在倏忽之間，便畫下地線圖樣，叫師父立時設立起來呢？」

高潛蛟大笑道：「我的少爺，你還在鼓裡呢。不瞞你說，我在府上兩年，光在這園內守候劍氣也不知費了多少心血哩。便是少室道長也時常從包村到此，來的時候都在深更半夜跳進園來同俺相會，把這塊園地的四至八道丈量得清清楚楚。那時用意並不在對付洞庭幫上面，全因為開掘寶劍也須布置一下，寶劍通靈，每與地氣吸引，可以在地中自在遊行，古人延陵劍合就是這個道理。到了這幾天，恰巧洞庭幫到來，少室道長一舉兩用，重新更改一下，擺下這一座奇門顛倒八陣圖。你我不懂得其中巧妙當然看不出所以然來，一到晚上賊人到來，自然有鬼神不測之機，天地造化之巧。」

吳壯猷疑信參半笑著說道：「這種虛無縹緲的道術，古人雖然也有記載，我們儒家總當他是異端邪說，不足為訓的。」

高潛蛟不禁面色一整道：「你是下帷苦讀，足不出戶的書生，也難怪你不信，便是我初聽師兄們說到神乎其神的當口，俺也一百二十個不信。後來聽到他們入情入理的細細譬解和幾次親眼目擊，才知天地之大，絕不是你們坐井觀天能夠測度的。有一次四師兄對我說，這種學問同僧道及江湖術士專講迎神役鬼拘魂攝物的一種左道邪門，完全不同，全從一冊易經上推演出來的，其中以精氣神為主，運化到天地陰陽生克變化之中，然後發生出無窮妙用來。因為這種學問非盡人可學，自古到今傳人無幾，我們看不透其中奧妙，自然當作異端邪說了。孔老夫子也說過『假我數年以學易』，如果那冊易經沒有天地造化之理，陰陽開闔之奇，何致連孔老夫子都看得這樣鄭重呢？我一肚皮草包，又是笨嘴笨舌說不出一個大道理來，你是學有根底的人，將來有機會定可以了解的。」

第四三章　虎嘯龍吟

吳壯猷聽他說了一大篇暗暗稱奇，想不到他也能說出這樣話來，真是近朱者赤，近墨者黑了。當下連聲答道：「老師的話一點不錯，我一個株守家園的年輕人怎能推測天下之大？想不到我有這樣奇遇能會著這樣奇人，將來全仗師父提攜的了。」

這時高潛蛟被他左一個師父，右一個老師，連珠般奉承上來，也只有卻之不恭受之有愧了。兩人說了半天，園內既然無法進去只得轉身回廳。高潛蛟道：「此刻無事，甘師兄等正在調息養神，無庸我們陪他們，你大可到內房休息一下。昨晚一夜沒有睡好，趁此休養休養，我還要布置一下旁的事情哩。」說畢匆匆出廳去了。

吳壯猷一夜未睡，確也有點支持不住，便依言進內休息去了。他昨夜熬了一夜又講了一夜的話，第二天強提精神勉作主人，又從清早到晌午周旋在甘瘋子、少室山人之間，耳所聞目所見，都是稀奇古怪，出生難遇的事。一顆心忽驚忽喜，忽憂忽樂，再不得閒，可算得出世以來沒有比這天還勞苦還興奮的了。所以不睡則已，一睡下來立時呼呼大睡人事不知。哪知等他一覺醒來霍的坐起張目一看，床前墨黑，天日無光，吃了一驚，自語道：「咦，奇了！難道我睡了這許多時候，已經入夜不成？」

這話方出口，驀地伸過軟棉棉香馥馥的一隻手把他的嘴掩住，一人悄悄說道：「快不要作聲，他們正同賊人交上手哩。」

吳壯猷一聽是他妹子娟娟的聲音，又聽見賊人已經到來，嚇得半晌說不出話。許久方悄悄問道：「母親睡了不曾？賊人又在何處？你怎的又在此地？」

娟娟聽他說話上句不搭下句顫抖抖的，連床帳都瑟瑟的晃動起來，知道他睡得迷迷糊糊，驟然一聽嚇成這個模樣，忙低低笑慰道：「虧你是個男子漢，我還不怕呢。包姐姐仗著明晃晃的寶劍，天神似的立在咱們屋頂上，怕怎的？母親被我哄得早已安睡，一點也不知道今晚的事，此刻大約正睡得香甜哩。我服侍母親睡了以後，遵著包姐姐吩咐不回樓去，把內外燈火一齊熄滅，便到此坐著。也不想睡，也不知道賊人來與不來。剛才包姐姐跳下來，在窗外悄悄通知我說是洞庭幫賊人已到，叫我們不要作聲。囑咐完畢，咻的又飛上屋頂去了。」

原來吳壯猷睡的所在，便是他母親的後房，只差一層板壁。當下吳壯猷聽得娟娟這樣一說，又悄悄問道：「此刻什麼時候了？」

娟娟答道：「大約已四更時分。」

兄妹不敢再說話，恐怕驚醒隔壁睡著的母親，只側耳細聽，初時靜悄悄的聽不出動靜來，猛地遠遠一聲呼叱，頓時起了一種克嚓叮噹之聲，卻又漸聽漸遠，一時又靜寂了。

且不提他們兄妹躲在房內暗自擔心。卻說高潛蛟、東方傑、包翩翩三人一到初更時分早已飛身上屋，各守汛地，靜候賊人到來，甘瘋子、少室山人卻從容不迫依然在大廳上秉燭閒談，直到二更敲過才一口吹熄燭光。甘瘋子帶了守拙劍，少室山人攜了瓊光劍，到了後園，卻不在園內憩足，只吩咐四個包村壯士如此如此，逕自跳出牆外走上土山，揀了兩株最大的松樹，各自攜帶寶劍，飛身上了樹巔，隱身而坐。

卻喜一輪寒月照澈山溝，踞高四望，一覽無遺。直到四更時分，隱隱聽得村中一陣犬吠，一霎時便見土山腳下幾條黑影一溜煙似的奔近來。一到牆下，現出四個身穿純青夜行衣各帶兵刃的人來，卻看不出其中有道裝僧裝。因為各人頭上都包著黑帕，只見為首一個一俯身拾起一顆石子哧的擲進牆去，一忽兒四人都飛身上牆。半晌卻沒有跳進牆去，似乎現著遲疑之色。

忽有一人發話道：「三位留意，這神鬼陣圖卻瞞不過我，何足為奇？這樣看來，反可證明寶劍決計尚在井內，特地設此鬼陣以為無人敢進，連人也沒留著一個，真真可笑。須知俺也是識貨的，三位隨俺來，此地得手再到前面同他們會合罷了。」說畢颼颼颼都跳進牆去了。

甘瘋子在樹上聽出發話的便是柳摩霄，心裡暗笑，諒你老奸巨猾，今天也難逃公道！你自以為識得八陣圖，須知這八陣非同尋常，初看陣形雖同八陣圖一般，那其中以奇門遁甲為主，八門含著八八六十四卦，騰挪顛倒變化萬端。除非你不躍下去，一經躍入陣中，重門迭戶隨魔生障，休想出得陣來！便暗暗同少室山人一打招呼一齊躍下樹，悄悄說道：「他們似分兩路進來，白天探得共有六人，此地進圈的只有四人，聽他們口吻定有兩人到前面去了。」

少室山人笑道：「此地進陣的四人，已在我們掌握之中，先讓他們在陣中左旋右轉繞個昏天黑地再說。甘兄可以到前面去助他們一臂，免得高潛蛟、東方傑等多費手腳，也免得驚動內房女眷。由我一人在此看守，回頭再在園內會齊便了。」

甘瘋子說一聲好，便飛步下房而去。

卻說高潛蛟提著一根檀木齊肩棍，東方傑橫著一柄金背大砍刀站立在大廳屋脊上四面瞭望，只等賊人到來。直等到四更時分，聽得遠遠犬吠便覺有異。東方傑先自躍上大門屋頂，伏著身向來路探望。正一探頭，不料背後颼的躍過一人舉刀便砍，東方傑猛覺腦後金刃劈風，便知賊人暗算，忙趁勢在瓦上向下一滾，一個鯉魚打挺又立起身來。還未立定，一柄明晃的戒刀已向下三路砍來。

東方傑大怒，喝聲來得好！舞起金背大砍刀奮勇敵住，趁勢細看敵人，只見他一身夜行裝，青布包頭玄綢裹體，身軀雄壯面目猙獰。兩人也不答話，一味啞聲兒廝殺起來。可是來人一柄潑風似的戒刀上下翻滾，刀法精奇，刀沉力厚，越戰越勇，竟有點難以招架。只得步步向後倒退，在東方傑主意自忖難以力勝，想誘他到廳屋上同高潛蛟併力捉住。不料一進一退戰到廳屋上面，只見高潛蛟也正同一個瘦小精悍的賊人打成一片。

原來東方傑同人在門樓上交手時，高潛蛟早已看見，正想飛身過去幫同交手，還未舉步，瞥見哧的一道黑影，從廳側書房棚頂上縱了過來。高潛蛟倒提齊眉棍雙足一點，迎上前去，喝聲：「賊子通名，好領死！」

那人一聲冷笑道：「小輩何人，難道還不識你家佛爺飛虎頭陀的大名嗎？」

高潛蛟哈哈笑道：「原來就是太湖做奸細赴水逃命的賊頭陀，不要走，吃吾一棍。」呼的一聲，一個枯樹蟠根勢，一枝棍向敵人腳踝橫掃過去。

飛虎頭陀真也厲害，兩足微點，向上一縱，便輕輕躲過，一扭腰，人像旋風般一轉，便從腰間掣出一條蛟筋藤蛇棍來，同時也到了高潛蛟側面，呼呼一聲怪響，那條藤蛇棍像怪蟒出洞般直奔過來。高潛蛟看他兵器特別，不敢怠慢，施展開趙太祖三十六手洪門齊眉棍法，同飛虎頭陀打在一起。

但是飛虎頭陀手上的蛟筋藤蛇棍，也是棍法出眾，毫無破綻，又係硬中帶軟，有時隨手一掣，便當作軟鞭使用。高潛蛟雖功夫精深，卻因在屋面上，下步未穩，未免略形減色，因此兩條棍你來我往戰了多時，只打得個半斤八兩，難解難分。

這時廳上四人打了兩對，早已驚動了內樓上抱劍卓立的包翩翩，遠遠看得東方傑步步後退，只這著招架，再遮延一會兒，定要落敗！自己要保護內眷，恐怕尚有餘黨，又不敢輕離樓面，心裡焦急萬分。正在忍耐不住，忽見前廳左角上驀的起了一道電光，直奔東方傑與敵人之間，還未看清，驀聽得一聲慘叫！兩人中倒了一個，骨碌碌滾下廳簷去了。

包翩翩大驚，忍不住拔劍一縱飛到廳脊，卻見東方傑、高潛蛟夾攻一個披髮頭陀，兀自戰不倒他，兩條棍、一柄刀如風馳電掣絞在一處，那道電光卻又不見。正想加入戰團，幫助兩人，猛地一道白光從庭心衝上屋簷。包翩翩急定睛細看才認出甘瘋子，手上橫著那柄守拙劍閃閃光華射出老遠。

甘瘋子一現身便喝道：「你們閃開，今天是他們惡貫滿盈之日，待我來送他回老家去。」

飛虎頭陀一見甘瘋子便像耗子見了貓，急思逃遁，無奈被東方傑、高潛蛟纏住，急切裡脫不得身。心裡一急，趁著甘瘋子說話眾人分神之際，大吼一聲，使出全身功勁，把一枝蛟筋藤蛇棍用一個撒花蓋頂的招數蕩開了檀木棍，斫開了大砍刀，斜刺裡將身一縱，便想翻過屋脊逃走。哪知身未立定，甘瘋子爛銀似劍光一揮似蛇信一般向身後刺來。喊聲不好！慌一伏身，隨手把藤蛇棍向後一甩，人隨棍轉，一個玉帶圍腰向甘瘋子攔腰擊去。甘瘋子鼻子哼了一聲，把劍向棍上只一撩，哧的一聲，半截藤蛇棍直像飛蛇一般不知飛到哪裡去了。

這一下，真把飛虎頭陀嚇得魂靈出竅，手上只捏著三尺不到二尺有餘的一條斷棍，急轉身向左一縱，不料忙不擇路，未看清左邊是包翩翩立的處所候個正著。未待他立定，一上步，一緊手中寶劍向他上身平刺過去，這一下出其不意，萬難閃躲，好個飛虎頭陀，一咬牙仗著全身金鐘罩功夫猛一鼓氣，索性挺胸一迎，只聽得嗤的一聲，那柄劍竟未刺入，卻向旁邊滑了過去，把他上身黑綢密扣小褂，劃了一道大口子。

這一來，包翩翩大吃一驚！非但震得玉手微痛，而且劍鋒滑過一邊，一個留足不住，身子向前一傾，幾乎同他撞個滿懷。凶惡的頭陀還想逞強，乘包翩翩向前一傾之際，舉起斷棍當頭蓋下。這一下卻也險到萬分，如果被他撈著一下，立刻就會玉殞香消。說時遲，那時快，高潛蛟一枝棍、東方傑一柄刀早已同時並舉，向左右裡攻進來。飛虎頭陀怎敢怠慢，急急掣回斷棍，左架右攔，支吾應戰。

此時包翩翩安定驚魂，也奮力把他圍住，恨不得一劍結果這個惡頭陀。這時飛虎頭陀手上只剩了半支斷棍，有本領也沒處使用，兩隻眼又防著甘瘋子，哪裡還敢戀戰。再一看同來的摩訶僧蹤影全無，先時一聲慘叫，料定是著了道兒，凶多吉少！想到這兒心膽俱裂，留神四處，卻喜甘瘋子不知何處去了，暗念此時不走更待何時。無奈前後左右三件兵器裏得風雨不透，身上被劍刺、刀擊、棍打，不知挨了多少下，上身下身的衣眼已撕成一條條的隨風飛舞。如果不是金鐘罩功夫，早已變為肉泥，雖然如是，也難持久，功勁一洩，便要難逃公道！只急得他怒吼連連，汗如雨下，像瘋狗一般，卻只脫不了身。

高潛蛟一面交手，一面留神他汗流浹體，氣喘如牛，便知他精疲力盡，金鐘罩的功夫已破去了大半。便暗自運動把棍法變化，乘包翩翩、東方傑攻他上盤之際，猛的把棍一收一吐，棍棍蹈虛襲隙，點向要害所在。飛虎頭陀略一疏神，高潛蛟只個怪蟒吐信向他襠下一挑，喝聲著！一聽他牛也似的怪吼一聲，一個身子隨著棍頭撩向半空，卜蹉一聲跌在庭心，便不動彈了。

三人一齊跳下去，只見廳下階前還有一個死屍仰天躺在血泊中，胸口一個小窟窿兀自汨汨的流出血水來。高潛蛟把他頭上包巾去掉，仔細一看說道：「這人便是白天的摩訶僧。」

東方傑道：「這頭陀武藝不亞於飛虎頭陀，沒有甘師伯出其不意的賞他一劍，真還敵不住他。」

包翩翩道：「甘師伯遊戲三昧，忽然而來，忽然而去，此刻又不知何處去了。」

高潛蛟道：「當然到後園去了。他看我們戰了許久，沒有發現第三個賊黨，定然都困在八陣圖內了，我們且到後園去看個究竟。」

東方傑、包翩翩稱是。高潛蛟仔細又看了一看飛虎頭陀的死屍，見他四腳八叉的躺著，連後腦都跌出腦漿來了。於是把兩具屍首一起疊在牆角陰處，然後三人一齊上屋飛身到後園來。三人不敢造次，一到後園牆頭，且不現身，隱著身子，伏在相連的屋角上，往下細瞧，都暗暗稱奇起來。

原來此時天上一輪寒月，照澈全園，只見園內滿地竹竿森森矗立，同白天一般，卻不見一個人影。非但賊人不見，連少室山人、甘瘋子以及四個包村壯士都蹤影全無，三人看得奇怪，情不自禁的一齊跳入園內，信步走入竹竿門內。意思之間想穿過陣圖跳上那邊牆頭，再看看牆外土山上有無人影。

萬不料三人步入陣圖，跨過幾重門戶以後，只覺滿眼漆黑，伸手不見五指，三人一陣瞎摸只覺門戶越走越多。明知是竹竿插成的陣勢，東南西北也不過幾丈方圓，無奈越走越糊塗，兩手亂摸竟摸不著一支竹竿，好像走入一片荒野一般。

最奇起初三人雖不能近身，互相問答還聽得出聲音，到後來高潛蛟一連問了幾聲，竟不見東方傑、包翩翩回答。獨自瞎子一般亂摸，不禁心慌起來，自己懊悔不迭！明知這陣圖奧妙無窮，怎的忘記所以，自己撞了進來。而且三個人一齊撞入其中，明天被人知道豈不笑死？真是作法自斃了。越急越沒有法想，兩隻腿不停的走也不知走了多少路，昏昏沉沉的不知經過多少時候，猛聽得耳邊一陣大笑，被人拉住一隻手，腳不點地的跑了幾步，又聽得耳邊喝聲站住！眼前陡然光亮一閃，便見少室山人站在自己面前。少室山人背後立著包翩翩、東方傑，四面一看，自己已立在陣圖外面，許多青竹竿依然清清楚楚的直立著，幾乎同做夢一般。

少室山人同包翩翩、東方傑你看我我看你，都大笑起來，自己也禁不住啞然失笑。包翩翩金蓮一頓道：「我今天算嚐著這八陣圖滋味了，我們貿然進去總以為自己人不要緊，哪知這玩意兒不認人。」

包翩翩這樣一說，少室山人跺足大笑不止。東方傑哭喪著臉道：「我才倒楣呢，三人失散以後，我滿眼都是白茫茫的似雲似霧的東西，苦的是腳底下又一腳高一腳低，好像在棉花上走路一般。心裡一迷糊，好像一腳踏入陷坑，整個兒掉了下去，又像萬丈深似的更起不來了。後來似乎有人在臂上輕輕一提，提上陷坑走了幾步，便見著我師父了。現在我明白定是跌入那口枯井了。」

包翩翩道：「咦，這又奇了。我在陣內又同你不一樣，起初你們兩人說話我還聽見，後來聲音漸遠，似乎隔開了好幾丈。心裡一急大聲呼喚你們皆不理我，我又驚又恨！不管三七二十一向上一縱，以為這塊園地，白天早已看清楚，不難從上而跳越陣外。這一跳，自以為跳得很高很遠定然在陣外，哪知一落到地上，非但滿眼漆黑不辨東西，而且滿耳風濤澎湃之聲，好像一個身子飄浮海洋當中，這一下真嚇得我寸步難移。幸而不多辰光，有人暗中遞過了一枝細竹竿，像瞎子弄明杖似的把我引出陣外，頓時天地晴朗，才知師父來引我出陣的。我兀自頭腦昏昏，一忽兒師父又把師兄和師叔先後引出來了。」

說罷各人大笑，高潛蛟也把自己情形一說，問少室山人道：「怎麼三人在陣中所遇又不一樣？」

少室山人笑道：「現在無暇談這些事，時候不早，你們快跟我來。」說罷當先領路，又把他們三人引入陣中。

說也奇怪，這一次有少室山人領導，一入陣中毫無異樣，只幾轉便上了那邊牆根，少室山人又領他們躍出圍牆向山上走去。一到山頂松林內，只見地上寒鴉浮水般捆著四個人，旁邊堆著幾件兵刃，由四個包村壯士圍守著。甘瘋子卻在不遠一塊磨盤大石上盤膝而坐，一見少室山人領三人到來，指著高潛蛟等笑道：「那飛虎頭陀經我削斷了蛟筋藤蛇棍，我知你們三人定能製得住他，這件功勞讓了你們，所以我脫身回到後面來了，此刻那凶頭陀想已涅槃了。」

高潛蛟一說所以，又問地上捆著的想是柳摩霄、單天爵等，不知有漏網的沒有？甘瘋子指著少室山人大笑道：「到了漁翁手上還有漏網的嗎？今天真可算得一網打盡了。我從前聽別了你們回到此地，便同他們上牆頭，像看戲般看著柳摩霄等像掐頭蒼蠅似的在裡面亂闖，橫一迸豎一跳耍狗熊似的耍了一陣。醉菩提、天覺僧首先跌入井內，不知我們在枯井下早已埋伏著四個包村壯勇，預備好堅固的繩束好掉下去便捆個結實。

「只有柳摩霄、單天爵兀自在陣內瞎撞，由少室道長跳下去，容容易易的在兩人身上撿著不致命的穴道一拍一點便也躺下，人事不知了。這才喚出井中壯勇，捆上了柳摩霄、單天爵，又把井中捆著的兩人也提了上來，也給他們點了穴道，一齊運出牆外提到山上。你們不看地上捆著的人都像死了一樣嗎？都給他們點了昏暈穴，到了明天此刻才能醒轉哩。現在我同少室道長已商量妥當，柳摩霄等不是有一隻飛沙外江船泊在江口嗎？我同道長和東方傑帶著四個包村壯勇連夜把四人運回太湖去，免得天明以後吳家合村中的人看得駭異。你同包姪女暫留吳家，再待後命。」

說畢便吩咐四個包村壯士趕到吳家廳前把兩具屍首搬來，在此掘坑埋葬滅了痕跡。一面又命高潛蛟、東方傑跳進牆去把園內擺陣的竹竿連夜拆去，索性弄得神鬼莫測不留一點痕跡。

少室山人笑道：「果然這樣巧妙，但是拆掉擺陣的竹竿還得我自己去才好。你且在此稍候，待我事畢一同上船不遲。」

甘瘋子點頭應允，便指揮四個包村壯勇去訖，少室山人也領著高潛蛟急跳進內去。待了一忽兒，諸事辦畢。甘瘋子、少室山人、東方傑帶著守拙、瓊光兩柄寶劍，督著四個壯勇分扛著四個俘虜，便下山尋著江口那隻飛沙外江船跳了上去。船上幾個舟子經東方傑輕輕幾句話，便嚇得屁滾尿流，奉承不迭。高潛蛟、包翩翩送到江岸，少室山人吩咐道：「你們兩人對吳宅主人善為致意，說我們不便久留的緣故，只好不別而去。我一到太湖是否再回包村，定然有信通知你們。」

當下彼此略一叮囑，便揚帆而去。高潛蛟、包翩翩兩人又回到土山上，把地上堆著敵人留下的幾件兵刃一齊撿起，回身縱進吳宅。在前廳台階下細細查勘一番，卻喜地上血跡已被包村壯勇打掃乾淨，只有兩截藤蛇斷棍、一柄戒刀還丟在地上。高潛蛟順手也把兩件兵器撿起放在廳角。這時大功告成，天也漸漸發曉，往時吳家的工人們這時也要起來做活，這天卻內外闃靜無聲，你道為何？

原來高潛蛟等奔前奔後鬧了一夜，雖則仗了八陣圖把六個魔頭毫不費事的拿住，可是前廳同飛虎頭陀、摩訶僧一陣劇戰豈無動靜？在高潛蛟等雖不敢大聲吆喝，而飛虎頭陀、摩訶僧殺得興起時免不了大聲疾呼。尤其摩訶僧中劍時一聲慘叫以及飛虎頭陀被高潛蛟一棍撩起半空，從半空又跌落廳下時也夠震天動地的了，何況在屋上棍來刀往克哧叮噹之聲響個不絕呢。

吳家工人們在白天察言觀聲也有點懷著鬼胎，一到晚上經高潛蛟一一吩咐叫他們不要出來走動，越發提心吊膽。到了真個交手時節，各人躲在房內聽得這種可怕聲音膽戰心驚，一夜何曾閉目？到了天色發曉，外邊沒有動靜，還自不敢出來。便是吳壯猷兄妹也是越聽越怕，只有前面那位老太太倒睡得香甜酣適，天剛透亮，她老人家起身得早，卻已咳了幾聲慢慢預備起床。

這時包翩翩已到後房向吳壯猷兄妹悄悄說知一夜情形，現在風平浪靜沒有事了。吳壯猷聽得母親已睡醒欲起，慌忙出房通知下人們起來侍侯，自己便到前廳同高潛蛟相見。高潛蛟同他略說大概，把打死兩個頭陀的事隱瞞不提，已嚇得他變貌變色，聽得甘瘋子等去得這般快，卻出意料之外，恐怕高潛蛟也要別去，便再三叮囑不要遠去。內裡娟娟也把包翩翩死命留住，兩人便權在吳家盤桓，靜候太湖之命，趁此也把武術入手功夫教給吳壯猷兄妹，按下這邊不提。

且說甘瘋子、少室山人、東方傑一行人等押著四個俘虜，不日到了太湖。黃九龍等接進堡中，知道寶劍已得而且生擒柳摩霄等，皆大歡喜。先把柳摩霄等嚴密監禁起來，然後盛設慶功酒筵，替少室山人、甘瘋子等洗塵。

范高頭、紅娘子、滕鞏、東方傑、東方豪、癡虎兒以及東關雙啞等都一齊在座，開懷暢次。席間黃九龍談起大師兄錢東平已輔佐兩廣英雄洪秀全、石達開等督率著十幾萬人馬，已把廣東廣西幾處要地占據，把清廷人馬殺得落花流水，聲勢大振，不日分道北上。招討滿虜的檄文已馳布中外，清廷弄得手忙腳亂，各處山寨也都紛紛響應。這幾天大師兄差幾批心腹人到來，叫我們預備妥當到時揭竿而起，所以請少室道長二師兄回堡來大家商量個步驟，作好準備。

甘瘋子首先開言道：「我們師父師母兩位老人家雖然深隱高蹈，可是臨別時候一番話大家總還記得，非但替我們定了進取之策，還替我們留下了退步。他老人家這樣深謀遠慮，當然眼光遠到。便是這次我們大師兄來信雖則叫我們預為布置，卻叫我們暗暗進行，須等到他們軍馬到了長江時才可發動，即此一端，便可見大師兄謹慎從事的主意。因為兵革一動如火燎原有進無退，非要旗開得勝馬到成功不可，稍有蹉跎便成騎虎難下之勢。因此現在我們先以慶賀八劍為名，聚集芙蓉島、飛龍島、靈巖寺等心腹同盟暗暗集議一下，定個妥當預備辦法，把軍火餉糧以及招添人馬等等辦法都一一想妥。然後散會分頭進行，將來到兩廣義師直達江浙之際，只要此地總寨一發號令，立時可聚集起來編成一支勁旅，響應他們了。」

甘瘋子侃侃一談，眾人無不稱是，少室道長笑道：「甘兄主意果然不錯，不過八劍只有其七，還有一柄尚無下落，要說慶賀八劍似乎美中不足。」

滕鞏道：「這也不難，我們無非藉此名義遮掩外人耳目罷了，何妨選一柄別的寶劍充數呢？」

紅娘子忽然笑吟吟的說道：「事有湊巧，前幾天我接到芙蓉島雲中雙鳳來信，說是新近得到一柄寶劍端的名貴非凡，劍名『綠萼』，卻沒有說出得劍緣由。何妨就用這柄劍湊成八劍，管他是誰鑄的呢。」

少室山人笑道：「也許便是百拙上人所鑄八劍之一也未可知。那就差人知會他們，在聚會前早幾天到來好了。」

當日便差幹練頭目分頭到飛龍島、芙蓉島等處通知聚會日期，並請王元超夫妻速帶「綠萼」劍先期來堡商量要事。不料差去的頭目剛出門，第二天早晨王元超和雲中雙鳳徑自到來，另外還跟著一個白面黑鬚的道士，黃九龍等都不認識，只有滕鞏、甘瘋子、東方豪三人看得有點面熟卻一時記不起來。經王元超介紹，才知這道士不是別人，原是艾天翮關門徒弟衢州尤一鶚，眾人一聽是他，未免有點愕然。

此時尤一鶚面上留著幾綹長鬚，一身青布道袍，同在江寧相見時截然不同，故而難以認了。尤一鶚看得眾人疑惑，明白從前彼此水火，一旦相見一堂，自然難免詫異，不等王元超解釋，連連向眾人稽首道：「貧道已是方外之人，從前種種已如隔世，此番拜謁諸位英雄係奉錢軍師之命而來，從兩廣海道到此便道過象山港外，先行拜謁王居士說明底蘊，再請王居士一同晉謁，免得諸位誤會。現在請諸位先看一看錢軍師的信札，便知道了。」說罷，貼身取出一封信來交與甘瘋子。

甘瘋子和眾人細細一看，只見信札內寫著尤一鶚種種情形。原來尤一鶚在峨嵋山出了家幾年，便雲遊四海到了廣西，適值洪秀全興兵起義。尤一鶚雄心勃發便也加入，恰好撥在錢東平帳下聽候調遣。錢東平看他武功不錯才可大用頗為信任，兩人說得投機。尤一鶚把以往身世一字不瞞的說了出來，並且立時悔悟，從前誤入漩渦同太湖生了嫌隙，請求錢東平替他代向甘瘋子釋嫌修好。

錢東平看他確實一片誠心，便也應允。尤一鶚高興異常，從行囊中取出一柄寶劍來獻與錢東平，說是在峨嵋山所得，劍名「綠蕚」，係斬蛟闢邪的寶物。錢東平仔細一賞鑒卻認得是百拙上人八劍之一，知道太湖正在力求八劍聚會，便也放下。

隔了幾天洪家兵馬發動，錢東平身為軍師，自然忝與帷幄，為軍中主要分子。所有各省響應埋伏的各路英雄都列名冊，由軍師設策指揮，偶然在名冊中看到湖南洞庭湖首領柳摩霄、江寧單天爵都列在其中。仔細一想柳摩霄雖然同太湖仇視，可是義師北上首取湖南，洞庭幫一隊人馬正可作為內應。私鬥事小，舉義事大，應該設法使洞庭幫同太湖和解才好。便想了個主意同主帥洪秀全一商量，由洪秀全填了幾個密札，自己也備了一封詳函，暗地叫尤一鶚帶了「綠蕚」劍由海道先到芙蓉島見了王元超說明此事，再由王元超陪赴太湖，解釋宿怨，同心征討滿虜。

王元超一聽是大師兄手諭，連忙一同前來，連雲中雙鳳也跟著到太湖了，這便是信札內容，並且叫甘瘋子等好好招待等話。當下甘瘋子黃九龍等把信看畢，不覺面面相看心裡躊躇起來。因為新近柳摩霄等在劍灶村自投羅網，已經留在湖堡這一檔事，錢東平不知所以，大師兄雖是一番好意以舉義為重，但是柳摩霄等受盡折辱未必甘休！如果按照信內所說放他們出來，萬一他們私仇不解依然怨深似海，豈不放虎容易縛虎難嗎？

甘瘋子、黃九龍一番為難情形，王元超初到也是不知底蘊，尤一鶚越發惘然，還是少室山人開言道：「尤道長初到，還不知此地近事，便是我們元超兄也尚不知哩。」接著便把劍灶村一夜的趣劇都說了出來。

尤一鶚聽得吃了一驚，暗想陸地神仙門下果然名不虛傳，竟有這樣人才，難怪洞庭幫屢次受辱了。當下挺身而起，笑嘻嘻的說道：「既然柳摩霄、單天爵諸公都在此地，而且貧道的師兄天覺僧也在其中，這事只有貧道一力擔當，且用三寸不爛之舌到監禁所在向他們把公私利害透徹解釋了。好歹要把從前彼此怨結解開，言歸於好，大家同仇敵愾以舉義為重，只不知諸位英雄信得及貧道否？」

黃九龍正色說道：「本來我們毫無成見，都因柳道長、單天爵一再無理取鬧，只好與他們周旋一二。現倘蒙尤兄從中調解，他們真個能夠冰釋前嫌我們無不樂從，何況大師兄手諭在此，尤兄又遠涉南洋專程來此。」

甘瘋子破袖一甩濃眉一揚，大聲說道：「我輩落落丈夫，一言既出絕無反悔！不然柳單等已在我們掌握之中，何必再廢口舌呢。只望尤道兄善言調處好了。」

尤一鶚察顏觀色，看得黃九龍、甘瘋子出言磊落，舉動光明，也自暗暗欽佩，不免讚揚幾句，便欲請黃九龍派人陪赴監禁所在去見柳摩霄等。

黃九龍又道：「尤道兄遠來不易，且請薄飲幾杯權當接風，飲後再去會面不遲。好在柳單諸位雖然被我們監禁起來，我們抱著寧人負我，我不負人的宗旨，一日三餐依然好好供應他們，毫無痛苦，尤道長一見就知。」說罷舉手一揮，早已設起一席盛宴請尤一鶚首座。

尤一鶚抵死不肯，說是現在錢軍師帳下早晚承錢軍師指教不啻師生，諸位同錢軍師既是兄弟，便是貧道長輩，焉敢僭越。

甘瘋子呵呵笑道：「尤道兄雖則虛衷謙抑，但你奉俺大師兄的命令而來又擔著極大責任，我們敬你便是敬俺們大師兄一般。何況道兄遠道初來，豈有不分主客之理。不要再謙，快請坐下吧。」經甘瘋子這樣一說理由充足，尤一鶚沒法再遜，只好告罪坐下。

席間談些義軍發難情形和湖堡近事，王元超又把綠萼劍抽出來大家鑒賞一番。經少室山人鑒定，確是百拙上人所鑄，在新得的守拙、瓊光伯仲之間，想不到最後一柄寶劍從幾千里外歸來，彼此談談說說開懷暢飲。

等到席散以後，尤一鶚掏出幾封密札，由黃九龍親自陪到監禁柳單所在卻不進去，由尤一鶚一人緩步走入。抬頭一看，只見監牢外面是山石迭成的一所石窟，裡面點著一盞琉璃燈，邁步走進窟內卻是一步步向下的石級，拾級而下又是一條隧道，四面也是山石壘成。隔十幾步便有兩個魁悟大漢挺矛對立，一種陰森之象連尤一鶚這種人都有點不寒而慄起來，知道湖堡的房子都是依山建築，這座監牢是利用山洞築起來的。走盡了這條百餘步的隧道，才見當路豎著手臂粗的鐵柵，當中鎖著一具大鐵鎖，柵外有四個大漢也執長矛守著，柵內黑暗暗的卻看不見什麼。

尤一鶚暗暗點頭，心想這樣堅固牢獄，本領再大十倍也逃不了，無怪柳摩霄等束手無策了。正這樣想著，柵外四個大漢似乎已得到堡主命令，不待尤一鶚開口，便拿起鑰匙開了大鎖開了柵門，讓尤一鶚進去。

尤一鶚一進柵內，一看依然是一條短短的地道，卻有一丈多寬，兩面竟是天然的石壁，上面支著木板。向前一看明亮非常，露出一重門來，卻關得嚴嚴的，這條地道內並無看守的人。尤一鶚走到門口一看，這重門外並不加鎖，輕輕一推便推進去了。不料這一推，卻出乎意料之外，只見裡面很大的一間屋子，光華燦爛，鋪設整齊，一排設著好幾個床鋪，有四個人或坐或臥很悠閒的住著。一見尤一鶚一齊跳起來，八隻眼珠一齊釘在尤一鶚面上，一種驚奇憂喜兼有的神氣都滿布面上，又像迷路的小孩忽然碰著親爹娘一般，一時竟說不出話來。

原來柳摩霄、單天爵、醉菩提、天覺僧四人自從在八陣圖內迷迷糊糊被擒又加上點了穴道，被甘瘋子等捆到湖堡推進這座地牢，把他們一個個解開繩束放在床上，又給他們在房內桌上預備好許多飲食以及起居動用的東西，然後一重重關閉出來派人守在柵外。等到他們張開眼來，各人都好好的睡在床上，而且都睡在一間屋內。這間屋內雖在地道的深處，四面石壁上都有通空氣的小孔，卻嵌著幾盞油燈光線還非常充足，驟然一看好像四面壁上掛著一顆顆極大的夜明珠。因為這種油燈嵌在壁內，外面一層卻用圓圓的一層琉璃罩住，宛似一顆明珠。

柳摩霄等驟然醒來，景象大異，疑惑是在夢裡，你看我，我看你，誰也猜不透這是什麼緣故？也不知怎的四人都會在此地床上睡覺，只記得在劍灶村跳下吳家圍牆就迷糊得人事不知了。

柳摩霄把前後情形一琢磨，不禁大驚失色！明知上了人家大當，凶多吉少，卻又奇怪四人手腳都無繩束捆綁，慌忙在屋內四面打量一下。四壁都是天生岩壁，竟似深山裡的古洞石屋一般，一間窄窄的一重生鐵門也不知有多厚，任你拳捶腳踢休想動得分毫！四人昏昏沉沉的還以為吳家有這樣的地窟哩。

大家商量了一陣竟無脫逃之法，而且各人又覺饑餓異常，一眼看見桌上堆著吃喝的東西，顧不得有毒無毒狼吞虎咽的吃了再說。大家吃飽了肚皮又鑽隙尋縫的想了一陣法子，實在無法可展，只好死心塌地的坐下來慢慢設法。最難受的是不見天日，分不出是白天還是晚上，只石壁上幾盞琉璃燈晝夜不絕的亮著。每日那扇鐵門中間露出一個小方洞有人送進飲食來，想問送飲食人幾句話，像啞子般睬也不睬。

這樣把柳摩霄等四人昏天黑地的困了幾天，直到尤一鶚進去，好像天上掉下寶貝似的，大家圍住尤一鶚問他怎的也進來了？是不是也上了他們的當，被他們捉住了。尤一鶚一面搖頭，一面打量四周，不住點頭，知道黃九龍說的沒有虧待他們，確是真話。論理委實柳、單等自討苦吃，便把自己來意和外面情形詳細說與他們聽，又把公私利害婉轉懇切的說了一番，然後取出洪秀全密札交與柳摩霄、單天爵。

尤一鶚苦口婆心的說了一陣，他們才明白竟被他們捉到太湖來了。這時柳摩霄聽了尤一鶚的勸說，自己一想，這幾天性命都在人家掌握之中，如果黃九龍要下毒手早已沒有命在。看這幾天飲食不斷，一點沒有凌辱舉動，可見黃九龍等存心不為已甚。而且洞庭幫同兩廣義軍有密切關係，黃九龍的大師兄錢東平又掌握義師大權，將來自己都要聽他調遣，如何再能同他們結下怨仇？但是自己在湖南也是一個魁尖人物，受了這種折辱，將來如何見人？

這兩重心理交戰許久，竟委決不下。單天爵又是一般思想，不管如何辦法，只要暫時能夠逃出他們掌握，將來終有復仇的機會撞在自己手上。醉菩提、天覺僧兩人完全以柳、單意旨為進退，講不到有一定主見。當下尤一鶚看柳摩霄等低頭思量，一時回答不出話來，早已把四人心理洞如觀火，料得柳摩霄尚有幾分豪俠之氣，只有單天爵在官場混了多年其心叵測，便是柳摩霄同太湖成仇也是他暗地挑撥出來的。

這樣各人沉寂一回，尤一鶚正想再開導幾句，驀地柳摩霄一跺腳，毅然說道：「義軍北指，專待我們洞庭幫助他們一臂之力，時機緊迫，我也不能以私廢公。現在既然錢軍師出頭了事，又蒙尤兄跋涉萬里來替我們和解，我也不能一味固執，可是這就叫我出去是不行的，我情願死在他們手上。」

尤一鶚早已明白他的意思，不等他說下去慌搶著說道：「既然兩家解釋開夙怨，自然相待以禮，彼此都是光明俠義的英雄，當然對於柳兄等有一番相當的禮貌。此刻小弟來此，無非先來充個調人罷了。」

尤一鶚這樣一說，柳摩霄才無話可說，卻向單天爵問道：「單兄意下如何？」

單天爵似乎露著極勉強的口氣，冷笑道：「全憑柳兄作主好了。」

柳摩霄聽他的口吻，昂頭若有所思，猛地仰天打了一個哈哈朗聲說道：「大義當前豈能顧全小節？尤兄你回覆他們，我柳摩霄問心無愧，絕不記念前仇，其餘俺就不能作主了。」

這話一出，忽然門外有人呵呵大笑道：「好一個問心無愧！柳道長果然名不虛傳，英雄氣概，佩服！佩服！」

房內眾人一愕之間，便見兩人邁步進房，向柳摩霄兜頭一揖，哈哈笑道：「這幾天冒犯道長特來請罪，便請眾位出去，好暢談一切。」

眾人急看時，卻是甘瘋子同黃九龍。這一來，非但柳摩霄愕然不知如何是好，便是尤一鶚也覺出於意外，不禁格外佩服起來。

當下柳摩霄只有趁此收帆，說了謝罪的話，尤一鶚趁此從中調和，便覺和平之氣充塞主客之間。由黃九龍、甘瘋子領路，便請柳摩霄等四人先到別室沐浴，然後同到廳上與少室山人等相見，而且立時擺設盛宴殷殷相待。從此洞庭幫與太湖幫總算暫釋前嫌，互相和好了。

當天柳摩霄等接了義師密札，別了黃九龍等回洞庭湖布置一切去了。尤一鶚的責任已了，事情緊急，也告別回去向錢東平覆命。

這裡甘瘋子、黃九龍等到了各處分寨聚會這一天，把百拙上人八柄劍高拱在議事廳上，那八劍就是：倚天、貫日、奔雷、太甲、守拙、瓊光、綠萼、紫霓。廳內外都滿布一桌桌的酒宴，大家開懷暢飲，共慶八劍聚會之喜。

這時在劍灶村吳家的高潛蛟、包翩翩當然也回到太湖參與盛會。到了晚上，黃九龍卻把幾位重要首領集在密室，商量響應義師的計劃，商量妥當以後，某人主辦軍火，某人主辦餉糧，也一一分派停當，第二天便各個領命而散。

隔了幾天，黃九龍派了兩個頭目把「倚天」、「貫日」兩柄寶劍，裝在一個精緻匣子，到洞庭湖送與柳摩霄。這一下柳摩霄喜出望外，格外敬畏黃九龍的氣度，慌也派了兩個分寨寨主，督率著嘍卒挑著許多貴重禮品，同洞庭土產到太湖報禮。兩邊信使往還，比前又親熱了幾分。後來洪秀全義軍乘著破竹之勢到了長江，柳摩霄率領了洞庭湖一支水軍，著實出力不少。

黃九龍這邊率領著養精蓄銳的一支人馬，在錢東平麾下也建了不少奇功。

至於洪秀全到了定都金陵之後，卻志驕意盈，部下軍紀蕩然，百姓便不像初舉義旗時的信服了。又加上內部自己殘殺起來，錢東平一看難成大業，真被自己師父料著，便暗地在軍師府同甘瘋子、黃九龍等商量一番，向洪秀全上了一個「興王十策」。這十策句句金玉，宛如礪山帶河的先決條件。

無奈洪秀全被群小包，圍成了一個高拱的傀儡，雖有擎天玉柱的錢東平，也弄得意懶心灰，前功盡棄。興王十策畢竟一策也沒有見諸實行，錢東平重新詳參河洛數理，知道滿人氣運未終，犯不著玉石俱焚，暗暗地把太湖一支百戰百勝千蕩千決的勁旅，調到遠處，給資遣散，自己同一般師兄弟飄然遠隱，去得不知蹤跡。有人說是陸地神仙親下莽歇崖把他們帶到雲南去了，從此風中便不見這般豪俠之士，在下這部《虎嘯龍吟》到此也無事可寫，就此宣告結束。

全文終

近代武俠經典復刻版

虎嘯龍吟(下) 秘島對決

作者：朱貞木
發行人：陳曉林
出版所：風雲時代出版股份有限公司
地址：10576台北市民生東路五段178號7樓之3
電話：(02) 2756-0949
傳真：(02) 2765-3799
執行主編：劉宇青
美術設計：吳宗潔
業務總監：張瑋鳳

出版日期：2024年8月
ISBN：978-626-7464-46-5
風雲書網：http://www.eastbooks.com.tw
官方部落格：http://eastbooks.pixnet.net/blog
Facebook：http://www.facebook.com/h7560949
E-mail：h7560949@ms15.hinet.net
劃撥帳號：12043291
戶名：風雲時代出版股份有限公司

風雲發行所：33373桃園市龜山區公西村2鄰復興街304巷96號
電話：(03) 318-1378
傳真：(03) 318-1378
法律顧問：永然法律事務所 李永然律師
北辰著作權事務所 蕭雄淋律師

行政院新聞局局版台業字第3595號 營利事業統一編號22759935

定價：320元

國家圖書館出版品預行編目資料

虎嘯龍吟 / 朱貞木著. -- 臺北市：風雲時代出版股份有限公司, 2024.07
冊； 公分

ISBN 978-626-7464-46-5(下冊：平裝)

857.9 113007063